Julian
Barnes

Julian
Barnes

The Man in the
Red Coat

穿红外套的男子：妇科医生波齐与19世纪末的法国

[英国]朱利安·巴恩斯 著

郭国良 译

译林出版社

献给蕾切尔

1885年6月，三个法国人抵达伦敦。一个是王子，一个是伯爵，还有一个是带意大利姓氏的平民。伯爵后来称这是一趟"智识与美学的购物之旅"。

或许，我们可以从前一年夏天的巴黎说起，那时奥斯卡·王尔德和康斯坦丝·王尔德还在度蜜月。奥斯卡在读一本刚出版的法国小说，尽管在度蜜月，他还是兴致勃勃地频频接受记者的采访。

或许，我们可以从一颗子弹和开火的那杆枪说起。通常的套路：戏剧的一条铁律是，如果第一幕中有杆枪，那最后一幕它一定开火。可是，是哪杆枪，哪颗子弹呢？当时有很多杆枪，很多颗子弹。

也许，我们甚至可以从1809年大西洋彼岸的肯塔基州说起，那时伊弗雷姆·麦克道尔，一个父母从苏格兰和爱尔兰移民来的医生，给简·克劳福德动手术，切除她有十五升囊液的卵巢囊肿。至少，故事的这一脉有个圆满的结局。

然后画面就是一个男人躺在布洛涅河畔的自己的床上——或许他的妻子就在身旁，或许他独自一人——不知如何是好。不，这样说并不十分准确：他知道该做什么，只是不知道什么时候或者是否能够做自己想做的事。

或许，我们可以从那件平淡无奇的长袍开始。如果称它是晨衣，可能听上去就不会这么普通。它呈红色——更确切地说，呈猩红色——很长，从脖子直抵脚踝，手腕和领口处可看到些许白色褶皱亚麻布。画面的最下方，是一只带有黄蓝色光影的锦缎拖鞋。

从长袍开始，而不是从身着长袍的人开始，这是否不公平？但是这件长袍，或者说，我们对这件长袍的描述，就是我们今天对他的记忆，如果我们还能记得他的话。对此，他会有什么感触呢？会觉得如释重负，觉得有趣，还是觉得有点受辱？这取决于我们今日如何解读他的个性。

不过他的长袍让我们想起另一件长袍，是同一位画家画的。它裹在一个英俊的年轻人身上，他出身名门——或至少显赫。然而，尽管这位年轻人站在当时最著名的肖像画家面前，但他并不快乐。当时天气和煦，而他被要求穿上一件厚重的粗花呢长袍，一件完全不属于这个季节的长袍。他向画家抱怨这样的安排，画家却回答说——我们只知道他说的话语，但无法判断他的口吻到底是温和的揶揄、专业的命令，还是盛气凌人的轻蔑——"主角不是你，而是这件长袍。"的确，就像红色晨衣一样，人们对这件长袍比对那个年轻人印象更深刻。艺术超越个人奇想、家族尊严、社会正统；艺术永远偕时间同行。

好，那就让我们继续讨论这一有形、具体、日常的红色长袍。

《在家中的波齐医生》,约翰·辛格·萨金特
（1881）

因为当初我就是这样首次邂逅这幅画以及画中人的：2015年，此画从美国被租借而来，悬挂在伦敦国家肖像美术馆。我刚才称之为晨衣，这也不完全正确。他里面没穿睡衣，除非那些花边袖口和衣领是睡衣的一部分，但这似乎不太可能。或许，我们不妨称之为"日衣"？它的主人几乎刚刚下床。我们知道这幅画是在临近中午的时候画的，画完后画家和画中的主人公共进了午餐；我们还知道，主人公的妻子对画家的巨大胃口惊愕不已。我们知道主人公是在家里，画的标题已告诉我们这一点。"家"用较深的红色来表现：勃艮第的背景衬托出中心的猩红色；用一个环把厚重的窗帘系在后面；此外，还有一层不同的布料，所有的布料都融入同样酒红色的地板，没有任何明显的分界线。这一切都极具戏剧性：不仅在姿势上，而且在绘画风格上都透着凛凛霸气。

这幅画是在伦敦之旅四年之前画的。画中人——意大利姓氏的平民——年方三十五，英俊，蓄着胡子，目光自信地越过我们的右肩。他颇有男子气概，但身材细挑。逐渐地，当我们满以为"画的主角是长袍"之后，我们的第一印象开始改变，才意识到事实并非如此。事实上，画的主角是双手。他的左手放在胯部，右手放在胸前。手指是整幅肖像中最具表现力的部分。每根手指都展示着不同形态：完全伸展，半弯曲，完全弯曲。如果让我们凭空猜测此人的职业，我们可能会认为他是个钢琴大师。

右手放在胸前，左手放在胯部。或许比这更具启发性：右手放在心口，左手放在腰间。这是画家精心设计的吗？三年后，他画了一幅名媛的肖像，在沙龙上弄得声名狼藉。（美好年代[1]的巴黎会震惊吗？当然。它或许和伦敦一样虚伪。）右手在把玩一个貌似扣绳的东西。左手钩住长袍双股腰带中的一股，与背景中的窗帘环相呼应。视线顺着它们直抵一个复杂的结，结上悬挂着一对羽毛般毛茸茸的流苏，流苏上下交叠，正好挂在腹股沟以下，就像猩红色牛鞭。这是画家精心设计的吗？谁知道呢？他没有留下任何解释。但他是一位机灵又了不起的画家；一位了不起的画家并不害怕引发争议，甚至这正合了他的心意。

画中的这一姿势既高贵又豪迈，但这双手却使它显得更为微妙而复杂。事实证明，这不是钢琴家的手，而是医生，一位外科医生、妇科医生的手。

而那猩红色牛鞭呢？一切恰如其分。

好，就这么着，让我们从1885年夏天那趟伦敦之旅开始说吧。

王子是埃德蒙·德·波利尼亚克。

伯爵是罗贝尔·德·孟德斯鸠-费赞萨克。

意大利姓氏的平民是塞缪尔·让·波齐医生。

他们这趟智识购物之旅的第一站是在水晶宫举办的亨德尔音乐节，在那里他们欣赏了《以色列人在埃及》(*Israel in Egypt*)，纪念这位作曲家诞辰两百周年。波利尼亚克说："这场表演影响巨大。四千多人热情参与了这场庆典。"

1　美好年代(La Belle Époque)，一般特指1871—1914年这一欧洲相对和平的时期。

三个购物者也带来了一封约翰·辛格·萨金特的介绍信，他是《在家中的波齐医生》（*Dr. Pozzi at Home*）那幅画的作者。这封信是写给亨利·詹姆斯的，1882年他在皇家学院看过这幅画，多年后的1913年，詹姆斯七十岁时，萨金特画了一幅他的肖像画，笔法炉火纯青。信是这样开头的：

亲爱的詹姆斯：

　　我记得您曾经说过，对您而言，在伦敦偶识一位法国人并非一件令人不快的消遣，于是我就斗胆给了我的两个朋友一张您的名片。一位是波齐医生，那位穿着红色长袍（并不总是）的人，一个绝顶聪明的人；另一位是独一无二、超出人类之外的孟德斯鸠。

奇怪的是，这是萨金特写给詹姆斯且留存下来的唯一的一封信。画家似乎不知道波利尼亚克也是这个团体的一员，而波利尼亚克的加入肯定会使亨利·詹姆斯兴高采烈。或许也不一定。普鲁斯特曾说，王子就像"一间废弃的地牢被改建成了一座图书馆"。

当时波齐三十八岁，孟德斯鸠三十岁，詹姆斯四十二岁，波利尼亚克五十一岁。

此前两个月，詹姆斯一直租住在汉普斯特德荒野上的一间小屋里，正准备返回伯恩茅斯，于是推迟了离开的计划。1885年7月2日和3日，他花了两天时间招待这三位法国人，这位小说家后来打

6

趣道,他们"渴望看到伦敦的唯美主义"。

詹姆斯的传记作者利昂·埃德尔将波齐形容为"一位交际医生、藏书家和有教养的健谈者"。谈话并未记载下来,藏书早已散落各地,只留下"交际医生"这个名号。身着那件红色长袍(并不总是)的交际医生。

伯爵和王子来自古老的贵族家族。伯爵自称是火枪手达达尼昂的后裔,他的祖父曾是拿破仑的副官。王子的祖母是玛丽·安托瓦妮特[1]的密友;他的父亲是查理十世政府的国务大臣,也是《七月敕令》(*July Ordinances*)的起草者,其中的专制政策引发了1830年革命。在新政府的统治下,王子的父亲被判处"民事死刑",因此在法律上他已不复存在。然而,在法国,这个不复存在的人被允许在监禁期间进行夫妻探视,其中的一次后就有了埃德蒙。在他的出生证上,在"父亲"一栏中,这位被判处了民事死刑的贵族被列为"马基·德·沙朗松王子"。他"目前正在长途旅行"。

波齐家族是来自伦巴第北部瓦泰利纳的意大利新教徒。1620年,在17世纪早期的宗教战争中,他的一位家族成员因信仰泰廖新教而被活活烧死。不久后,全家迁居瑞士。塞缪尔·波齐的祖父多米尼克率先去了法国,他周游了整个国家,最后在阿让落脚,成了一名糕点师;他把家族的姓氏法语化为波齐。他十一个孩子中最小的那个——邦雅曼——成了贝尔热拉克的新教牧师。牧师一

---

1 玛丽·安托瓦妮特(Marie Antoinette, 1755—1793),法国国王路易十六的妻子,死于法国大革命,原奥地利女大公。

家既虔诚又拥护共和,既忠于上帝又时刻不忘自己的社会与道德职责。塞缪尔的母亲伊内斯·埃斯科-梅斯隆出身佩里戈尔中上阶层,她为这桩婚姻奉献了位于贝尔热拉克城外数公里处的迷人的18世纪格莱勒特庄园。波齐一生都很喜爱这个庄园,并且对它进行了扩建。她一直身子孱弱,生儿育女后心力交瘁,因此在波齐十岁时就去世了;牧师很快便另外娶了一个"年轻健壮"的英国女人玛丽-安妮·肯普。塞缪尔从小讲法语和英语。1873年,他也恢复了波齐的姓氏。

"多么奇异的三人组啊。"波齐的传记作者克劳德·范德普顿在论及那趟伦敦之行时感慨道。一方面他大概指的是他们地位的悬殊;但同时,也许,是指一位鼎鼎有名的异性恋平民与两名"有古希腊倾向"的贵族同行吧。(假如他们听上去像普鲁斯特笔下的人物,那是因为他们都——部分地、间接地——与普鲁斯特笔下的人物相关。)当时巴黎唯美主义者访问伦敦有两大主要目的地:1875年在摄政街开业的利伯提百货店与格罗夫纳画廊。孟德斯鸠曾在1875年巴黎美术展览会上对伯恩-琼斯[1]的《梅林的诱惑》(*The Beguiling of Merlin*)大为赞赏。现在他们见到了画家本人,画家还带他们去了威廉·莫里斯的设计空间,在那里伯爵挑选了一些织品,然后去了威廉·德·摩根的工作室。他们还会见了劳伦斯·阿尔玛-塔德玛。他们去邦德街买了粗花呢、套装、帽子、长袍、

---

1 即爱德华·伯恩-琼斯(Edward Burne-Jones, 1833—1898),英国画家,1861年在威廉·莫里斯创办的公司任教堂彩色玻璃设计师。

衬衫、领带和香水，又去了位于切尔西的卡莱尔故居，后来还去了书店。

詹姆斯非常热情地招待了他们。他说，他发现孟德斯鸠"瘦小而充满好奇"，波齐"充满魅力"（波利尼亚克似乎又一次被忽视了）。他在改良俱乐部请他们吃饭，并把他们介绍给了惠斯勒，后来孟德斯鸠对他非常忠诚。詹姆斯还安排他们参观了惠斯勒的孔雀屋，位于航运界巨头 F. R. 莱兰的住所里。不过那时波齐已经被他的名流客户亚历山大·小仲马的妻子的一封电报召回了巴黎。

7月5日，波齐从巴黎写信给伯爵，请他再回利伯提百货店，在他已经下的订单上再添一笔。他说："我想要三十卷海藻色的窗帘布，随信附上样品。请代我付款，我欠你三十先令，非常感谢。"他的签名为"您拉斐尔前派的忠实朋友"。

当那"奇异三人组"抵达伦敦时，他们的名气都还仅限于圈子之内。埃德蒙·德·波利尼亚克王子还未实现他的音乐抱负。在家人的一再坚持下，他遍游欧洲多年，理论上而言，快快乐乐、半心半意地探寻人生伴侣；不知何故，他——远甚于她——总是逃避就擒。波齐当外科医生、成为社会名流已达十年，他在一家公立医院工作，同时构建了一个上流社会私人客户群。在未来的岁月里，他们个个都将收获一定程度的名望与满足。这些名望，尽管算不上多么光辉，至少也一直是基于公众对他们自身或多或少的真实了解。

孟德斯鸠的情况较为复杂。三人之中他最为有名：社会名流、丹第[1]、唯美主义者、鉴赏家、聪敏才子和时尚仲裁者。他也怀有文学抱负,用严谨的格律写巴那斯派[2]诗歌和诙谐讽刺诗。年轻时,他曾在默里斯酒店被引荐给福楼拜。当时他激动得说不出话来(这非常罕见),但他自我安慰道,"我至少碰了碰他的手,从他那儿得到了——假如不是火炬,至少是一束火焰"。然而,一种罕见且并不可羡的命运已向伯爵步步走近:在公众认知中——或至少在读者头脑中——与另一个他相混淆。他的生命,还有来生,将被自己的种种翻版所困扰、纠缠。

2 COLLECTION FELIX POTIN

HUYSMANS
HOMME DE LETTRES

于斯曼

1885年6月,孟德斯鸠到达伦敦时年方三十。就在一年前,也就是1884年6月,若利斯-卡尔·于斯曼推出了他的第六部小说《逆流》(*A Rebours*)——英译本名为《格格不入》(*Against the Grain*)或《违背天性》(*Against Nature*)——主人公是一位二十九岁的贵族,让·弗罗莱萨·德塞森特公爵。于斯曼的前五部小说均为左拉式现实主义的习作;现在他摈弃了那一切。《逆流》是一部描摹颓废的梦幻冥想

1　丹第(Dandy),又译"花花公子""纨绔子弟"。
2　巴那斯派(parnassian),又译"高蹈派",19世纪60年代法国诗歌的一个流派。

圣经。德塞森特是一名丹第和唯美主义者。他是家族的最后一位子嗣，由于近亲婚姻而体弱多病。他的品位奇异，透着一股腐气。他喜欢服饰、珠宝、香水、善本书和精美的装帧。于斯曼是个小小公务员，仅仅听说过孟德斯鸠，从诗人朋友马拉梅那里获得了一些关于伯爵家背景的讯息。伯爵对家居装饰有一套新颖而怪异的理论：他展示置于北极熊皮之上的雪橇、教堂家具、放在玻璃柜里的一排丝袜和一只镀金的活乌龟。种种细节千真万确，这让孟德斯鸠大为恼火，因为有的读者听到影射小说[1]里的弹簧锁咔嗒一声，就以为小说中其他的一切都是真的。据说，孟德斯鸠有一次向一位书商预订了几册善本书，这位书商刚好是于斯曼的一个朋友。当他前去拿书时，书商没有认出伯爵，不耐烦地说："先生，这些书是为德塞森特特别预留的。"（又或许他其实认出了伯爵。）

以下是另一个相似之处。在孟德斯鸠第一次去伦敦的前一年，他虚构的假想敌怀着完全相同的目的出发了，这次"旅行"构成了这部小说最著名的章节之一。德塞森特在丰特奈郊区过着精神上的孤独生活。一天早上，他让他的男仆展示一套从伦敦订购的服装，当时所有穿着考究的巴黎人都在那里购买衣服。他乘火车去巴黎，到达巴黎索城火车站。天气很不好，他租了一辆出租车，按小时计费。他先去了里沃利街的盖林亚尼书店，在那里查阅了伦敦指南。他在浏览贝德克尔版的导游手册时，发现了一份伦敦艺术画廊的名单，这让他幻想起兴许能观赏到的英国现代艺术品，尤其是米

1　原文为法语roman à clef。

莱和 G. F.沃茨：后者的画在他看来就像是"由一个生病的古斯塔夫·莫罗[1]匆匆起草的"。外面的天气依然恶劣——"英国式生活在巴黎的分期兑付"。出租车司机开车送他到叫"堡代佳"的酒窖酒吧，尽管这地名是西班牙语，却是英国人的常去之地；在这里，侨民和游客都能找到他们喜欢的加度葡萄酒。他看到"有一些桌子，上面放了一些篮筐，里面盛有帕尔默面包干，还有咸味干点心，一些小盘子里堆满了薄片馅饼和三明治，它们褪了色的外皮底下遮掩着热情似火的芥末酱"。[2]他喝了一杯波尔图葡萄酒，然后又喝了一杯阿蒙提雅多雪利酒。他被英国人包围，发现他们变成了狄更斯笔下的人物："他怡然安居在这想象中的伦敦。"

他突然饿了：他被带到阿姆斯特丹街圣拉扎尔车站对面的一家酒馆，海陆联运列车将从那里出发。这明显是奥斯汀酒吧，要不就是英国酒馆，后来成为不列颠尼亚酒吧（现在仍然作为不列颠尼亚酒店存在）。他的晚餐包括油腻的牛尾汤、烟熏黑斑鳕鱼、烤牛肉和土豆、斯蒂尔顿奶酪和大黄派；他喝了两品脱啤酒，一杯波尔图葡萄酒，掺有杜松子酒的咖啡，然后是白兰地；他在喝酒和咖啡中间抽了根烟。

在酒馆，就像在堡代佳一样，他被"一些岛国之民"所包围，他们长着"珐琅般的眼睛，脸色红润，神情或沉思或高傲，浏览着外国报纸；还有一些女人成双成对地吃饭，没有男子陪伴。健壮的英国女人长着男孩子般的脸，牙齿宽大如调色刀，脸颊像苹果一样红，

1　古斯塔夫·莫罗（Gustave Moreau，1826—1898），法国象征主义画家。
2　译文参考余中先译于斯曼《逆流》，上海译文出版社，2016 年。

手也长，脚也长。她们狼吞虎咽地吃着牛腿排馅饼"。

（英国女人就是这样。当时，她们是法国人普遍嘲笑的对象，在法国人眼中，英国女人高大、红润、笨拙，喜欢野外活动，明显不如法国女性，尤其是巴黎女性——完美的物种。英国女人常常被形容为性欲尚未被唤醒的怪人，这转而又只能是英国男人的过错，他们无法点燃妻子——甚或情妇——的欲火，使她们性趣盎然。无论是英国人还是性都是值得关注和怜悯的事情，这一信念是颠扑不破的法条。我记得在查尔斯王子与戴安娜的整个婚姻期间一直都与卡米拉·帕克-鲍尔斯保持关系这一消息传出后不久，我就在巴黎。"太不可思议了。"不止一个巴黎人乐滋滋地低声告诉我，竟然"选择一个姿色不如自己老婆的情妇！"。真的，这些盎格鲁-撒克逊人，不可救药啊。）

德塞森特还有时间赶火车，但他在想，之前去荷兰旅行时，他以为荷兰生活与荷兰艺术并无二致，但这一期望并未实现。倘若伦敦生活也没有达到他的狄更斯式的预想呢？假如"一个人坐在椅子上就能遨游四方，"他问自己，"那旅行又有何意义呢？他不是已经在伦敦了吗？"。如果想象可以同样——假如不是更加——引人入胜，为何要冒险投入现实？于是这个忠诚而昂贵的出租司机将他的乘客载回车站，而他呢，从那儿回了家。

孟德斯鸠赶上了火车，德塞森特却错过了；孟德斯鸠交游甚广，而德塞森特遁世隐居；孟德斯鸠极少关注宗教（除了它的人工制品），德塞森特，和他的创造者一样，却在痛苦地回归罗马；如此等等。可尽管如此，德塞森特"乃"孟德斯鸠也：世人皆知啊。而

14   《罗贝尔·德·孟德斯鸠伯爵画像》, 乔瓦尼·博尔迪尼
（1897）

且我也知道，因为当我在1967年买下企鹅版的《逆流》时，封面就是博尔迪尼[1]为罗贝尔·德·孟德斯鸠伯爵画的肖像。

德塞森特从未去过伦敦，于斯曼也没有去过；直到1922年，也就是作者去世十五年后，罗贝尔·德·孟德斯鸠去世一年后，《逆流》才被翻译成英语。从另一方面来说，这本书确实跨越了英吉利海峡，准确地说是在1895年4月3日下午到了伦敦。它——至少它的书名和目录——出现在奥斯卡·王尔德三次审判中的第二次审判中，由王室大律师爱德华·卡森议员在老贝利[2]作为证据出示。卡森作为昆斯伯里勋爵的辩护律师问询起王尔德小说《道连·格雷的画像》中的一个场景。它涉及亨利·沃顿勋爵送给格雷的礼物：一部法国小说——这本身便是一件不可告人之事，任何一个爱国的英国陪审团都可能会得出这样的结论。王尔德起初大力否认，而后才承认，这本书确实是《逆流》。与此同时，王尔德试图与于斯曼的小说保持距离，他说："我自己并不十分欣赏它。"并且，"我认为这是一本写得很糟糕的书"。

王尔德一定希望他们没有订阅剪报。因为十一年前他在度蜜月时，接受了《晨报》（*Morning News*）的采访（1884年6月20日），在采访中他说："这本于斯曼的新作是我见过的最好的书之一。"王尔德在审判中撒了很多谎。如今，他被视为同性恋圣徒，英

1　即乔瓦尼·博尔迪尼（Giovanni Boldini，1842—1931），意大利画家。

2　老贝利（Old Bailey），即英格兰与威尔士中央刑事法院，因位于老贝利街，故得此称呼。

国清教主义和异端邪说的殉道者。以上都是他,但他不止如此。毕竟,是王尔德先对昆斯伯里勋爵提起了刑事诉讼。如果说他是勇敢的,那么他也是愚蠢的,他的自负将他置于危险之中。阅读那第二次审判的文字记录,便可见证一个人不可思议的自信:他居然相信让伦敦西区心花怒放的巧言妙语也能在高等法院同样奏效。他炫耀机智;他对卡森摆出一副屈尊俯就的样子,向他解释何为艺术和道德;他从不顾忌在核心问题上撒谎:他有同性恋行为。依据当地法律,他在第三次审判结束时被依法定罪。

他还发现——尽管律师和剧作家在历史上有重叠——法院在某种意义上不过是剧院。于是,当他嘻嘻哈哈想老成地捉弄卡森时,他忘记了两件事:一、陪审团不是身着盛装的剧院观众——十二人中有六人来自东伦敦的克拉普顿,而且其中有一个鞋匠、一名屠夫和一个银行信差;二、大律师最喜欢自负的证人,一个自诩明星而不自量力的人。

在《道连·格雷的画像》中,王尔德对《逆流》作了一番热情奔放的概括,卡森向陪审团宣读道:

他(格雷)从来没有看过这么奇怪的书。世间的罪孽似乎披上了精美的衣装,在幽幽的笛声中,登上了他面前的哑剧舞台。过去他想象中朦朦胧胧的东西,刹那间变得真真实实了;过去连做梦都没有想到过的东西,现在都渐渐地展示在他眼前了……感性的生活用神秘的哲学语言加以描绘。有时你几乎不知道,读到的究竟是某个中世纪圣人精神上的极乐境界，还是一个现代罪人病态的忏悔。这是一本有毒的书，书页上似乎残留着浓重的薰香，仿佛要搅乱人的头脑。[1]

卡森问《逆流》是不是一部伤风败俗之书。他知道王尔德会怎么回答，因为他之前就问过。"写得不太好，"王尔德答道，"但我不会称它为伤风败俗之作。写得不好而已。"卡森之前已经确认，在王尔德眼里，书没有合乎道德或不道德之说，只有写得好或写得糟之分。卡森慢吞吞地问："我可不可以这样认为，无论一本书是多么伤风败俗，但只要它写得好，那就是一本好书？"王尔德的解释是好书能带来美感，而坏书则招人厌恶。

　　卡森："一本写得好但持同性恋观点的书会是一本好书吗？"
　　王尔德："艺术作品从不持任何观点。"
　　卡森："什么？"

就像任何一位能干的律师，卡森重复着他希望陪审团记住的话。《逆流》是一本关于同性恋的书吗？""先生，这是一本赤裸裸的描写同性恋的书吗？"王尔德一度（拐弯抹角地）从文学上做了辩护：虽然他（道连·格雷）描述的自己读过最奇怪的书非常接近《逆流》，但后来他实际上引用这部法国小说时，段落并非引自《逆

1　译文参考黄源深译王尔德《道连·格雷的画像》，译林出版社，2021年。

流》，而是他自创的。卡森不为所动："法官阁下，我问他的是《逆流》一书是否是描写同性恋的书。"诸如此类。陪审团肯定都已领会其意。

这是对一本法语书最为奇特的英式审判。不是对某部进口的色情文学，而是对一部未经移译的法国小说对一部英国小说影响的审判。唉，没有证据表明于斯曼当时就知道还是后来才发现他的小说已在伦敦的老贝利接受了这样的准审判。

事实上，在王尔德接受审判之时，英国人普遍认为法国通常是淫秽读物的一大来源。仅在七年前，在国家警戒协会发起的一场运动过后，左拉小说英译版（已略遭删节）的出版商爱德华·维泽特利因出版《土地》(La Terre)而被起诉。在中央刑事法院，副检察长波伦先生宣称此小说"从头至尾污秽不堪"，他还说通常一本污书也许含有两个甚或三个污秽段落，但《土地》至少包含二十一段，而他打算向陪审团宣读每一段落。法官表示赞同，说这些段落"在某种程度上都令人恶心……它们在诉状中被指控，必须加以证明"。一位陪审员深感职责之重，心生畏惧，惶惶不安地问："可是有必要全部都读吗？"波伦先生提醒陪审团，他不得不读这些选段和他们不得不倾听一样令人不快，不过他提出以下解决办法："鉴于我那位博学的朋友在辩护时说的一番话，只要你觉得这些段落淫秽，我就立刻停止朗读。"

这时，维泽特利的律师威廉斯先生当机立断，明智地将他当事人的抗辩改为有罪，从而避免了陪审团的公开窘迫。接下来是一场烘托淫秽审理的滑稽对话：

威廉斯先生："我想提醒法官阁下,这些作品是一位伟大的法国作家的作品。"

副检察长："一位著作颇丰的法国作家。"

法官："一位家喻户晓的法国作家。"

威廉斯先生："一位在法国文坛上德高望重的作家。"

不论怎样,维泽特利被罚款一百英镑,并写下保证书,一年内不再妨害治安。

英国媒体五味杂陈,以掌声、义愤、爱国主义和质疑来回应维泽特利案:它关注的并非污秽,而是污秽探测者的身份。毕竟,"国家警戒"是新闻界珍视的职能之一,而不属于某位个别的自封的审查员。《利物浦莫丘利报》(*Liverpool Mercury*)提出了更具见地的观点:

> 我们发现的一大矛盾点是,那些兜售法语原版作品的人并不受惩罚。如果说英文版冒犯了法律,很难理解为何令人反感得多的法文版却可以流传。受教育程度高的人和受教育程度低的人受到的影响势必一样严重。一个人并不因为他能读懂法语就在道德上高人一等,因此,逻辑上而言,就没有理由让他享有特权,去触摸和观赏禁止英语读者阅读的长势旺盛的水果。

这是颇具洞察力的:四年前,奥斯卡·王尔德,尽管正在度蜜月,却渴望并且有能力阅读一部堕落小说的法语原版,这一行为将引发预料之中的后果。

　　1875 年,孟德斯鸠与波利尼亚克在位于夏纳的波利尼亚克的侄女吕内公爵夫人的别墅里见过面。孟德斯鸠还不到二十岁,但其品位和虚荣心已完全成形。这两人常常在夏纳和芒通[1]间漫步。他们一边喝着雪利酒,一边互相朗读他们喜爱的文学篇什。波利尼亚克向孟德斯鸠介绍他不熟悉的音乐;伯爵用散文和诗篇来酬答他的恩惠。虽然他们年龄相差二十一岁,但他们对艺术有相同的理解,伯爵的自信与王子的犹疑相映成趣。波利尼亚克,作为一位秘密同性恋者,自然响应了孟德斯鸠在这些问题上的自信;伯爵并没有完全出柜,他更多的是用鲜花、诗句和色彩装饰柜门,仿佛这一切都是合情合理的。去伦敦旅行时伯爵认识波齐才一两年。该如何解释波齐的加入?诚然,他的英语讲得很好,但埃德蒙·德·波利尼亚克也是如此呀:他从小就会三门语言(法语、英语、德语)。也许,更好的解释是购物本质使然吧。所有购物者——从商业大街到光谱末端的“智识与美学”购物者——都喜欢且需要其他购物者,尤其是像波齐这样的购物者,他们兴致勃勃、意气相投、优雅有品(同样资金殷实)。

　　但可能还有另一种解释:感激。1884 年 6 月下旬,也就是伦敦之旅的前一年,波齐收到了孟德斯鸠的一份礼物:一个寄自梅菲尔[2]的爱丝普蕾牌摩洛哥奢华皮革旅行包,包的顶面印有镀金花冠

1　芒通(Menton),法国东南部城镇,昵称“法国珍珠”,因盛产柠檬而得名。
2　梅菲尔(Mayfair),伦敦上流住宅区。

和字母R。当他打开包时，发现里面装有一套尺寸渐小的信封，一个附含另一个。在中间最小的信封中，装有一首伯爵写的诗，是用猩红色和紫罗兰色墨水写的，感谢波齐治愈了所谓的"我枯叶般的生机"。波齐的"外科医生"兼传记作者克劳德·范德普顿将这一用语和这首诗解读为在描绘性事不遂——不是阳痿，或许便是早泄。他进一步推测，波齐通过"经验、博爱、友好的心理疗法"来治疗这一疾病，而且，"虚弱"变成"笃定"。事情发生一个世纪后，这是一个诗意盎然（假如未必是虚构）的诊断。无论是哪种情形，邀请波齐兴许是对他医治疾病的感谢——同时也给了他一个使用旅行包的机会。

然而，倘若传记作者没搞错，那么这里还有另一个与德塞森特奇异的相似之处。在《逆流》的序言中我们被告知，德塞森特作为一个漫游巴黎的年轻人，纵情于声色犬马之中。先与歌手和女演员厮混，后与"以堕落闻名"的情妇纠缠，最后与妓女鬼混，直到他感到厌腻与自嫌，再加上医生关于梅毒的警告，他放弃了性事。但这只是暂时的。这一间歇过后，他的想象力被再次激发，这次是被自己的同类激发的，被"违背天理的风流韵事和变态快感"激发的。再一次，厌腻、神经紧张向他袭来，他又坠入慵懒倦怠之中，"阳痿并不遥远"。（于斯曼本人，即便也许不如他笔下的人物那样放荡不羁，但对阳痿之苦一定是感同身受的。）

然而，德塞森特既是个纨绔子弟，又是个逆行者，他不会在这事态转折之际灰心丧气；恰恰相反，他陶醉其间。毕竟，阳痿是逃离这世界的一种方式，而以更宏大的方式从中撤退正是他目前的计划。如果他想成为一名现代真隐士，那么丧失性欲显然有所助益。所以，在小说第一章中，德塞森特用一顿"黑色"晚餐来庆祝这一进展。请柬是以葬礼通告的形式发出的；装饰、鲜花和桌布一律黑色；食物和酒也是如此；女侍者也是一袭黑衣；一支管弦乐队隐藏在背景中演奏葬礼进行曲。这是向咄咄逼人且恼人的性能力的一场告别，带有忸怩又自喜的色彩。

孟德斯鸠对这四个段落的反应如何不得而知。在他看来，它们一定是个巧合，而不是无心泄露。不过，丹第-唯美主义者一般都喜欢打破常规；性，即使它花样百出，也会守规立范，因而也有小资情调。性还会引向婚姻和家庭，催生责任和事业，谋取董事席位，结交当地主教，等等。也许，性无能可以戏谑地摇身一变，变成向被鄙夷的小资反叛的宣言，进而佐证唯美主义者的高高在上。

这个故事中出现的第一颗子弹既基于史实又非常文学。罗贝尔·德·孟德斯鸠伯爵藏有一柜子古玩珍品——事实上，他一整栋房子里全都是藏品，这是他内心唯美主义和鉴赏力的外在展现。小说家阿方斯·都德的长子莱昂·都德撰有多卷回忆录，在其中一卷中，他忆起伯爵曾安排他参观馆中的特珍品。一件是"要了普希金命的子弹"。这位诗人在1837年与俄国骑士卫队的法国军官乔治-夏尔·德·埃克斯·丹特斯的决斗中一命呜呼。波齐对他的死法无比熟悉，一辈子都在竭力淡化和规避。子弹从普希金的臀部进入他的体内，然后直抵腹部。当时不可能动手术，度过了极度痛苦的两天之后，诗人撒手人寰。十八年后，孟德斯鸠出生。子弹

是如何出现在伯爵的藏品中的未
有记载。

波齐出身于外省中产阶级，
孟德斯鸠本能地瞧不起他们。
伯爵乐于展现"十足贵族气，生
性瞧不起人"（此语出自波德莱
尔）。但波齐逃脱了他的责难，大
多数时候也逃脱了他的势利。他
有所谓的"中产阶级取悦人的快
乐"，从一开始就是一个圆滑的
社交谋士。

COLLECTION FELIX POTIN

BROCA

布罗卡

1864年来巴黎学医时，他
并非全无人脉。他的同学中有来自西南部新教的朋友；他有一位
已经在此立足的堂兄，亚历山大·拉布尔贝纳，比他大二十岁，是
一位著名的交际医生，他的病人包括当权的拿破仑三世家族。波
齐既潇洒又雄心勃勃；而且，他还是个明星学生。1872年，他获得
年度最佳实习生金牌。他专攻腹部治疗。1873年，他获得上直肠
瘘管博士学位。他的论文题目为《子宫切除术在治疗子宫肌瘤中
的价值》。他找到了保罗·布罗卡（另一个来自西南部的新教徒）
这位关键资助人，他是卢尔金-帕斯卡尔医院的一名著名外科
医生，波齐加入的人类学协会的创始人。布罗卡提出让波齐共
同翻译达尔文的《人类与动物的情感表达》（*The Expression*

LECONTE DE LISLE

勒孔特·德·利勒

of the Emotions in Man and Animals），该书于1874年在法国出版。当布罗卡在1880年突然去世（终年五十六岁）时，他的尸检由他的四个同事分别进行：波齐被授予颅骨和大脑的尸检权。几年后，卢尔金-帕斯卡尔医院更名为布罗卡医院。三十年来，波齐俨然是该医院的颅骨和大脑。

他早期生涯的另一位赞助人是巴那斯派诗人勒孔特·德·利勒。他们是在1870年左右相遇的，当时诗人和他的妻子将对波齐颇为照顾。勒孔特是一名军医的儿子，他信奉科学与诗歌的再统一，这两者相互隔离已久。他也是个自由思想家，帮助波齐彻底消除了他从贝尔热拉克承继的挥之不去的宗教信仰。他带他进入文坛，把他引荐给维克多·雨果。他听波齐朗读自己并不太好的诗句，鼓励他学德语。1894年勒孔特去世后，他让波齐做他的文学执行人，并把他的藏书和文件作为遗产赠予他。

不知不觉中，勒孔特成了助推波齐与莎拉·伯恩哈特早期——事实上，是早熟——恋情的关键人物。他是一名二十五岁左右的医学生；她比他大两岁，已是一颗冉冉上升的明星：一位清新淳朴（尽管，自然而然地，这淳朴是一种完全克制的淳朴）的女演员，身

莎拉・伯恩哈特,纳达尔(1864)

材出挑,比一般女主角更苗条、更娇小。一名医学院同学后来回忆起他和波齐邀请伯恩哈特共进晚餐并去见诗人的情形。他来了,她背诵起他一半的诗作,诗人哭了,亲吻了她的双手;这一晚会大获成功。不久后波齐就要与她还有她的小儿子、男孩的家庭教师,以及托她照看的一个侄女一起吃晚饭了。一家人会一起吃饭,孩子们会被送去睡觉,留下两个年轻人独处。这来龙去脉,我们无从得知,也不知持续了多久;但这段恋情后来发展成了持续半个世纪的友谊。他们每人都挂着一张神圣的标签:对她来说,他永远是"医生上帝"(Docteur Dieu),而对(几乎)其他每个人来说,她是"神圣的莎拉"。他还有一个更接地气的绰号,是由贵夫人奥伯农太太给的:"爱情灵药"(L'Amour médecin)。这是莫里哀一部戏的标题,不过就波齐而言,更常见的是"爱情医生"(Dr. Love)。

他们俩性情相投:热情洋溢,但占有欲低——抑或非常不安分。伯恩哈特知晓如何一边奉承男性的自尊,同时缓和他们间浮华的竞争;还有,如何在必要时保持旷达。他们都贪得无厌,渴望情人。波齐的传记作者提供了一份莱波雷洛式的清单,上面列着吸引波齐的(每一类)身材,然后带着怪怪的正经(或天真)补充道,"他每次都很真诚"。还有,"毫无疑问,所有这些女人一直都是他的朋友"。这听起来确实令人难以置信。

这些细节,甚至提到的许多名字,都是猜测而已。波齐谨慎有加,好像从不闲谈是非;哪怕他嚼过舌根,也没形诸笔端。他写给伯恩哈特的信函并没有留存下来;而她写给他的信却得以保存。她在信中倾诉衷肠,嘘寒问暖,但我们很难通过这些信件体悟早年间这份关系的肌理，甚或频度。她在一封信中写道："我对你撒了谎，这是真的，但我从未骗过你。"听上去这俨然是法式诡辩，但却有一定的道理：我总是告诉你我有一天会和别人睡觉，如果有必要对你撒谎，那么即使小真相被打破，但大真相依然留存。

据波齐的传记作者说，他们的暧昧关系有个关键——新教徒和犹太人之间尽人皆知的契合性。（难道这不只是天主教法国两个历史上被排斥的少数族群之间必需的团结吗？）但根据范德普顿的说法，这事有更深刻的意涵：在他看来，波齐具有"犹太人的敏感性"。他也有"许多犹太朋友"。的确，"他应该娶一个犹太女人"。

而莎拉·伯恩哈特不是。她知道自己不适合结婚：她的一次尝试——1882年在伦敦举行的婚礼——是一场灾难。相反，波齐去剧院看她演出，邀她光临他的沙龙，给她看病做手术，随叫随到——甚至必要时，一封跨大西洋海底的电报就能把他召到她跟前——而且借钱给她。许多人觉得莎拉·伯恩哈特的放荡不羁丢人现眼，然而，这样的风流韵事正是道貌岸然的法国社会在漫长的岁月中对女演员们的期待。事实上，此类丑行频频上演只会再次证实社会道德的正确性。

有布罗卡和勒孔特当他的赞助人，有莎拉·伯恩哈特不时在他（或她）的床上伺候，巴黎有哪个年轻的医科学生比他更腾达呢？

快乐英格兰，黄金时代，美好年代：一个个如此闪亮的名字向来是后人定义撰写的。在1895年或1900年，巴黎可没人对彼此说:"我们正生活在美好年代,大家尽情享受吧。"描述1870年至1871年法国惨败和1914年至1918年法国完胜之间那段和平时期的这一用语,直到1940年至1941年在法国的另一次溃败后才出现。这原是某个电台的节目名称,后来变成一出现场音乐剧。一个令人心旷神怡的新创词语,一种令人心旷神怡的消遣,也迎合了德国人对"噢啦啦,法国"的某些成见。美好年代,和平与快乐的经典之地,不只是一抹颓废的迷人魅力,还是艺术的最后一次繁荣,一个安定的上流社会的最后一次繁荣。此后,充斥着金属且无法被愚弄的20世纪姗姗来迟,吹走了这一柔和的幻想。20世纪把那些精致诙谐的图卢兹-劳特累克海报从麻风似的墙上和臭烘烘的维斯帕先[1]小便池上撕了下来。呃,对某些人来说也许是这样的吧,对大多数巴黎人来说更是如此。不过,正如明智的法国历史学家道格拉斯·约翰逊所言:"巴黎只是法国的郊区。"

然而,在当时,美好年代乃是——而且感觉是——一个神经质的,甚至歇斯底里的全民焦虑时代,政治动荡、危机四伏、丑闻百出。在这样一个混浊激荡的时代,偏见可能会迅即转化为偏执。因此,历史上受迫害的新教徒和犹太人之间的"尽人皆知的契合性"可能会被某些人覆手翻云为活生生的威胁。1899年,一个叫埃内斯特·雷诺的人出版了《危险的新教徒》(*Le Péril protestant*),他解释说,出版此书的目的是"揭露敌人——新教徒——与犹太人和共济会成员结盟反对天主教"。

1　原文为法语vespasienne,19世纪修建于巴黎的露天男士小便池。

没人知道会发生什么，因为"应该"发生的事情鲜少发生。1871年普鲁士人提出的赔偿要求本应重创那个国家几十年，然而很快赔偿就被还清了，而且法国的损失比1863年以来肆虐法国葡萄园的根瘤蚜大流行所造成的损失还要低得多。出于种种貌似琐屑的原因，本应推动的宪法大变革在最后一刻被束之高阁。被普鲁士击败后，君主政体一心想复辟，但觊觎王位者尚博尔伯爵使之成为泡影。他拒绝将三色旗作为国旗，坚持要用白色鸢尾花或者什么都不用。结果，他一无所得。19世纪80年代末，布朗热将军——天主教徒、保皇派、民粹主义者、复仇派——有望在1889年的选举中夺权。（他的一位希望较渺茫的候选人是埃德蒙·德·波利尼亚克王子，他被选中代表南锡[1]竞选，但他发现竞选之旅太过累人而退出。）这次民主竞选失败后，政变似乎是势所必然了。只可惜布朗热在最后一刻也踌躇不前，仿佛听从了他那位芳名隽永的情人博纳曼夫人的劝告。最后也只有宪法被修改，一大变化就是政教分离。直至今日，1905年颁布的法律依然是法国世俗政体的基础。

根治国内政治纷乱——或至少分散对其的注意力——的办法往往相同：对外冒险。当时，与英国人一样，法国人也认为，他们在世界上肩负独特的使命——文明化。可想而知，他们各自都觉得自己的文明使命比对方的更文明。然而，对实实在在的被文明对象来说，感觉却不同——更像是被征服。就这样，1881年春天，法国人入侵突尼斯，同年秋天又镇压了一场叛乱。在此期间，他们与该国

1　南锡（Nancy），法国东北部城市。

的前统治者签署了"保护条约"。这一用语颇能说明问题。那些提供保护的人伸手要保护费：这是强盗帝国主义的时代。与此同时，1870年至1900年间，大英帝国大肆扩张，领土达四百万平方英里。

法国的政治腐败非常普遍：据说"每位银行家都有私人议员和代理人"。新闻语言很暴力；诽谤法几乎无效；假新闻盛行；杀戮近在身边。1881年，国际无政府主义者大会批准了"行动宣传[1]"（这一用语本身就颇具法国做派），而美好年代引以为傲的上流社会——歌剧院和时尚餐厅的世界——成了靶子。当无政府主义者拉瓦绍尔在1892年受审并被送上断头台时，得到的回应是一枚被扔入众议院的长钉炸弹，五十人因此受伤。高级官员遭暗杀，包括共和国总统萨迪·卡诺（1894年）、社会党反战领袖让·饶勒斯（1914年）。

另外，纳粹排外主义的兴起促使老高卢"重新觉醒"，布朗热表达了报复普鲁士的强烈愿望，以及全国性反犹太主义的此起彼伏，这三股绳子都卷进了德雷福斯案件[2]，这是那个时期压倒一切的政治事件，它超越了简单的正义问题，凝聚着过去，塑造了未来。每个人都以这样或那样的方式涉入其中。1895年德雷福斯"受辱"之际，莎拉·伯恩哈特坐在前排。1899年在雷恩[3]，德雷福斯第二次被审判时，波齐身临现场（波齐无处不在）。

1　原文为propaganda by the deed。

2　德雷福斯案件（Dreyfus case），1894年至1906年间发生于法国的冤案，犹太血统法国军官德雷福斯被诬告向德国出卖军事秘密而被关押五年，经各方声援后冤案得以平反昭雪。

3　雷恩（Rennes），法国西北部城市，布列塔尼大区首府。

然而——而且与那一时期的错乱的历史逻辑相一致——德雷福斯案件造成的影响与它本身完全不相称。其受害者印证了这样一条规则，即殉道者往往无法满足自己的殉道大义。"我们准备好了为德雷福斯而死，"诗人夏尔·佩吉[1]说，"但德雷福斯却没有。"至于这项间谍活动的严重性，道格拉斯·约翰逊断言："这里面什么也没有。"这案子本身并不重要，比起它来重要得多的是他人对它的利用。事实上，假如你要寻找一个可助长反犹情绪的腐败透顶的例子，那么1892年至1893年的巴拿马丑闻——三位犹太金融家贿赂数名内阁部长、一百五十名众议员，几乎所有大报——应该会重要得多。但历史上通常没有什么"应该"。

在法国，政治记忆会留存很久。1965年，已届八旬的小说家弗朗索瓦·莫里亚克写道："在德雷福斯案件发生时，我还是个孩子，但它已弥漫我的一生。"同年，我在法国教书，渐渐喜欢上了一些法国歌手兼歌曲作者。我最喜欢的是雅克·布雷尔，他在十二年

饶勒斯

1　夏尔·佩吉（Charles Péguy，1873—1914），法国诗人、哲学家。

后——也就是事件发生六十三年后——录制了他的抒情挽歌《饶勒斯》,并配了"他们为什么要杀了饶勒斯?"的副歌。

然后在几千英里之外发生了一件古怪而有趣的小事,清楚地证明了无心插柳柳成荫的历史规律。1896年,在争夺非洲期间,一支由八名法国士兵和一百二十名塞内加尔士兵组成的远征军从西向东穿越非洲大陆:他们的目标是苏丹上尼罗州一座坍毁的堡垒。法国人带着一千三百升红酒、五十瓶潘诺茴香酒和一架机械钢琴出发了。这趟旅行花了他们两年时间;他们在左拉发表《我控诉》(J'Accuse)一文两个月后于1898年7月抵达目的地。他们在被毁的法绍达[1]堡升起三色旗,倒并不是出于地缘政治目的,而是为了激怒英国人。他们确实激怒了英国人,直到当时掌管埃及军队的基奇纳(与其声名相反,他是个操着一口流利法语的亲法人士)匆匆赶来,劝他们罢手。他还给了他们几份最新的法国报纸,他们从中读到了德雷福斯案件并流下眼泪。双方握手言和,法国人

基奇纳勋爵

---

1 法绍达(Fashoda),古城名,今苏丹科多克,位于苏丹南部,属东苏丹地区。

撤退时,英国乐队奏起《马赛曲》。没人受伤或遭虐待,更不必说被杀了。

在更广阔的帝国博弈中,这怎能不是一场微不足道的滑稽插曲呢?英国人早就忘记了法绍达(而当年是在他们的逼迫下,才有了那场小小的撤军)。然而,在法国人眼里,那是事关国耻的关键时刻,一个对某位法国的八岁儿童产生深远影响的时刻。在后来的岁月中,此孩童始终将此事铭记于心,把它视为一出"童年悲剧"。当基奇纳与八个法国人在那遥远的城堡里喝着温暖的香槟,看到这几位暂居者竟然已种上了满园的花儿——"法绍达之花!哦,这些法国人!"——他怎能预知,几十年后这些事件会以夏尔·戴高乐战时流亡伦敦期间既任性又气人(在法国人眼中"既刚毅又爱国")的行为,后来又在他顽固、报复性地("有原则、有政治家风度地")三度拒绝让英国加入("扰乱")欧洲经济共同体而收场呢?

也许,现在看来,美好年代是法国艺术腾达奏凯的时代,这是显而易见的;之所以说显而易见,是因为它就是确凿事实。1870—1871年创伤[1]结束一年后,莫奈创作了《日出·印象》(*Impression, Sunrise*)。1914年,美好年代结束时,布拉克[2]与毕加索已奠定了立体主义基础,创作了最纯粹的立体主义作品。在此期间,众多艺

---

1 1870—1871年期间,法国发动了普法战争,最终以战败告终。
2 即乔治·布拉克(Georges Braque, 1882—1963),法国画家,立体主义的代表人物之一。代表作有《埃斯塔克的房子》《桌上的白兰地酒瓶和吉他》等。

术家纷纷涌现：马奈[1]、毕沙罗[2]、塞尚[3]、雷诺阿[4]、雷东[5]、劳特累克[6]、修拉[7]、马蒂斯[8]、维亚尔[9]、勃纳尔[10]，以及他们中最伟大的艺术家德加[11]。同时，各种流派风起云涌：印象派、新印象派、象征派、野兽派、立体派。面对这一切，英国有什么可抗衡的呢？持续存在的拉斐尔前派、维多利亚时代高雅艺术挥之不去的病态、沃茨优雅庄重的陌生化、法国化的西克特[12]、苏格兰印象派画家。病态的道德说教笼

1 即爱德华·马奈（Edouard Manet，1832—1883），法国画家，印象画派先驱。代表作有《草地上的午餐》《酒吧间》等。

2 即卡米耶·毕沙罗（Camille Pissarro，1830—1903），法国画家，印象画派成员。代表作有《蒙马特尔大街》《红屋顶》等。

3 即保罗·塞尚（Paul Cézanne，1839—1906），法国画家，后印象画派主要代表。代表作有《玩纸牌者》《圣维克图瓦山》等。

4 即皮埃尔-奥古斯特·雷诺阿（Pierre-Auguste Renoir，1841—1919），法国画家，印象画派成员。代表作有《包厢》《煎饼磨坊的舞会》等。

5 即奥迪隆·雷东（Odilon Redon，1840—1916），法国画家，象征主义主要代表。代表作有《花和女人》《潘多拉》等。

6 即亨利·德·图卢兹-劳特累克（Henri de Toulouse-Lautrec，1864—1901），法国画家。代表作有《红磨坊舞会》《在咖啡馆里》等。

7 即乔治·修拉（Georges Seurat，1859—1891），法国画家，点彩派创始人，新印象画派成员。代表作有《大碗岛的星期日下午》《阿涅尔浴场》等。

8 即亨利·马蒂斯（Henri Matisse，1869—1954），法国画家，野兽派创始人和代表人物。代表作有《白羽毛》《人生之乐》等。

9 即爱德华·维亚尔（Édouard Vuillard，1868—1940），法国画家，纳比派创始人之一。代表作有《画家的母亲和妹妹》《迪雷书房》等。

10 即皮埃尔·勃纳尔（Pierre Bonnard，1867—1947），法国画家，纳比派创始人之一。代表作有《饭桌上》《水果》等。

11 即埃德加·德加（Edgar Degas，1834—1917），法国印象派画家。代表作有《巴黎歌剧院乐队》《舞台上的舞女》等。

12 即沃尔特·西克特（Walter Sickert，1860—1942），英国画家兼版画家，被认为是从印象主义到现代主义过渡的重要人物。

罩着多数英国艺术。王尔德在《道连·格雷的画像》中如此评价小说中的画家巴兹尔·霍尔沃德："他的作品便成了良好的创作意图和拙劣的画作的奇怪结合，具有典型的英国艺术家的特点。"（王尔德似在隐约模仿福楼拜之说："你不会出于好意而创作艺术。"）拉斐尔前派画作色彩清新，态度新颖，但它们是回溯性的、历史的、讲故事的艺术。对于这一艺术，英国人在接下来的一个半世纪里或引以为傲或疑虑重重。然而新的法国艺术无论在主题还是技巧上都不折不扣的摩登，当然，这也是许多法国人厌恶这种新艺术的原因。

因此，巴黎唯美主义者时常转向英国，不仅寻求绘画作品，寻求装饰和实用性作品，也寻求艺术理论：英国难得地走在艺术理论的前沿。在理论方面，英国有罗斯金[1]，孟德斯鸠阅读他的作品，普鲁斯特译介他的作品。还有沃尔特·佩特，一位胆怯的牛津大学教授，他呼吁人们"用坚硬宝石般的火焰炽烈地燃烧"，赞美"充满奇思妙想和刻骨激情的"艺术。第一件新颖的家具艺术作品于1876年在世界博览会上展出。在他的伦敦梦境中，德塞森特列举了密莱司[2]的《圣亚尼节前夜》（*The Eve of St. Agnes*）。巴黎里沃利大街的加里尼涅书店出售凯特·格里纳韦和沃尔特·克兰的图画书。

1　即约翰·罗斯金（John Ruskin, 1819—1900），英国政论家、画家、艺术评论家，因《现代画家》成名，一举成为维多利亚时代艺术趣味的代言人。

2　即约翰·密莱司（John Millais, 1829—1896），英国画家，拉斐尔前派创建者之一。

奇思妙想和刻骨激情：英国人在实践中也更为危险。1868年，斯温伯恩[1]与朋友乔治·鲍威尔共处诺曼底的一座房屋内。房屋入口上端镌刻着"多曼斯的屋舍"（La Chaumière de Dolmancé），它得名于萨德《闺房哲学》（La Philosophie dans le boudoir）中的同性恋堕落分子。莫泊桑曾两度来访，并记录了在这座堕落之屋的所见所闻：面带稚气的年少男佣，遍布房屋的奇怪小摆设（譬如弑亲犯被剥了皮的手），一只不加管束的猴子，晚餐时饮用的烈酒。餐后，斯温伯恩与鲍威尔拿出印有色情照片的巨大对开书，照片是在德国拍摄的，其中人物都是男性。"我记得其中有一幅照片中的一个英国士兵对着玻璃板手淫。"莫泊桑回忆道，而他对这些东西并不感兴趣。

接下来是奥斯卡·王尔德——法国人误以为他是英国人。他在这方面同样过火，虽然有些人怀疑其行为的真实性。王尔德在二十八岁时拜访了德加在巴黎的工作室，德加说："他表现得像正在某个地方剧场扮演拜伦勋爵。"日记作家、小说家埃德蒙·德·龚古尔称王尔德为"吹牛大王"，认为王尔德的同性取向不是原生的，虽谈不上抄袭，但一定是对魏尔伦[2]和斯温伯恩的

1　即阿尔加侬·斯温伯恩（Algernon Swinburne, 1837—1909），英国诗人，与拉斐尔前派画家关系密切。代表作有《阿塔兰忒在卡吕冬》《日出前的歌》等。

2　即保罗·魏尔伦（Paul Verlaine, 1844—1896），法国诗人，象征派代表人物。代表作有《无言之歌》《智慧集》等。

模仿。唯美主义者喜欢装扮。王尔德在一次化装舞会上扮成鲁珀特亲王[1]；1877年游历希腊时，他还身着希腊民族服。这方面，罗贝尔·德·孟德斯鸠更甚于王尔德：可以见到他像路易十四那样身着文艺复兴时期服饰，身着土耳其服饰，身着日本服饰，甚至身着英国服饰。他曾在镜头前呈现舞台静态画面，用自己的头替代了施洗者约翰的头。但这两位唯美主义者都喜欢在日常装扮成自己最喜欢的角色——也就是他们自己。

"法绍达之花！"维多利亚女王认为法国人"虽然作为个体魅力四射，但作为一个国家却无可救药"。在英国人看来，法国人之所以无可救药，部分原因是法国政治缺乏稳定性。大约每个世纪都有一拨新的法国流亡者抵达海峡港口[2]：胡格诺派[3]教徒、法国大革命的逃亡者、巴黎公社社员、无政府主义者。法国连续四任国家领导人（路易十八、查理十世、路易·菲利普、拿破仑三世）均在英国找到了庇护。伏尔泰、普雷沃、夏多布里昂[4]、

---

1 鲁珀特亲王（Prince Rupert, 1619—1682），英国内战时期最有才华的保王派指挥官。他胆略过人，在战争初期取得过多次胜利，但他的军队最终被纪律严明的议会军所击败。
2 海峡港口指位于英格兰南部，面向大陆的一系列海港。
3 胡格诺派是在1559年的巴黎宗教会议中，被法国各个地区的加尔文跟随者组织起来的。17世纪以来，胡格诺派普遍被认定为"法国新教"。该派反对国王专政，曾于1562—1598年间与法国天主教派发生胡格诺战争，后因《南特敕令》而得到合法地位。后又遭迫害，直到1802年才得到国家正式承认。
4 即弗朗索瓦-勒内·德·夏多布里昂（François-René de Chateaubriand, 1768—1848），法国浪漫主义作家、政治家、外交家，代表作有《基督教真谛》《墓中回忆录》等。

38   王尔德身着希腊服饰

孟德斯鸠扮演施洗者约翰的头颅

基佐[1]、维克多·雨果亦是如此。当遭受(各种不同的)怀疑时，莫奈、毕沙罗、兰波、魏尔伦、左拉都前往英国寻求庇护。相对而言，从英国流亡法国的情况要少得多：斯图亚特王朝之后，前往法国的著名流亡者只有约翰·威尔克斯[2]和托马斯·潘恩。这一不平衡自然滋长了英国人对本国历史与政治自由的自满。英国人之所以流亡法国，主要是为了摆脱流言蜚语(而且能够继续不光彩的生活)：法国是上层破产者、重婚者、打牌行骗者、同性恋者的流亡之地。法国给我们送来了被放逐的领导人和危险革命分子。我们则给法国送去了上流社会中的乌合之众。大陆间流亡的另一个原因在画家沃尔特·西克特1900年的一封来自迪耶普[3]的信中表露无遗："这里很繁荣，而且该死地便宜('该死地'在这里用作副词，而不是用作实义动名词)。"

吉卜林在其诗作《法国》中写道，法国人"最先正视新的真理，最后摒弃旧的真理"。应对旧的幻想，法国人亦是如此。18世纪中期，当英国在地缘政治上第一次处于法国上风时，法国国务大臣舒瓦瑟尔公爵[4]声称自己对此"大为吃惊"。他接着说(那是在1767年)："也许有人说这是事实，对此我必须认同；但由于这是不可能的，我会继续希望这件令人费解的事情不会持久存在。"这

---

1 即弗朗索瓦-皮埃尔-吉尧姆·基佐(François-Pierre-Guillaume Guizot, 1787—1874)，法国政治家，法国第二十二位首相。

2 约翰·威尔克斯(John Wilkes, 1725—1797)，18世纪英国新闻工作者、伦敦政治家。因屡屡受到议会的排挤打击而被认为是政治迫害的牺牲品和争取自由的先锋。

3 迪耶普(Dieppe)，法国北部城市。

4 舒瓦瑟尔公爵(Duc de Choiseul, 1719—1785)，法国军官、政治家、外交官。

种思维——一种神奇、天马行空，却又自觉自相矛盾的逻辑——绝不可能掠过一位英国政客的脑海。时间向前穿梭近两个世纪，这种现象再次发生，戴高乐宣称"正因为法国已不再是强国，所以她必须继续表现出强国的样子"。误以为自己的国家比现实更强大——以为她正在"挑战重量级"[1]，是"盎格鲁圈的领导者"——也是英国政客常见的一大幻想；但这一幻想绝不会如此清晰、近乎唯美地被一举表达出来。

2e COLLECTION FELIX POTIN

KIPLING
HOMME DE LETTRES

吉卜林

　　书随着时代变化，至少，我们的读书方式依时而变。初版书收藏家有时喜欢想象自己回到最初手握这本新鲜出炉的书的那一天，闻着墨水和胶水的味道，那时还没有人就这本书品头论足，也没有任何成见阻碍天真的读者对书的内容做出不受污染的回应。

1　原文为pouching above its weight，这个表达源自拳击运动，本义指能和高于自己重量级别的对手较量。现在，也常用来描述一个小国家的实力堪比大国，小公司也可叫板巨头。

《逆流》于1884年出版之际，马拉梅在5月18日给于斯曼写信，夸赞"这是一部好书（你思想的内部世界）"，称它是"一本非凡的手册……对普通小说家来说，这是多大的惊喜呀；这本书将让他们大开眼界！"，马拉梅称德塞森特为"一个尖酸、做作的人"，对于他的"不幸"，有人担心"无法给予足够的怜悯"。马拉梅推崇这部小说——小说中正好有三页文字不加掩饰地称赞马拉梅的诗歌，将马拉梅推向更广的世界——这并不令人惊讶。但对于我们这些后世读者，我们将这部小说视为法国颓废派艺术的一部《圣经》，一部奇异、黑暗的幻想作品，大致相当于古斯塔夫·莫罗或奥迪隆·雷东作品中的狂想，马拉梅作为最早的读者，给出了他的观点：

> 它是纯粹知觉天堂的一幅绝世幻景，当个体——无论是野蛮人还是现代人——面对快乐时，这一幻景就会向他显现。令人赞叹，且赋予您作品气势（这气势将被目为狂想，诸如此类）的一点是，书里没有丝毫幻想。在对这一切精粹的细致品鉴中，您已展示出比其他任何人更为严格的纪实性。

《逆流》的一大独创在于，它频频从纤弱的叙事中转向散文的笔法。里面有对当代文学、艺术及音乐的反思，还有对晚期或颓废拉丁文学的长篇探讨，这篇论述广受赞誉，直到多年后于斯曼坦承它大多"借鉴"自阿道夫·埃伯特[1]的三卷本中世纪文学史。书中

---

[1] 阿道夫·埃伯特（Adolf Ebert，1791—1834），德国图书馆学家，代表作有《图书馆员的教育》等。

还有一大章节纵论天主教辩护士,其中包括莱昂·布卢瓦[1],他和于斯曼几乎是同代人。于斯曼称布卢瓦为"一个未开化的小册子作家,风格造作而狂烈,稚拙而骇人"。布卢瓦反唇相讥,说于斯曼的文风让人觉得译那本书是多么困难:"(他的文风)仿佛一直在拖拽母亲形象的头发或脚,将其拖下由可怕语法搭成的虫蛀楼梯。"

至于对作品本身,布卢瓦与马拉梅的看法迥然不同:

> 这部万花筒似的回顾包含了现代人感兴趣的一切,而这一切无不被这个厌世者所藐视、污辱、诋毁和诅咒。他拒绝将我们时代中的卑鄙者视为人类宿命的产物,他疯狂鼓噪,呼喊神明。除了帕斯卡[2],没有人曾发出过如此深刻的悲叹。

人人皆知——或者说,"人人皆知"——罗贝尔·德·孟德斯鸠伯爵曾有一只宠物龟,龟壳被涂成金色,嵌着宝石。我们知晓这一故事,是因为于斯曼在《逆流》里用了四页笔墨描写德塞森特如何获得这一宠物龟——确然是"美学的购物"——以及它的蜕变。先久久深思设计方案,随后与珠宝商讨论:一颗颗宝石可勾勒出一幅日本画:一根花朵盛开的细枝。完成镀金和珠宝镶嵌后,这一移动财宝箱要被放置在一块精致的土耳其地毯上,从而精妙地与地毯的色调和纬纱相呼应。这一切都已成功达成;但几页之后,由

---

1 莱昂·布卢瓦(Léon Bloy,1846—1917),法国小说家、散文家、诗人。

2 即布莱兹·帕斯卡(Blaise Pascal,1623—1662),法国数学家、物理学家、哲学家、散文家。代表作有《论摆线》《思想录》等。

于——这是寓意所在——"强加在宠物龟身上那耀眼的奢华",可怜的宠物龟来了个底朝天,一命呜呼。这一哥特式文学作品中的死亡事例在英国有个相对应的故事,相对而言,它在想象力方面较为粗陋:伊恩·弗莱明[1]的《金手指》(Goldfinger)中吉尔·马斯特森的死亡,她被金手指派遣的暴徒涂上金漆杀死。

装饰华俗的乌龟的故事,或许是马拉梅传递给于斯曼有关孟德斯鸠信息包的一部分,此外还有北极熊毯上的雪橇、教堂家具以及放在玻璃展示橱里的丝袜等。《逆流》没有改写后三个物件的信息,但乌龟的故事却不一样了。罗伯特·鲍尔迪克,这部小说的英国译者、于斯曼传记的作者,说马拉梅那晚在探访"阿里巴巴洞穴"时只看到"一只不幸的乌龟的遗骸,它的外壳被涂上了金漆"。因此,没有珠宝,也没有活生生的乌龟。这就给我们留下了一大疑问:孟德斯鸠伯爵到底是从古董店里弄来这件艺术小摆件成品,还是买了个龟壳然后异想天开、花里胡哨地涂上金色颜料?

另一方面,据孟德斯鸠的传记作者菲利普·朱利安讲,这个乌龟的故事——无论乌龟是死是活,无论乌龟有没有被装饰——是(诗人)"朱迪丝·戈蒂埃[2]臆造的"。尽管如此,在某种程度上,这种做法并不令人失望。将一个小小的谣言,甚至一个讹传,变成吸引眼球的某种现实,是小说家的部分职责;通常,素材越少,小说家越容易杜撰编造。

1　伊恩·弗莱明(Ian Fleming, 1908—1964),英国小说家、特工。代表作《007》系列。
2　朱迪丝·戈蒂埃(Judith Gautier, 1845—1917),法国女诗人,法国浪漫主义诗人泰奥菲勒·戈蒂埃之女。

即便邀请是出于感激以及新近建立的友谊，一名巴黎外科医生，即使是功成名就的外科医生，怎能让王子和伯爵作陪，还买得起那些东西？她叫泰蕾兹·洛特-卡扎利斯，来自里昂，"年轻、富有、美丽"（这第三个形容词总是与前两个相得益彰，多么奇怪）。她的家族信奉天主教，拥护君主制，最近从铁路热的投资中暴富。但她的家族在艺术界也有人脉。给她的婚姻牵线搭桥的一个堂兄，亨利·卡扎利斯，是马拉梅的朋友；另外一个堂兄弗雷德里克·巴齐耶是印象派的希望之一，1870年不幸死于战争。

波齐三十三岁，被泰蕾兹迷住了；泰蕾兹二十三岁，不谙世事；他迫不及待地向她求爱。波齐在信中说，他"以孩子般的狂放，小伙子似的激情和成年人的柔情蜜意"爱着她。嫁妆被正式确定：哪些是双方共有，哪些属于她的私人金库。波齐同意将他们的孩子培养成天主教徒。他们于1879年11月9日在巴黎第八区市政厅举行俗婚，于1879年11月17日在多米尼克派巴黎教堂举行教婚。波齐的一位证婚人是他的堂兄，亚历山大·拉布尔贝纳，时任巴黎医学系教授和法国荣誉军团勋章军官。身为牧师的波齐父亲拒绝参加他的婚礼。夫妻二人在西班牙度蜜月。1880年夏天，夫妻二人搬进位于旺多姆广场的一处大宅，在那儿波齐将开设私人诊室。抵达巴黎十五年后，波齐再次出发了。

孟德斯鸠有很多异性朋友，或许关系最为亲近的是伊丽莎白·卡拉曼-希迈。伊丽莎白比孟德斯鸠小五岁，但喊他"叔叔"，虽然事实上孟德斯鸠是她母亲的嫡堂兄弟。他为她挑选服饰，伴她听音乐会。伊丽莎白"没有嫁妆,仅凭一副美貌"嫁给了格雷菲勒伯爵。伯爵是比利时人,生性粗鲁,蓄红胡子,据说长相酷似扑克牌中的大王,且家资殷富。孟德斯鸠的(法国)传记作家告诉我们,格雷菲勒为妻子举办"盛大宴会,他以妻子为傲,却也公然蒙骗她"。

传记作家的那句话值得玩味。直接的反应——中产阶级、英格兰人、清教徒的反应——会是去谴责,谴责伯爵的所作所为是纯粹的伪善,法国(和比利时)做派的伪善。但在当时,在那样的社会阶层中,这并非异乎寻常。这是伊迪丝·华顿常常描绘的世界:这个社会对金钱、阶级、家庭和性爱的要求相互矛盾。而性爱往往是屈从的一方——通常迫于丈夫的强令。我记忆中有一位美国友人,20世纪50年代嫁入巴黎上流社会。按家风和传统,她须得孕育后代,丈夫这时与她同床,之后便去别处寻欢了。她说,自己了解到法国上层资产阶级婚姻规则时为时太晚,惊愕不已。她自己也找情人,不过暗示这并非理想的解决之道,甚至不能算成是一报还一报。

人们一般认为英国人讲求实际,法国人更加感性。但论及情感,顺序往往会颠倒。英国人信奉爱情与婚姻——认为爱情成就婚姻、超越婚姻,多愁善感是真情实感的表达,维多利亚女王的婚姻琴瑟和鸣,丈夫去世后,她忠贞守寡,堪称举国典范。而法国人更为实际:婚姻旨在提升社会地位、积聚财富、延续家族,唯独不是为了爱情。爱情鲜能在婚姻中存活,佯装它能是愚蠢和虚伪的。婚姻不过是冒险之心动身出发的大本营。

当然,这些规则是人制定的,婚契里可找不到白纸黑字。

埃德蒙·德·龚古尔有一位表亲费多拉。1888年8月,她唏

亨利·格雷菲勒伯爵

伊丽莎白·格雷菲勒伯爵夫人

嘘自己的一脉家族沦落得何等悲惨。"想都不敢想，"她对他说，"上下五代人竟为爱而结婚。"

据说格雷菲勒伯爵在城里时，与情人们同床精确到每日轮值，行程固守不变，无须车夫提示，拉车马匹都知道每天停在哪个不同的位置。

向孟德斯鸠的传记作家（如今已作古）提个问题：如格雷菲勒伯爵"公然蒙骗（他的妻子）"，那他是怎样做到的呢？

居伊·德·莫泊桑的斯温伯恩"萨德村舍"之旅明显没有动摇他的看法，1881年12月8日他在文学期刊《吉尔·布拉斯》(*Gil Blas*)中写道：

> 英格兰是个伟大的国家，真正的国家，生活协调，根植现实。这个国度文质彬彬，经商有道，繁荣强劲，体面可敬。如今，它还滋养了灿若繁星的哲学家，19世纪最伟大的思想家。这个国家砥砺前进，刻苦实干。
>
> 但英国绅士并不惯于打斗，也就是说，不惯于决斗，且对这种活动蔑视至极。在他们看来，生命值得尊重，生命是国家的财富……他们对勇气的理解与我们不同。他们唯一准许的胆量是有效用的——之于国家、之于同胞。这种思维方式明睿可取、实事求是。

道出上述夸赞的莫泊桑并未设身处地地审视过英国人，他把这些内容发表在一篇文章里，讨论决斗的荒诞不经、徒劳无益，以及决斗者充满错觉的荣誉感。"荣誉！哈，时代遗留的可悲字眼啊，它让人沦为这般的小丑！"莫泊桑接着写道，"决斗是嫌疑人的自保措施：为重获低廉的贞洁做出的尝试，不能自圆其说，并非光明正大，实则违背原则。"法国"有一种疯癫的精神状态，也可以叫作林荫大道心态（the Mentality of the Boulevards）——好口角、轻浮、神志混乱又空泛聒噪——从玛德琳蛋糕到巴士底狱，继而流传至整个法国。它之于理性和真思就像是根瘤蚜之于葡萄藤"。

莫泊桑接着揶揄道：

> 我能接受的一种决斗，就是业界内的决斗，为了报道的决斗，记者之间的决斗。当报纸销量开始下降，某位编辑就会埋头撰稿，抨击、侮辱同僚，一来又一往。公众的注意力被吸引过来，就像在集会上看摔跤。继而决斗上演，上流社会有了谈资。
>
> 这一程序有一大好处：编辑无须掌握法语写作。他们只需要擅长决斗……

莫泊桑不像听起来那般冷淡超然。就在一个月前，他还担任助手，见证了记者勒内·迈泽里与维辛一家竞争报社的编辑的决斗。

五年后莫泊桑第一次游览英格兰。亨利·詹姆斯似乎每年都带着巴黎游客四处游览，莫泊桑顺理成章地身携推荐信投奔了他。1884年萨金特已经把法国小说家保罗·布尔热介绍给了他，带着盎格鲁优越感的詹姆斯和有着法国优越感的布尔热可谓旗鼓相当。1885年，萨金特引荐了"奇异三人组"。如今，1886年，布尔热又引荐了莫泊桑，自然暗示詹姆斯应该带他见见伯恩-琼斯。詹姆斯也带他参观了伯爵宫展览中心（Earl's Court Exhibition Centre），晚宴时为他引荐了乔治·杜·莫里耶和埃德蒙·戈斯。之后莫泊桑作为费迪南·德·罗斯柴尔德的宾客逗留沃德斯登庄园，游览完牛津回到了伦敦，在伦敦期间他参观了

COLLECTION FÉLIX POTIN

GUY DE MAUPASSANT

居伊·德·莫泊桑

杜莎夫人蜡像馆，还在萨沃伊剧院听了一场吉尔伯特和沙利文的轻歌剧。

就在这时莫泊桑逃走了。前一天称自己心驰神往、不胜感激，第二天早上却溜之大吉，理由是"自己太冷；伦敦太冷；我将前往巴黎。再会！"。诚然，伦敦之前的确多雨。诚然，身为法国人，他发现"伦敦女人不如我们的——我指法国女人——娇柔妩媚。人们说，伦敦女人不过是外表严肃，但如果一个人只看外表，不看其他——比如我——那么他就有权要求她们少一些冷若冰霜"。

莫泊桑再没重返伦敦。

莫泊桑对伦敦的反应极具时代特点。这座城市让法国人心醉神迷、惊骇不已又黯然伤神。无论是小说角色还是活生生的人物都心存疑惑，思考这是否也是他们在劫难逃的命数。

车外下着英格兰常有的飘泼大雨，德塞森特坐在巴黎的马车上，思考他会遇到什么。

> 一个多雨的、巨大的、宽广的伦敦，散发出热乎乎的铸铁和煤炭气味，烟气不断地融入迷雾，这个城市现在正掠过他的眼前……在一片永恒的黄昏暮色中，从所有的林荫大道，所有的大街小巷，无耻地闪亮起魔怪一般却又鲜艳夺目的广告，车辆的洪流汹涌磅礴，在行人中间呼啸穿梭，而一个个柱子般沉默无言的行人则显得忙忙碌碌，两眼朝前，胳膊夹紧身子。

德塞森特想象自己"迷失在这骇人的商业世界里……桎梏在冷血机器中"，这机器将数百万贫苦人碾成粉末。

有意制造的混乱、嘈杂、污秽和嗜财……"奇异三人组"出游伦敦的十二年前，兰波和魏尔伦来到了这里，发现伦敦乌烟瘴气，"轧轧的马车、辘辘的出租车、呜呜的脏污公交车、呼呼的电车，还有华丽的火车连绵不断，爬过一座座宏伟的铸铁桥；路人蛮横粗鄙、吵嚷聒噪"。伦敦的种族多元同样让人大吃一惊。两人沿摄政街出发时，诧异于满眼的黑人。"黑人多得像漫天大雪。"兰波说。但伦敦的天气还是颇合两人心意的："想象透过银灰色的绸缎望落日。"

不难发现，1870年至1871年间首访伦敦的莫奈同样被深深吸引了。

有如此反应的不仅是法国人。瓦格纳1877年乘船溯泰晤士河而上，对同行的妻子科西马说："阿尔贝里西[1]的梦想成真了啊——这里就是尼福尔海姆[2]，世界的主宰，忙忙碌碌，蒸汽与烟雾的压迫感如影随形。"

或许伦敦是地狱，但它也是一座现代地狱：兰波赞叹伍尔维奇[3]的码头，认为它与自己"日渐成熟的现代主义诗学"颇为合宜。于斯曼虽然痛恨现代性，却精准地点出了现代性的一个大关键因素："自然大势已去。"人工创造物是人类才华的独特标志，如今，人造物正在取代自然作品（一个世纪后，情

2ᵉ COLLECTION FÉLIX POTIN

MONET (Claude)
PEINTRE

莫奈（克劳德）

COLLECTION FÉLIX POTIN

WAGNER

瓦格纳

1　阿尔贝里西（Alberich），出自歌剧《尼伯龙根的指环》，是尼伯龙根一族的矮人国王。
2　尼福尔海姆（Nibelheim），尼伯龙根一族的所在地，北欧神话中的九大世界之一，意为"死人之国"或"雾之国"。
3　伍尔维奇（Woolwich），伦敦地名。

境主义者同样有此发现）。对德塞森特来说，自然创造的人类在机械的创造物面前自愧弗如："难道在这世界上还存在着一种在交合的快乐中孕育，并在一个子宫的阵痛中诞生的生命，其模式、其类型，比起北方铁路上采用的那两种火车头模型或类型来，竟然还要更光辉、更灿烂吗？"

但不是所有法国人都崇尚现代主义诗学，所以不是所有法国游客眼中的伦敦都是脏污不堪、灵魂空洞、唯利是图的。某些人的观点更温文柔和、更富浪漫气息：

> 种种形状和抹抹色彩溶解在烟雾弥漫的乳白色的水晶里；熙攘的件件制服燃起亮眼的红，稍纵即逝。出租马车别致精巧，像齐整拴住的狭长小船般自如穿行，车篷上坐着的马车夫手执马鞭，就像船顶上坐着的船夫手执船桨。窄窄的车窗外，一幅幅景象目不暇接：大公园里树林间栖息着孔雀，目光下移是炭灰色的绵羊；不知何处手摇风琴传出了悠扬乐音。向拉斐尔前派风格商店的窗户里望去，女士们一身橄榄绿，对着太阳花爱不释手。

这幅非典型伦敦肖像的作者是罗贝尔·德·孟德斯鸠伯爵。

难以想象奥斯卡·王尔德参加决斗的情状：毫无疑问他会认为决斗"粗俗"。也很难想象斯温伯恩、托马斯·哈代，甚至或是战地记者 W. T. 斯特德。回溯19世纪30年代，决斗在英格兰就已不再流行。但尽管莫泊桑极尽讥讽，法国却是另一番景象。无论是创作欢快故事还是颓废诗篇,作家似乎从不相信文字就已绰绰有余,也不相信文字可以,实际上应该,解决问题。倘若——如惠斯勒所言——友谊不过是走向争吵的一个阶段,那么一篇恶毒的报刊文章也许是引向出城决斗的一大舞台,台上配备四个助手,一名待命医生,桥下躲着一位牧师,以防不测。假如这一活动有任何意义,那可能就是:相较诽谤诉讼,决斗更干脆利落,花费更少。

按极其保守的估计——且仅就政界、新闻界和文学界而言——1895年到1905年间,巴黎至少有一百五十场决斗。如果有些决斗是以朝空中射枪或第一次见血为终止,那么有些决斗则要猛烈、疯狂得多。决斗名单中高频出现的有:战地记者、战争头目(也是波齐的医生兼朋友)乔治·克列孟梭,总共参与决斗二十二次;生性鲁莽的诗人卡蒂勒·孟戴斯[1];诗人让·莫雷亚斯;政治记者亨利·德·罗什福尔和爱德华·德吕蒙;小说家、政客莫里斯·巴雷斯。通常来说,右派比起左派更容易大发雷霆,如记者、小说家(保皇主义者、反犹分子)让·洛兰;保皇派、民族主义分

克列孟梭

1　卡蒂勒·孟戴斯(Catulle Mendès,1841—1909),法国作家、诗人。

2ᵉ COLLECTION FELIX POTIN

LEON DAUDET
HOMME DE LETTRES

莱昂·都德

子、深入骨髓的反犹、恐德、反民主分子莱昂·都德。都德遇事总是激愤难抑,骂人是一把好手。但人到中年时,他才发现言语已不够表达,转而诉诸流血。1902年,三十五岁的都德首次参与决斗,对手是一位社会主义记者,1910年参与两场,1911年三场,1914年四十七岁时参加最后一场。

据统计,决斗数量激增与当时的政治情况直接相关。一次激增出现在布朗热主义[1]爆发期间。作家兼决斗者、著名决斗导演欧仁·鲁齐耶·多尔西埃雷斯参与决斗二十场,即将导演的决斗达一百九十二场,在德雷福斯事件爆发后,他表达了对前景光明的新业务的喜悦。维勒邦是风靡一时的决斗地点,坐落此地的餐厅女经理人很赞同:"的确如此,先生,我们又要重回布朗热主义的美好旧时光了,那时经常一个上午就有三场决斗呢!"

1901年,向来好战的诗人卡蒂勒·孟戴斯和从未战败的某个乔治·瓦纳进行了一场决斗,这场决斗充分体现了莫泊桑所称的"林荫大道心态"。孟戴斯几近花甲,瓦纳年轻得多;战况十分激

1　布朗热主义,19世纪80年代法国掀起的民族沙文主义运动。

烈，两人双双见血；回合止于孟戴斯腹部遭到袭击。快速检查后，在场医生向孟戴斯的助手保证伤处并无大碍后离场。但实际情况是，瓦纳的刀锋刺进孟戴斯的腹膜七厘米之深，孟戴斯在死亡的边缘徘徊了三周，最终死里逃生。为何决斗呢？——两位在剧院后台闹翻，争执莎拉·伯恩哈特饰演哈姆雷特时的胖瘦。

然而，最为心酸的是几位作家的例子，年纪不大，渴望写作成名，但偏偏在完成决斗这一过时的社会仪式时丧了命，死得微不足道，让自己的名声落得这般下场。1886年，埃德蒙·德·龚古尔麾下的小说家、记者罗贝尔·卡泽与记者夏尔·维涅进行了决斗，原因十分曲折。另一位记者费利西安·尚索尔在一篇文章中暗指某位年轻作家带着情人乘专列去卢尔德。卡泽认为文中含沙射影的对象正是自己。他和尚索尔在咖啡馆发生口角，但否定了对方的提议，拒绝决斗：他采取了更加明智、更加现代的办法——诉诸法律程序。紧接着，早就对卡泽满腹敌意的维涅加入混战，在《现代主义评论》中指责卡泽自己甘愿从尚索尔那儿讨一顿好打。

这次，一场决斗（似乎）无法规避。2月15日，卡泽和维涅在默东森林展开决斗；五周后，正当英年的卡泽断了气，留下了带着两个孩子的遗孀和他刚刚出版的第一部小说的微薄版税。但他死前说出的话却像位真正的作家。与龚古尔一道看望将死的卡泽时，于斯曼和卡泽有几秒钟的交流，后者刚好有足够的力气问他："您可曾看过我的书？"

朱尔-依波利特·佩尔谢是一名记者，笔名是哈利·阿利，九年后，他遭遇了作家最难接受的职业风险：被自己的读者所杀。阿利当时三十七岁,与莫泊桑交好,研究非洲文化。1895年2月24日,他在《辩论杂志》(*Journal des Débats*)中为法国在刚果的殖民扩张辩护。法国刚果研究协会的创办人勒沙特利耶上尉写信予以指正。阿利对这封业已发表的信添了评注,私下又给他写了信。勒沙特利耶指责阿利"做比利时的走狗作家",你来我往语气越发严厉,最终两人相互指责财务舞弊。看来,一场决斗势在必行。

阿利不想惊动妻子和孩子们,带他们去了大碗岛(修拉十年前画过的地方)野餐。他把家人安顿在露天咖啡店,说去见位朋友,借故离开,步行到附近的红磨坊餐厅。决斗地点就在大楼的舞厅。阿利家人再度见到他时,他已经咽气。

波齐呢? 当这一场场由于荣誉这个小丑作祟而引发的怒火纷飞的厮打上演时,波齐身处何地呢? 我们可以想象他以医者的身份出场,时刻准备止住喷涌的圣洁之血。当冷静且超然的罗贝尔·德·孟德斯鸠伯爵经人挑拨打算迎战时,波齐的确在场提供帮助。我们还可以想象他是一名有着科学思想的观察者,观察这些所谓的天马行空的子弹纷飞、刀剑往来。波齐无处不在,自然也在此地,在决斗中心。1899年末,波齐当选为多尔多涅省议院参议员,议院承担高级法院的职责,调查高呼"血与土[1]"的民族主义者和保皇党的煽动活动。根据抽签结果,波齐加入参与调查的参议员之中,他们投票支持审判共谋者。保罗·德鲁莱德是同谋之一,他

---

1 即德文 Blut und Boden,指民族的生存依靠血统和土地,是纳粹德国意识形态的核心组成部分。

曾劝说一名将领带领部队攻打总统官邸,并要求以叛国罪逮捕自己;尽管如此,德鲁莱德还是被无罪释放了。来年6月,波齐在歌剧院大道的医学俱乐部遇见了德鲁莱德的朋友,医生保罗·德维莱尔。

一阵寒暄后,德维莱尔把自己的一只手套掷在波齐的脸上。波齐叫来助理——这样做顺理成章——解释自己当时抱恙,连参议院最终投票都不曾参加。但德维莱尔根本无意收回自己的责难,鉴于"波齐医生在参议院的通常态度",他固执己见。一场决斗不可避免。由于德维莱尔名声在外,是位神枪手,当时五十四岁的波齐选择了用剑。同为医生的两人在卢维希安附近开战,布罗卡的主治医师在场支持波齐。刚一开战,波齐的一只手就受了伤——一只做手术的手,一只情人的手,一只萨金特画中钢琴家的手。荣誉讨到了,傻事干尽了。

第二颗子弹——离我们的故事更近些——于1871年5月射出,正值政府军镇压巴黎公社。阿德里安·普鲁斯特医生年长波齐一轮,两人不久便结交、共事。普鲁斯特徒步去慈善医院上班途中,一颗流弹擦身而过。他有孕在身的妻子听到消息后惊恐万状,举家搬到城市郊区的欧特伊,等待战争平息。两个月后,马塞尔·普鲁斯特出生。

如果考虑给塞缪尔·波齐出一本引语词典的话,其中应该有这句话,出自他的妇科医学论文引言:"沙文主义是一种无知的表现。"波齐热爱祖国,曾在普法战争(其间被马拉救护车轧伤了膝盖,毫无英雄主义色彩)和第一次世界大战时期担任军医。但波齐并不极端、盲目爱国。如果医学真相出在别国,他就会出国求取知识。有种说法是"医生总是以某种方式做某件事,因为他们是法国人,而法国人的做事方式就是如此",但这并不能服众。外科手术非常保守,通常情况下医生是极端爱国的。国家间的信息流通缓慢。早在1853—1856年克里米亚战争期间,弗洛伦丝·南丁格尔就证明了基本的卫生与清洁条件可影响存活率。但在1861—1865年美国内战和1870—1871年普法战争期间,污秽的旧习依然延续。波齐明白,比起最初的伤口,伤者死于感染和败血病的可能性要高得多:手术环境肮脏,易引发交叉感染,前线运回伤者的四轮马车曾用于装马匹,车厢里铺满了沾着粪便的稻草。即便在和平时代,外科手术中也往往忽视基本的卫生条件。美国外科手术医生查尔斯·梅格斯(1792—1869)曾收到建议,提议他和他的同事们应该洗手后再手术,梅格斯大发雷霆,轰动一时。"医生文质彬彬,"他口不饶人地说,"手怎会是脏的呢。"

首先,波齐是亲英派——这不仅体现在他在利伯提百货店里买窗帘布。他的鳏夫父亲娶了位英国人,他同父异母的兄弟保罗1876年在利物浦娶的妻子米丽娅姆·阿什克罗夫特也是英国人。1876年,波齐第一次游览英国,到苏格兰首府爱丁堡参加英国医学协会会议。在那儿,他如愿见到了约瑟夫·李斯特,按计划学习了石炭酸消毒法原理。

波齐发现,石炭酸消毒法是个很完整的过程,步骤缺一不可。

石炭酸防止伤口感染，弱苯酚溶液用于洗手，细苯酚喷雾用于手术室消毒；在法国，缝合时用银丝线，经常造成剧烈疼痛，引发感染，石炭酸消毒法与之不同，使用羊肠线缝合，术后几天羊肠线便会被人体吸收。李斯特没有让伤口相对裸露，而是把苯酚浸泡过的无菌敷料敷在伤口上方，下方插橡胶引流管。波齐称其为"苏格兰仪式"，这是否有作用呢？简单的数据中便有答案：李斯特发现，如果全程遵循他的手术步骤，截肢手术的死亡率可从50%降至15%。

波齐一回到巴黎便将他的发现成果整理成文，开始使用石炭酸消毒法。法国没有羊肠线和制造苯酚喷雾的器械，波齐便自费从英国进口。和李斯特的会面开启了波齐与欧洲、美国同僚的终生交流。

波齐聪颖、果断，是一位科学理性主义者，也就是说生活对他而言是可理解的，最佳做法显而易见，这在一切领域都适用，但不包括爱情、婚姻与为人父母。不然，用现在的话来说，波齐就是"顺应历史潮流"的人。波齐这一代人与上一代人有不可避免的分歧，这种分歧不在于服装样式、头发长短、闲散与否或是性道德优劣，而是关于世界的全部历史与起源。

1874年赖因瓦尔德出版社出版了塞缪尔·波齐和勒内·伯努瓦合译的达尔文著作《人类与动物的情感表达》。几乎同一时间，阿歇特出版社出版了《地球及圣经创世故事》(*The Earth and the Biblical Story of its Creation*)，译者是邦雅曼·波齐——姓氏波齐(Pozzy)中沿用家族拼法"y"——是一名牧师，父子两人同是"巴黎人类学协会会员"。父亲的书驳斥了达尔文生物进化论,重申《圣经》中亘古不变的真理。儿子的书共计四百零四页,父亲的五百七十八页。父亲送儿子的精装书的扉页上用铅笔写着赠言:"致亲爱的儿子塞缪尔,邦雅曼·波齐。"父亲的书遵循学术标准,引用丰富,涵盖法国、德国、瑞士和英国文献,但对查尔斯·达尔文只字未提。

父亲坚持福音书中亘古不变的真理,儿子相信动态的科学真理,两人间不可避免地出现了无法调和的分歧。英国父子菲利普和埃德蒙·戈斯关系也是如此,埃德蒙小波齐三岁,从他的《父与子》(*Father and Son*, 1907)中就能看出父子争端。像邦雅曼·波齐一样,菲利普始终信奉"物种固定法则",相信上帝"灾难性创世",认为"行星表面瞬时即呈现一种早有生命存在的结构"。他在一本名为《脐》(*Omphalos*)的书中试图让《圣经》符合近期的地质现象,从而招致了诸多嘲讽。但人们并没有讥嘲邦雅曼·波齐,而是彬彬有礼地对他不理不睬。

波齐一贯衣着精致,他的"英式长礼服"[1] 惹人说长道短。人们说他"几乎算是位丹第"。广义上来说,他是一位丹第,但永远达不到极致。丹第主义是英法风潮,整个19世纪跨英吉利海峡在两国交错出现。博·布鲁梅尔[2] 是典型的丹第代表:服装精致,诙谐风趣,善于挥霍的上流社会人士。阶级是基本条件:英国丹第几乎没有出身中产阶级的,更不必说工人阶级。而法国丹第则被允许来自放荡不羁的艺术圈。布鲁梅尔的法语传记作者巴尔贝·德·奥勒

1　原文为 English frock coats。
2　博·布鲁梅尔(Beau Brummell, 1778—1840),19世纪英国丹第的鼻祖。

波齐:"令人生妒的英俊外貌"(语出摩纳哥公
主艾丽斯)

维利是浪漫主义后期的丹第，信奉天主教的小说家，出身外省中产阶级却总是暗示自己有贵族血统。法国丹第比起英国的更具作家风范：波德莱尔是诗人丹第中的丹第。小说中的丹第德塞森特委托制作了一条仿中世纪挂毯，一幅"恢宏的三联画"，挂在壁炉架中央。文字采用精美的弥撒经书字体，花饰美轮美奂。三段圣言文本均出自波德莱尔之手：左右两侧为十四行诗，中间是一首散文诗，标题为《世界之外，无论何地》(Anywhere out of the World)。

孟德斯鸠是贵族-诗人-丹第的典型代表，这分别赋予了他三大优越感。祖父栽的梓树上栖息着白孔雀。孙子寻找灰色花朵装点的灰色房间。他与路易十四和路易十五一样参加化装舞会，倒茶讲究"英式习惯"——自饮自斟。他是第一批晚间穿上无尾礼服的法国人，礼服是天鹅绒面料，甲虫绿或是酒红色。他的传记作家说他是"光芒四射，喧闹欢腾的剧毒甲虫"。莱昂·都德在其回忆录中说伯爵"永远像涂了清漆"。丹第是唯美主义者，对他们来说，"思想价值不及视觉价值高"。精装封面带给他们的愉悦不比书中的内容少。

孟德斯鸠和加布里埃尔·伊图里共同生活了二十年(1885—1905)。阿根廷秘书伊图里比孟德斯鸠年龄小，孟德斯鸠从男爵多阿藏的眼皮底下将他挖了过来。多阿藏堕落放荡，臭名昭著。伊图里"长相好看，在他故乡那种较热的地方颇具魅力，他在里斯本由英国牧师们抚养长大，好让他能抵制这副好皮相给自己带来的诱惑"。这一计划显然没有完全奏效。孟德斯鸠初见伊图里时，他正在马德莱娜大街上卖领带。有人认为他是投机者，有人认为他是孟

孟德斯鸠与伊图里身着东方服饰

德斯鸠的灵魂伴侣（两种角色并不冲突），还有人认为他给孟德斯鸠跑腿办事。他们两人喜欢穿相配的服装，曾有一次打扮成"英国人"："普尔出产的长礼服，饰有帕尔马紫罗兰般的大纽扣，就像英国人周日做礼拜时的装束。"可惜，这稀奇古怪的时刻似乎没让照片记录下来。遇见伯爵不久后，伊图里给他写信说："在你亲切的步伐疲惫时，我要把无刺的玫瑰铺在你的脚下。"这句话既矫揉造作又动人心弦。也许，矫揉造作就像多愁善感，恰如阿兰-傅尼耶所写："落空时是多愁善感，奏效时则是艺术，是悲伤，是生活。"

19世纪80年代，孟德斯鸠与惠斯勒有过一段高品位、真性情的短暂接触。惠斯勒是盎格鲁-美国-法国丹第，对小他二十岁的奥斯卡·王尔德百般慈爱，与他一起骑马比武。纵观提到的几个例子，丹第为自创而激动，为自夸而欣喜（往往是"他"，当时人们认为并不存在女丹第）。当比常人更机智、打扮更漂亮、品位更高雅时，丹第会激动不已。惠斯勒将《树敌的文雅艺术》(*Gentle Art of Making Enemies*)献给"极少数的人，年纪轻轻就已摆脱了庸人之交"。（"极少数的人"受法语影响，出于司汤达的献词"致少数幸福的人"。）王尔德喜欢提及"蒙选者"这个概念，认为他们的任务是指引众多未受蒙选的人提升品位，培养审美。当然，如果太多人模仿丹第，丹第就得更进一步，让自己重新自成一格。丹第是装饰者，房屋公寓的装饰者，语言表达的装饰者。丹第是品位的裁决者与典范。不是艺术，而是品位。

德加说："品位扼杀艺术。"

波德莱尔把丹第主义称作"一种界定含混的习俗，和决斗一样怪诞不经"，极其耗财耗时。它"在历史转折时期尤为兴盛，正逢民主制度初露头角，贵族制度并未完全受动摇、遭贬损"。(丹第大多不持政治立场，但由于丹第这份职业耗资多，而他们基本上不工作，所以不可避免地会偏右而非偏左。)据巴尔贝·德·奥勒维利分析，维多利亚治下，丹第的死敌——英国清教——已穿越英吉利海峡浩荡回潮。"英国吃了自己历史的亏，曾向未来迈出一步，现如今又退了回来滞留在往昔……伪善的说教坚不可摧，亘古不消，又一次赢得胜利。"

波德莱尔认为丹第主义是"颓废时代英雄主义的最后一次爆发"；它是"沉沉落日，这颗恒星，坠落时美不胜收，但失去了热烈，只有满满的哀愁"。这一观念将昂贵的外在和冷漠的内里相结合，对阐释丹第主义至关重要。波德莱尔有言："丹第美的本质在于冷酷的外表背后坚不可摧、毫不动摇的决心。"王尔德在《道连·格雷的画像》里提出，丹第主义是一种心理防御手段："成为自己人生的看客……是对痛苦生活的逃避。"

丹第爱谁呢？显然，爱他自己。别人呢？问题就复杂多了。巴尔贝·德·奥勒维利断言，丹第有"双重或多重天性，从才智来看，性别十分模糊……他们是历史的两性人"。孟德斯鸠赞同丹第有双重天性。他喜欢引用的一句话是："杂交种为想要戕害他们的人叹息"——这话不免让人想到王尔德和艾尔弗雷德·道格拉斯勋爵。

这和现今的性别流动性大相径庭，但它标示了对异性恋正统主义的顽强抵抗。遵循道德的同性恋受巴黎上流社会欢迎，女同性恋尤其如此。莎拉·伯恩哈特——身形细长，并不入时——时常被看作两性人。孟德斯鸠的传记作者称她是"世纪末不断出没的两性人"。作为医生,波齐对雌雄同体饶有兴趣。古代雕像不再是证明他们存在的主要来源。1860年左右,纳达尔在主宫医院医生朋友的怂恿下,第一次拍摄了两性人照片。底片总共九张,纳达尔很精明,立刻取得了所有底片的版权。

品位,常常就像掩盖之下的偏见。要让人讨厌一名作者并不费力,而且的的确确节约了时间。提起19世纪的法国,我总是厌恶巴尔贝·德·奥勒维利。原因十分简单:他对福楼拜很不满。所以很久之前我就发过誓,他死后也不让他知道我曾读过他的书,不让他高兴。而我偶然采集到的几个细节——保皇党、好战的天主教徒、假充出身高贵——都支撑着我的厌恶。而且从他人对他著作的描述来看,他似乎写过爱伦·坡式的后浪漫时期厌女幻想小说。我心怀厌恶的理由还有一条:他比福楼拜早出生十三年,却比他在世上多活了九年。这是多么不公平啊!

我提醒自己他有哪些不当行为。1869年,福楼拜写信向乔治·桑抱怨《情感教育》

乔治·桑

（*L'Education sentimentale*）的一篇书评："巴尔贝·德·奥勒维利说我在河里洗澡，弄脏了河水。"［巴尔贝的原话冒犯意味同样浓厚，但有趣得多："福楼拜既无优雅可谈，又无忧郁一说：他像库尔贝的画《浴女》（*Women Bathing*）一般粗俗——女人们在河里洗澡，弄脏了河水。"］福楼拜要是看到这个比较更会皱眉蹙额：他一直对库尔贝的作品嗤之以鼻。

四年半后，巴尔贝为《圣安托尼的诱惑》（*La Tentation de saint-Antoine*）写了书评，提到"一个热情虔诚的伟大圣人……也是这个时代里最冷漠的人，最具享乐天赋，对人生道德最为漠然"。福楼拜自然没有公开回应，但几个月后，巴尔贝出版他最负盛名的代表作《恶魔》（*Les Diaboliques*）时，福楼拜告诉他的老朋友乔治·桑，他觉得这本书"令人捧腹。可能我天性变态，喜欢邪恶事物，在我看来，这本书非常有趣，在怪诞不经这个领域中登峰造极"。也好，省得我把这本书重读一遍。

话说回来，巴尔贝的确写过一篇博·布鲁梅尔的简短传记，我倒也读了读，但对其确凿性一直存疑。之后，也许由于"我天性变态"，我又索要了他的《备忘录》（*Memoranda*）。这本书记录了他1836—1838年间两个半年和1864年稍短一段时间的日常，篇幅长，基本未加筛滤。我注意到他是亲英派，研读华兹华斯和拜伦的原作。他断定"除了大诗人们，我觉得英国人写不出好书……作诗的微妙天赋对他们退避三舍"不过他后来推崇培根和伯克。他觉得英语中的"ethereal（空灵）"一词无比精妙，法语中找不出对应的词。他还赞赏地援引苏格兰谚语："永远不要给傻子一根尖

70 《巴尔贝·德·奥勒维利画像》，卡罗吕斯-迪朗
（1860）

棍子。"

但之后他便给了自己一根尖棍子，刺戳——是的，我们旧话重提——英国女人。"我向来不相信散步的女人，譬如，英国女人，如果有人种是以冷淡著称，那她们就是。散步不能防止她们变得极端堕落，恰恰相反：散步又给了她们一个堕落的理由。"几页之后，巴尔贝写到自己参加一场社交晚宴，遇见了"一大堆英国女人（世上最蠢的女人非她们莫属！她们连带着这个国家其他讨厌的事物变得更讨人厌）"。

孟德斯鸠称颂反革命散文家安托万·德·里瓦罗尔（1753—1801）为"世上最明睿的人，尽管他的巧言妙语鲜有存留"。流传下来的有他曾经讲过的一句俏皮话，伯爵在他的回忆录中引用了它："英国女人长两只左手臂——笨头笨脑。"

1893年，孟德斯鸠给普鲁斯特寄了一张自己的照片，上面写着献言："我是掌管一切转瞬即逝之物的君王。"普鲁斯特早就给他起了昵称"美教授"。"馨香司令官"这一外号也名声在外，而伊图里则是"百花大臣"。伯爵在垂暮之年常常安慰自己，翻来覆去地说自己"为人可圈可点，灵魂高贵优雅"，仿佛这两件事都由他裁定。他喜欢引用德国诗人普拉滕伯爵的一则对句："凝视美丽之人，已为死亡献身。"孟德斯鸠认为，美——无论是灵魂内在美，还是外在世界对美的定义与表述——是人的退隐之所，是一种与众不同的生活方式，让世界远离。美是私人的，只在信奉它的人之间共享。他们大多清楚谁是其中的佼佼者。

王尔德对美的概念更咄咄逼人。美——如巴尔贝引用的苏格兰谚语所言——是挥动的尖棍子。挥向谁呢？挥向庸人。在王尔德的世界里，庸人无处不在。皇家艺术学院庸俗；现实主义庸俗；细节琐事"永远庸俗"；瑞士庸俗；"一切犯罪都庸俗，就像一切庸俗均为犯罪"。此外，"19世纪唯二解释不清的事情就是死亡和庸俗"。

王尔德到美洲时曾向土著解释："我此行是来散播美的。"艺术家即喷雾剂，也许吧。王尔德借亨利·沃顿勋爵告诉我们，"美是天赋的体现"，美"不像思想那样肤浅"。美绝非消极的理想，也不是精神逃遁，美是一股积极力量。是武器，也是泻药——与使德塞森特活力焕发的"蛋白胨营养灌肠剂"别无二致。于斯曼还开出了一服实用配方："鱼肝油二十九克，牛肉汤二百克，勃艮第葡萄酒二百克，蛋黄一颗。"

亲爱的读者们，这一切很容易被视为某种神性颓废，世纪接近尾声时最后一次自我放纵的绽放。而这一时期的大部分时间似乎都是如此，也的确如此，躺卧在现代主义大山的另一边。我们很容易忘记的是，几乎每个时期的艺术，即便是那些貌似审慎的回溯性的艺术——如新古典主义或拉斐尔前派——都被当时的追随者一锤定音，义无反顾地视为时尚。身在美洲的王尔德说，他和同年代的年轻诗人们"跻身当今时代的中心"。换言之，美，不言而喻，是时尚的。王尔德在《道连·格雷的画像》里说，丹第主义"强调美的绝对现代性"。这一信条轰隆隆地一再重复，但不再起支配作用。如今看来，王尔德心目中的美光怪陆离，空泛矫饰，自大浮夸：与"时尚"截然对立。就像美洲圣歌里的歌词："时间让古老的美好变得粗野不堪。"

COLLECTION FELIX POTIN

CAROLUS DURAN

卡罗吕斯－迪朗

1881年夏天，旺多姆广场及其沙龙投入运营。到访的时髦画家有卡罗吕斯-迪朗（他把原来无趣的洗礼名字夏尔·迪朗拉丁化，加了连字符）。亨利·詹姆斯1876年的一封巴黎来信中说迪朗是"出类拔萃的时尚肖像画家"，"无疑是模仿委拉斯开兹的当代画家里最为成功的"。迪朗还开设了教学工作室，最有才气的学生当推二十五岁的美国人约翰·辛格·萨金特。卡罗吕斯-迪朗把他引荐给了波齐，不久《在家中的波齐医生》就投入创作了。两年前，萨金特还亲手画过迪朗。亨利·詹姆斯后来将这两幅画视为萨金特最伟大的男性肖像画。

表面上，波齐似乎一切圆满——医术精湛，交游广达，婚姻美满；此外，泰蕾兹正身怀他们的第一个孩子。但他们的婚姻——仅仅十八个月的婚姻——却已满目疮痍。波齐给公共教育部部长写信，申请派往突尼斯，巡诊法国占领军。

出什么岔子了，而且还是在新婚期呢？我们没有泰蕾兹的证言，只有波齐的解释。1881年4月，波齐在给媒人亨利·卡扎利斯的信中写道：

哎！要是泰蕾兹爱我多好！但她不过是珍视我,仅此而已,她也同样珍视她的母亲,而且在我出现的二十年前就一直珍爱……自打她冰冷地把我和她的母亲做权衡那天,自打她漠然地考虑分居的可能性,又在考虑后作罢的那天,我对她的爱就受到了致命的伤害……自那时起,尽管我付出了努力,尽管她也付出努力,这份爱还是凋萎了,如今已经逝去……我将永远是她的挚友,但我要的不止于此,我想要成为她的一切;为什么她就不想要呢? ……所以我们的婚姻不过是年轻的她的生活的增补,而不是替补。

第二年动笔写下的日记中,波齐细说了他眼里泰蕾兹的情感特质。他曾经像大多数爱人一样,跟她讲述他的家乡佩里戈尔;可是,她却对它毫无兴趣,根本无意去那儿。"我把自己的孩提记忆呈现给她,她却没有一丁点感触。她内心少了一份多愁善感,造成有时她更严重的情感缺失。"

波齐的说辞,不管多么明晰透彻,无可避免地是出于自私自利罢了(怎么可能不呢?)。泰蕾兹也会如此解读吗? 不大可能。有哪位妻子身处那时、那处时会说"我自己情感不够炽烈,所以他不再爱我了"? 多年之后,当初还在泰蕾兹肚子里的孩子凯瑟琳也结了婚。回溯自己做出的决定,她追悔莫及,写道:"我婚结得太晚了,二十五岁才结。我是'为结婚'而结婚。很多人同我一样,但都获得了幸福。我如果一直单身,参加工作,情形就会好些。"凯瑟琳呢,她是巴黎人,热情洋溢,理智颖慧,一直工作的确可以是她的另

波齐与泰蕾兹、凯瑟琳在格莱勒特庄园

一种活法。但泰蕾兹她是外省人，虔信宗教，智商平平，为结婚而长大，近来父亲去世后还得了大笔遗产。也许，她和波齐带着各自的误解步入了婚姻：他带着浪漫的英式幻想，认为爱与婚姻相辅相成；她心怀务实的法式错觉，认为无论与谁一道，只要跻身上流社会、立足巴黎、结婚成家就自会有幸福。不论怎样，责任都会让她渡过难关。波齐想象泰蕾兹嫁给他时心怀爱情，也许泰蕾兹也这般设想过。但爱情真的开始之前，往往会有太多的"以为会爱"。即使她事先表达了自己的疑虑，这祖祖辈辈的智慧也会让她放下顾虑，她"会渐渐爱上他"。可是，泰蕾兹只是一个二十三岁的外省贞女，她有什么能力继续下去呢？之后她辜负了波齐的期望和自己的希冀，成了世上又一个不爱丈夫的妻子。这种悲剧不是头一次发生，但却是头一次发生在她身上。

波齐坚信是泰蕾兹的母亲洛特夫人离间了夫妻两人。这个女人威风凛凛，占有欲极强。"她逼我妻子憎恶我，把我变成了三分暴君、七分刽子手。"洛特夫人和泰蕾兹一样，在历史记录上寻不到踪迹。但波齐自己的话说明情况比他后来声称的更为复杂。问题早就初露端倪了。1879年12月，当这对新人还在度蜜月时，波齐在马德里给卡扎利斯写信道：

泰蕾兹被从母亲的怀里生生地扯开，郁郁寡欢。我得采取强有力的措施了。我越来越坚信非这样做不可。我们的蜜月一开始就愁云密布。

波齐的话很奇怪,蜜月时既谴责妻子恋家情切,又不满妻子对他的家庭兴致缺缺。或许波齐觉得,他们一旦在巴黎立足,她对家乡莱昂的思念会像他对家乡贝尔热拉克的思念一样深情而悠远。很长一段时间他都认为,用他的话说,妻子的思乡情不过是罩在婚姻上的"一小片乌云"。但他低估了母女间的深情。第二年,洛特夫人搬到了巴黎。在波齐看来,她对泰蕾兹的控制更甚了。也许泰蕾兹爱自己的母亲胜过其他,别无他法。但是,仅这一点就会促使一位二十出头的年轻新娘"漠然地考虑"分居的可能性吗?

波齐在1882年9月19日的日记中写道:"我们在世人眼中有最好的夫妻关系,但并无亲密可言。"而一年前在丈夫于突尼斯巡诊期间,正是泰蕾兹决定抛头露面,形影相随。而且"并无亲密可言"并不意味着性生活的终结,泰蕾兹又生了两个孩子:小凯瑟琳两岁、1884年出生的让,以及十二年后,泰蕾兹四十岁和波齐五十岁时晚育的"奇迹之子"——雅克。基本上,操持家庭、举办晚宴晚会、去做礼拜的是泰蕾兹,赞助波齐的收集癖好、唯美购物、英式粗花呢和利伯提窗帘的也是泰蕾兹。近三十年来,他们维系着公开的婚姻,承受闲言八卦。

《逆流》出版后,于斯曼意外收到"一名狂热仰慕者"的来信,信中附有几张暧昧照片。照片中来信人摆出各种姿势,穿着不同的夸张服饰,还有几张卧室照片,"装修品位像妓女一样艳俗"。信件署名让·洛兰。

《让·洛兰画像》,安东尼奥·德·拉·冈达拉
（1898）

洛兰是花花公子、诗人、小说家、剧作家、评论家和年代史编撰者——他被认为是19世纪90年代中期巴黎收入最高的记者——散布丑闻，传播谣言，痴迷乙醚，经常决斗，是个危险分子。他放浪形骸，比起与之厮混的大多数世故的唯美主义者和丹第无疑是更加出柜的同性恋。他是酒吧和酒馆的常客，夜总会和舞厅的熟人，经常光顾低级酒吧和游艺集市。他和圈子里很多人一样，品位上至沙龙下至大街。他蔑视中层阶级——他出身的中产阶级。他父亲在费康[1]经营一家海事保险公司和一家砖厂。年轻的保罗·杜瓦尔抛弃了名和姓，给自己取了新名字：让·洛兰。

　　你不大想把洛兰这个人写进书里，生怕他占据太多篇幅。他奢侈放纵、无所畏惧、可鄙恶毒、饶有天资、生性善妒，作为朋友他会随时背叛你，作为敌人他会让你永生难忘。莎拉·伯恩哈特把他引荐给了波齐，波齐成了他三十年的挚友、知己、医生，以及去到旺多姆时的东道主。所以他出现在了我的书中。正如许多传记作家所了解的，遗憾的是，你无法选择主人公的朋友。

　　洛兰代表了美好年代的文化与混乱。比利时诗人胡贝特·朱安说他"对这个年代爱到了厌恶"。著名红磨坊舞者拉·古留称洛兰为"瞌睡王子"，因为他的眼睛像青蛙的一样呈蓝绿色，上面搭着紧闭的厚眼皮。其他人出于道德（和恐同）厌恶略去了对他外表的描述。普鲁斯特的传记作家乔治·佩因特称他为"身形肥大、松弛蔫软的同性恋……吸毒、涂脂、搽粉……圆滚苍白又滑腻的手指上

1　费康（Fécamp），法国一港口城市。

缀满了珠戒……他属于那种危险型的同性恋,会为躲避谗言而佯装阳刚,反而指责他人性变态"。最后一句话显得格外偏狭,因为洛兰曾公然自称为"所多玛[1]使者"。波齐的传记作家称他是"相貌丑陋、油腻不堪的作家兼诗人兼批评家兼记者兼同性恋兼瘾君子,把小凯瑟琳·波齐吓得不轻"。

和洛兰同样畏畏缩缩的莱昂·都德写道:

> 洛兰的脸像个满身恶习的理发师一样,又圆又肥,头发分缝浸满了广藿香,呆瞪贪婪的眼睛外凸,濡湿的嘴唇说起话来唾液横飞。他像秃鹰一样,靠沙龙常客的仆人们、包养的情妇们、弄潮的皮条客们散布的诽谤中伤和猥亵脏污度日过活。想象一下医院污水出口的汩汩水流。这种非凡的疯子,不是三性就是两性,不缺直觉写故事,也不缺艺术风格……他围绕接待过他的人家、不再接待他的人家,以及还没接待他的人家,在报刊上大放厥词,恶毒攻击,指桑骂槐。人们容忍洛兰,没有每天给他背上踢上欠揍的两脚,没拿拐杖伺候他两下子,这反映了那个时代的懦弱。

洛兰用指甲花染胡子又搽淡紫色的粉;人们偶尔窃窃私语:"这男的抹了粉!"他听了已习以为常。他纵情享受同性恋生活更富冒险的一面:粗野的男同性伴侣,以及王尔德所称的"与黑豹同宴共

---

1 所多玛(Sodom),《圣经》中的地名,是一个耽溺男色而淫乱、不忌讳同性性行为的性开放城市。

饮"。尽管,同王尔德一样,黑豹往往不过是街头野猫。有时洛兰会一头扎进夜色,跟孟德斯鸠的同伴伊图里去"零点时分"舞厅或其他地方碰头。洛兰经常打架,经常被一串钥匙砸了脸,回来时一只手臂吊着绷带。龚古尔认为洛兰"生性暗沉,轻率鲁莽"。他记得洛兰曾有一次眼睛被人打得乌青,"头上伤口的血六只水蛭才吸得净"。

洛兰这个人既需让人忍耐又招人喜爱。他说:"恶习是什么?不过是你不苟同的品位。"和王尔德一样,他的过火、喧闹和自我让有些人欢欣,让有些人难堪,让那些注重隐私、恐惧警车、较为平和的同性恋恐慌。莱昂·都德当然会这样想:"除了最后的丑闻,洛兰和奥斯卡·王尔德情形十分相似。王尔德,英国上流社会容忍他,甚至奉承他,称他为'地地道道的绅士',直至意识到身边的这位的确是个道德疯子,他们才醒悟过来。"王尔德1893年首次出征巴黎时洛兰与他会面,但他们两看相厌;也许太像看镜子中另一个自己了吧。王尔德说:"洛兰装腔作势。"洛兰说王尔德:"虚情假意。"

很多人把洛兰称作"低配版孟德斯鸠",这自然令他大为恼火。他老是想挑衅孟德斯鸠:在报纸专栏中戏谑他是"怪诞斯鸠""罗贝尔·马谢尔"。1901年,在小说《福卡斯先生》(*Monsieur de Phocas*)中他第二次塑造了孟德斯鸠的影子版。过火的是,洛兰不是把一个,而是把三个不同版本的孟德斯鸠写进了这本小说。即便这样,洛兰也未能惹孟德斯鸠生气;他从没被扇过巴掌、扔过手套,从未被争相认可,也未受争相挑衅(被挑衅也能暗示某种平等)。

自然而然地——由于,或者说纵然有,一封粉丝来信——洛兰结识了小说家于斯曼,以及另一位信奉天主教的小说家莱昂·布卢瓦。

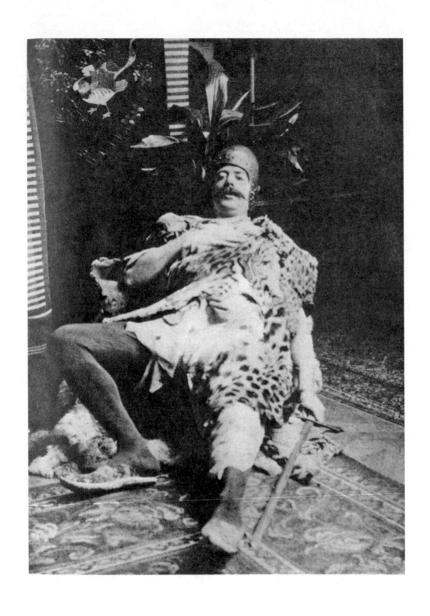

让·洛兰扮演将死之士兵,与莎拉·伯恩哈特一起

洛兰和他们一起，在一个新领域走上了极端：宗教。洛兰对撒旦崇拜和魔法巫术不止于浅尝辄止，他带着于斯曼走上了神秘学、邪恶咒语、反玫瑰十字会[1]等道路。一位记者被派来采访于斯曼，后者拿出"驱邪糨糊"，说它由没药、香火、樟脑和丁香合制而成——是"施洗约翰[2]的植物"，让这位记者惊诧不已。但在天主教徒小说家看来，洛兰的所作所为绝不仅仅是冲击社会规范，他是在玩弄不朽的灵魂。

最后，于斯曼（和他笔下的德塞森特一样）重新感受到教堂的魅力，1892年，他被教会重新接纳。1891年，他写信斥责洛兰：

> 今晚，在咖啡馆，我一直在浏览《法国信使》(*Le Courrier français*)的过往杂志。洛兰啊洛兰！你如此明目张胆地蓄意亵渎神明，等到身着坎肩、头戴双尖角帽子的天使把你"带上天"接受最终审判时，毫无疑问你将遭到最严酷的审判。小心！保重！

1906年3月，洛兰去世的几个月前，布卢瓦在日记中写道："有人送我一本书，《让·洛兰戏剧》(*The Plays of Jean Lorrain*)。书中有幅当代肖像画，是一张恶棍的脸，被诅咒的脸，荣耀与永生的臭敌的脸。简直是噩梦！可怕！"

1　玫瑰十字会，17世纪初在德国创立的一个秘密会社。自称拥有自古传下的神秘宇宙知识，提出借"神秘智能"改造世界的主张，认为神弥漫于宇宙万物之中，人只要一旦意识到神存在于自身之内，就能够拥有主宰宇宙的力量。

2　施洗约翰，撒迦利亚和以利沙伯的儿子，因宣讲悔改的洗礼，而且在约旦河为众人施洗，也曾为耶稣施洗，故得此别名。

尽管洛兰社交过火、道德逾矩、违反法律、干涉玄学，但他作为独子，曾多年和妈妈同住在欧特伊，是个孝顺儿子。他的母亲外表令人敬畏：莱昂·都德称她为"西考拉克斯[1]"——卡利班之母。好口角的洛兰有三个他格外忠心（或尽可能忠心）的人：他母亲、埃德蒙·德·龚古尔和波齐医生。

　　莱昂·都德曾经问同是住在欧特伊的龚古尔："龚古尔先生，你是怎么能忍受那个骇人的家伙的呢？一瞧见他我就觉得恶心。""我能怎么办呢，亲爱的孩子，"龚古尔回答道，"欧特伊地处郊区，隆隆冬日我只身一人。而洛兰总是跟我闲聊，逗我开心。"龚古尔有时会把这些闲聊直接写入日记。日记中，龚古尔还说洛兰"歇斯底里，表里不一，多嘴饶舌"。洛兰会向阿方斯·都德夫妇诋毁龚古尔，然后又向龚古尔中伤都德夫妇，心里（隐隐）知道他们会交换意见。但他就是情不自禁。龚古尔常常纳闷这一行为的缘由，支配洛兰冲动的到底是恶意呢还是死心眼。洛兰自己也好奇。他的一个解释是：巴黎上下恶意弥漫，使他偏移了真正诗人的道路。"一群畜生！"他愤慨激昂，"把我整成了个记者！"

　　《龚古尔日记》(*The Goncourt Journal*，以下简称为《日记》)是那个时代的一大文献。它是埃德蒙（1822—1896）和朱尔（1830—1870）两兄弟的作品。他们两人的生活密不可分（很少会分开，甚至一度共用同一个情妇），书中两人也是紧密相连，融为一

1　西考拉克斯（Sycorax），出自莎士比亚戏剧《暴风雨》，岛上强大的恶毒女巫卡利班之母。

体的"我"，共写一部日记。他们
是唯美主义者、收藏家、剧作家、艺
术批评家和小说家，他们的兴致涵
盖社会低、中、高各阶层。他们都
疾病缠身，肝、胃不适，神经衰弱；
两人同为作家，因遭时代疏离，而
偏好文雅的18世纪；两人都志存
高远、情感脆弱，常常被世道所伤
害、凌辱。埃德蒙承认"我们两人
喜怒无常、神经兮兮、病态敏感，
所以有时不免失之偏颇"。朱尔
1866年10月给福楼拜写信说："我
们两人加上戈蒂埃组建了一个阵

COLLECTION FELIX POTIN

EDMOND DE GONCOURT

埃德蒙·德·龚古尔

营，它旨在为艺术而艺术，崇尚道德之美，追求超然政治，怀疑那另
一荒谬把戏——所谓的宗教。"

　　第一篇日记写于1851年12月2日，正好是他们第一本书《在
一八……年》(En 18...)的出版日。对他们来说，不幸的是（对《龚
古尔日记》却大吉大利），这天恰逢拿破仑三世政变，全体印刷商和
出版商都惶惶不安，搞得没做宣传、未经分销的《在一八……年》最
终只售出寥寥六本。两兄弟养成了习惯，在度过白天的狂喜（除
写作这最后一次狂喜外）后，到深夜才撰写日记。埃德蒙站在一
旁，朱尔坐着写，记载下两人共同的印象和记忆。记录的都是他们
认为真实发生的事情，即使别人告知他们的未必都是真的。埃德蒙

概括了他们的打算：

> 我们迄今想做的就是把我们的当代人展现给子孙后代，让他们跃然纸上，栩栩如生，通过对对话生动的速记，对生理上自然的姿势的描写，对展现个性的情感的细微表征的展现，对渲染生命强度的无法估量的事物的记述，以及最后对巴黎陶醉生活的狂热的些许表达。

每一部伟大的日记即使不是背信弃义，都是对它所描绘的时代的釜底抽薪。它的颠覆性既体现在微观层面——他／她并没有他们装模作样的那般品德高尚——又体现在宏观层面：它告诫我们不能全然相信该时代的自鉴自评。《龚古尔日记》细节丰富，妙趣横生，说长道短，未经过滤，不失为两兄弟最伟大的作品。朱尔1870年死于三期梅毒后，埃德蒙曾想过搁笔；可是，他得记录弟弟的结局，巴黎围城和巴黎公社的灾祸也促使他继续写下去，直至1896年去世前的十二天。

然而，埃德蒙并不满足于记载一桩桩不合时宜的真相。他举步向前，1887年到1896年间，分九卷出版了这些日记。当时，私人信件通常在发收双方去世时便烧毁。《龚古尔日记》甫一出版，里面提及的几位人物便如坐针毡、愤慨不已，深感被人出卖了。1890年，哲学家、历史学家、《耶稣传》(*The Life of Jesus*)作者埃内斯特·勒南在第四卷问世时公开大发雷霆，轰动一时。二十年前，普鲁士围困巴黎之际，他曾在布雷邦咖啡馆高谈阔论，称颂日耳曼民族思想和工艺的优越性，末了还高呼："是的，先生们，日耳曼民族是高等人种！"——他可不喜欢有人丑事重提，也不乐意让读者大众知晓。龚古尔为自己的逐字描述做了辩护。两人吵得不可开交时，一名记者被派来采访他，认为他是"一个轻率冒失的人"，他也深表同意。不过龚古尔认为唯一有价值的回忆录正是由"轻率冒失的人"所写，末了又戳了勒南一记："既然勒南先生向来对耶稣很轻率，他也应该允许一些关于他的轻率吧。"

流言汹汹

埃德蒙·德·龚古尔与一位女士的交谈如下，他已隐去该女士的姓名。《日记》中的这一篇题为《有迹可循》。

本人：这周三我与玛蒂尔德公主和斯特劳斯夫人共进了晚宴，夫人仪态万方。

某夫人：不过她肯定很难熬……我周六见过她，她心绪不宁……显然她已两个星期没吃东西了……必定事出有因……（她沉默片刻，接着说）她的贴心好友德·拜涅尔夫人说她是个恋爱脑，说如果莫泊桑要她追随他，那她就会随时抛弃一切……她鬼迷心窍了吗？让谁给迷住了？（一阵沉默）前几天，我问起她的儿子，她说他找了份工作——当了波齐的一名实习医生。一听到这名字，男孩看了看母亲，目光中透着某种神情……没错，我隐隐觉得那人就是他。

本人：没错，对，你可以这么推想……但波齐通常不去公主宅邸，又怎么在上周三和她在贝里街共进晚餐呢？……我再提供一个细节，至关重要的细节。斯特劳斯夫人极其畏寒，但在公主宅邸用餐时，总是只披一条轻薄的蕾丝或者皮草披肩。自打公主宅邸中的煤气取暖换成了电力装置后，我们都感到有些寒冷。但尽管我百般好意劝诫，她还是坚持袒胸露肩。

某夫人：那似乎恰恰证明我的想法……我必须给她写信，告诉她周六我看到她眼中满是痛苦，必定深受道德折磨……下周一我再告知你情况。

（但至此这一逸闻，或者这段八卦，就黯然收尾了。）

1885年2月1日星期日，也就是"奇异三人组"动身前往伦敦的四个月前，埃德蒙·德·龚古尔开办了他的"阁楼"——他在欧特伊住宅中的"阁楼沙龙"。他邀请作家们每周在阁楼沙龙会面，效仿福楼拜每周四都会在穆里约街接待作家。"作家"当然是指"男性作家"，虽然阿方斯·都德夫人很受欢迎，虽然夫人们可以在结束时来接走她们的丈夫。以及，虽然这是私人聚会，但龚古尔觉得有媒体报道也无妨（即便能让那些未受邀请的人不痛快也好）。因此，他同意了约瑟夫·盖达的请求，允许他在《费加罗报》（Le Figaro）的《巴黎人》专栏为沙龙撰文。但盖达现身时，却带来了令人尴尬的消息。当晚，他的部门主管须得去某个偏远郊区赴宴，所以他需在3点前交稿，也就是在他亲临宴会、撰文并获取报酬的两个小时之前。

次日，龚古尔在他的《日记》中抱怨道：

> 今早，我读了盖达在《费加罗报》上的撰文。毋庸置疑，我昨日在家中办了一场巴黎盛会。这场盛会的与会者中，有的长年拌嘴相骂，有的不共戴天，都不愿互致问候。可怜的20世纪哪！如果想在19世纪的报纸中寻些可靠消息，怕是要受到无情的欺骗。

一番抱怨后，龚古尔继续提及在这首次阁楼沙龙上，有人曾聊到"异想天开的"孟德斯鸠，尤其是他的一桩桩初恋——或者更确切地说，他的性体验——"波德莱尔式"的体验：

> 孟德斯鸠邂逅的首位对象是一名口技女艺人。正当他踏在奋力追求幸福的漫漫长路上时，她陡然发出声音，就像一位醉酒男妓走了进来，让她的这位贵族顾客惊恐不已。

谁会不愿相信这件事呢？但是，正如《日记》内容大多较为淫秽——而且与多数性绯闻一样——这只是单方面的说辞，且来源不明。另一个问题是，上述说辞与另一个更加广为流传的说法相悖。据传，伯爵的第一位异性恋对象不是别人，恰是莎拉·伯恩哈特。这个故事有两个版本。一说两人仅在软垫上翻滚，而后伯爵连续二十四小时呕吐食物（或酸水）不止。一说两人实则去了床上，事后伯爵呕吐了整整一周。真相我们无从得知。

如今，我们往往将孟德斯鸠描绘成"一位豪放不羁的同性恋"。豪放不羁，毋庸置疑；并且很大概率，可以排除他是异性恋。但他并不如（实打实的）同性恋那样豪放不羁，远远不及；尽管他忸怩作态，但他绝不是"所多玛的使者"。他是莎拉的挚友；他们都钟爱打扮，也沉迷声名。莎拉的初次走红是在科佩[1]的诗剧《行人》(Le Passant)的滑稽片段中饰演男侍从。纳达尔是那个时代最优秀的肖像摄影师，他让伯爵和莎拉穿上绝配的紧身男戏装；然后两人在镜头前依照剧中的场景即兴创作。应该正是在此之后，两人便在软垫上翻滚。

一个人，自信满满，出身高贵，财富加身，既在必要时有游历隐山逸水的能力，又无宗教羁绊内心，怎么会不曾云雨交欢？这种人往往是，一试再试。另一种可能是，有人做了尝试，却发现这并不适合自己。有人认为孟德斯鸠"想要了解一切，但不参与任何"。因此伊图里才会走进夜色，在翌日清晨向他汇报各种香艳恶俗的细枝末节。艺术评论家贝尔纳·贝伦森写道："我和孟德斯鸠相熟已久，但我从未在他身上察觉到夏吕斯[2]出名的一面：鸡奸行为。而且天知道，那时，我虽年轻，却让同性恋们直流口水。"贝伦森所言不虚：奥斯卡·王尔德曾试图在牛津引诱他；遭受拒绝后，王尔德抱怨称贝伦森必定是"铁石心肠"。

1　即弗朗索瓦·科佩(François Coppée, 1842—1908)，法国巴那斯派诗人，被称为"平凡人的作家"。

2　夏吕斯，《追忆似水年华》中的人物，是一位同性恋男爵。

伯恩哈特（左）与孟德斯鸠装扮成《行人》中的角色　　　91

尽管1791年法国已将同性恋合法化，但同性行为仍是危险重重：敲诈恐吓，刑事指控（公然猥亵罪、腐蚀未成年人），以及卑劣不堪的结局。孟德斯鸠过去常常重温一则故事，来教导年轻人：在香榭丽舍大道，一位侍者领班在参与"同性恋对话"期间被捕。锒铛入狱后，他宁愿击碎自己的夹鼻眼镜，吞下碎镜片，也不愿蒙受公众耻辱。

孟德斯鸠是同性恋，他的情意狂热只回应给男性，他屈从于惠斯勒和邓南遮[1]的雄性魅力，这都毋庸置疑。他的传记作者菲利普·朱利安——不会谈性色变，也不道德说教——称孟德斯鸠渐渐开始畏惧"内心的冲动"，正同畏惧"漠视欢愉"一样。"漠视欢愉"这个短语用得恰到好处。对于这样一位伯爵，欢愉（除非是审美愉悦）也许是肮脏卑鄙、漫无边际的，甚至带有中产阶级色彩。挑剔也是欢愉的敌人。朱利安断言："罗贝尔总是太过法式，不会走极端，而那正是英国人有名的一面。"的确，在美好年代，时髦前卫的巴黎"偏爱萨福多于所多玛"，但法国人往往误以为自己在同性恋方面略逊英国人一筹（所以当艾滋病席卷法国时，法国人倍感讶异，举措迟缓）。

关于同性恋，17世纪法国有一则俗语："法国的贵族、西班牙的僧侣，还有每个意大利人都是同性恋。"巴尔贝·德·奥勒维利较新的说法是："同性恋嘛，我的癖好驱使我这样做，我的原则也允许，但同代人的丑陋让我作呕。"这让人回想起，当卡森询问王尔德是否吻过他在艾尔弗雷德·道格拉斯勋爵牛津寓所内的十六岁男

1　即加布里埃尔·邓南遮（Gabriele D'Annunzio，1863—1938），意大利诗人、小说家、剧作家。

仆沃尔特·格兰杰时,王尔德给出了糟糕的答复:"哦,没有,从未干过。他不过是个姿色平庸的男孩。"德·奥勒维利有几分言不由衷,王尔德也可能有所隐瞒。但19世纪末的法国贵族显然并没有完全摈弃17世纪的种种惯习。

那个时期,医学家们试图列举同性恋的确凿标志:走姿忸怩作态,吹不出口哨,肛门呈漏斗状,臀部和大腿上脂肪沉积,双手形状特别,皮肤温度较高(这就是为什么德语中"温暖的兄弟"和"温暖的朋友"有双重含义),诸如此类。此外还包括:"钟爱绿色"。它为新入圈的同性恋提供线索,就像对纯粹异性恋者嘟起嘴唇。因此,就有了佩戴在扣眼上的绿色康乃馨,王尔德为美国之行特制的饰有盘花纽扣的绿色皮毛大衣,以及孟德斯鸠的墨绿色大衣,这件衣服引得让·洛兰称他为"弹鲁特琴的先生[1]"和"豆角先生"。

这种颜色放在哪里才能最为显眼、最为挑逗呢?这儿有两张绿色的床:

1)能让孟德斯鸠感到震慑、绝对敬仰的人为数不多——其中之一就有德加。一次装饰艺术展上,孟德斯鸠坐在一张自己设计的翠绿色床上。他这副丹第做派引起了画家德加的注意。"孟德斯鸠先生,您相信吗?"德加问,"睡在翠绿色床上,生下的孩子会更聪明。要当心——喜好也能成为恶习。"

2)1898年5月,距王尔德从雷丁监狱获释已过去一年,当时他

---

1 美国画家托马斯·杜因曾于1886年完成一幅名为《弹鲁特琴的女士》(*Lady with a Lute*)的画作,图中的女士身着一袭墨绿色长裙。

在巴黎，又开始同艾尔弗雷德·道格拉斯经常见面。为了装修道格拉斯在克莱贝尔大道的新公寓，王尔德跑到"枫树"的巴黎分店，花了四十欧元购置合适的家具，"包括一张绿色的床"。

　　丹第和唯美主义者都嗤之以鼻的一件事就是体育运动。他们也许支持具有运动属性的大众娱乐：所以德塞森特才会和一位美国杂技演员（女性）有风流韵事；洛兰塑造的福卡斯先生才会效仿他人，在奥林匹亚、马戏团抑或女神游乐厅[1]对"某位轰动一时的杂技演员（不论男女）"产生性欲，众多风流逸事催生"无数流言"。但世人眼中的体育运动是孟德斯鸠和埃德蒙·德·波利尼亚克所憎恶的。他们二人同仇敌忾，厌恶那些赛马的男性，以及既热衷于猎捕动物又耽于狩猎女性的男性。就伯爵而言，这种反感还与其家庭相关：他的父亲是一家赛马俱乐部的副会长。在波利尼亚克的描述中，赛马俱乐部中"浓烟浑浊、熏得人双眼昏花，比香烟更浑浊的是交谈对话，怔得人不知所措"。

　　要说伯爵和王子有什么猎捕的对象，那就是青年才俊。二人均赞助音乐家，伯爵还赞助作家。王子会寄给伯爵用彩铅记下的笔记，其中不乏拉丁语隽语和英语谚语。王子邀请伯爵去听音乐会，借予他瓦格纳的乐谱；二人还曾同游拜罗伊特[2]。在那个时代，许多人以帕西法

1　女神游乐厅，巴黎的一家咖啡馆兼音乐厅，在19世纪90年代至20世纪20年代最为鼎盛，与黑猫夜总会齐名。

2　拜罗伊特（Bayreuth），德国东南部城市。

尔[1]为榜样：帕西法尔，一位圣洁的骑士，其血脉正走向尽头。两位贵族同样如此，选择了放弃延续香火（但并不是出于神圣纯洁的原因）。

波利尼亚克狂热地仰慕瓦格纳，他最为敬重的在世作曲家。1860年，年轻的王子在巴黎见到自己的偶像，便邀请他赴贝里街的家族府邸用餐。不过在瓦格纳看来，这一餐并不尽如人意。"某个上午，我和他一起用餐，"他在回忆录中写道，"我听他讲述音乐在他心中激荡的那些天马行空的想法。他使出浑身解数想让我认同他对贝多芬A大调第七交响曲的释读：他认为最后的乐章一步步地描绘了一场海难。"

波利尼亚克的音乐风格与瓦格纳的截然不同：他试图创造音乐中的"外光主义[2]"，希望自己的作品听上去宛如"在大草原上"演唱一般。他还坚信是自己发明了八音音阶，殊不知这一音阶在各大陆的民间音乐中早有应用，并且里姆斯基-科萨科夫[3]在其歌剧《萨特阔》(Sadko)中已"正式"推出。如今，波利尼亚克的音乐已鲜有演奏，偶尔才会表演。

波齐去世后，孟德斯鸠在他的回忆录中写道，带着不同于以往的坦率与自知：

　　我从未见过像波齐这般魅力四射的人。我眼中的他笑意

1　帕西法尔（Parsifal），中世纪圣杯传奇中的英雄人物。
2　外光主义（pleinairisme），又称露天派或外光派，是一种绘画方式，指画家直接在户外作画，捕捉光线对颜色的细微影响。
3　里姆斯基-科萨科夫（Rimsky-Korsakov，1844—1908），俄国作曲家、音乐教育家、指挥家。

盈盈、平易近人、无与伦比地自我……对于我这种热衷于以惹恼他人为享乐的贵族来说,看到波齐如此擅用他的微笑,那一成不变、带入坟墓的微笑,让我受益匪浅。波齐那讨人欢喜的技艺,无人能及。

波齐,从贝尔热拉克起步,最终跻身巴黎上流社会,得益于其非凡才智、卓越品格、远大抱负、专业精神,没错,还有那令男男女女都神往的魅力;他陪伴在病人床榻前,不论是伤残的法国士兵,还是疑病的伯爵夫人,他都让人倍感安慰。那个时代疯癫躁乱、刻薄恶毒,而相比之下,他的大部分职业生涯却极少树敌,着实令人意外。当然,这一方面是因为他的医生职业(你永远不知道自己什么时候可能就需要一位医生),另一方面,他热情友善、慷慨大方、因婚致富、善于交际、兴致盎然、温文尔雅、走南闯北。但这并非仅是波齐在私下场合才有的亲和力与魅力。他还是一位公众人物——参议员、镇长、活动家,而且他才智卓越,提出了许多他人不见得认同的观点。身处宗教与政治冲突严峻的时代,他是无神论者,坚信科学;置身四分五裂的国家,他公开支持德雷福斯;操持以守旧著称的职业,他对外科手术求变创新;浸淫在丈夫往往不殷勤顺从的社会,他是唐璜式的人物。可以说,一旦他拥有朋友,便绝不会失去。孟德斯鸠喜怒无常,一生中每年都得与人大吵一架,但他对波齐仅有的冷淡也是转瞬即逝,无伤大雅。

尽管作为朋友,尽管对彼此而言都是"珍贵而重要的朋友",伯爵却永远是伯爵。1892年,孟德斯鸠出版了他的第一本诗集《蝙蝠》(*Les Chauves-Souris*)(他自称是"蝙蝠",效仿惠斯勒称自己为"蝴蝶")。这本诗集为双色封皮,设计华丽,采用特购的荷兰纸,还用金银丝蝙蝠图案作为装饰。自然,这本书的发行数量极少,但伯爵还是将一册赠予了"我敬爱的朋友"。据孟德斯鸠说,波齐无比感激,一心认为这本书不仅是一份礼物,而且也是交易的开端。但波齐可以——实实在在地——以何作为回赠呢? 下文是一份保存于孟德斯鸠档案中的署名证明,落款日期为1892年7月25日:

> 我,本证明的签署人,医学院副教授,卢尔金-帕斯卡尔医院的外科医生,在此郑重承诺,在医院工作期间,我将1号床让与任何患病女性,只要她是罗贝尔·孟德斯鸠伯爵家族的一员,不论她需要进行外科手术还是妇科治疗。此承诺有效期截至1909年,即在我从医院退休之前。
>
> S.波齐

这听上去像是深夜的玩笑话。但孟德斯鸠在他的回忆录中写道:

> 显然,我并没有真的滥用这份慷慨,否则这个人如今怕是已经将克洛伊索斯[1]一半的财富供奉于我了。但我的确让他履行了承诺。许多患病的可怜女性称我是救世主,这不无道理,但她们不知道自己的痊愈实则归功于一部艺术虚构作品。

1　克洛伊索斯(Croesus),吕底亚国最后一代国王,以财富甚多闻名。

这本书的成功激发了一位医学工作者的援助。

这场交易本身就有几分让人不适，或者不适的是那些"患病的可怜女性"视孟德斯鸠为她们的恩人，而非波齐；又或是伯爵因将自己小小的诗歌创作转化为实在的医疗福利而沾沾自喜？但不只如此。对于那些能够正式获得他赞助或成为他朋友的幸运儿，孟德斯鸠一向会向他们索取感恩——源源不断的感恩；波齐也许足够聪明，凭直觉或观察发现了这一点，并且先发制人，以某种方式在此后的岁月中讨得了伯爵的欢心。他的儿子让最终成为一名外交官，不难看出这基因来自家族的哪一支。

　　顺便一提，孟德斯鸠送给波齐的旅行包上印着一顶冠冕和字母R。这难道是贵族惯例：给予平民礼物时，标记着他们的徽章和名字首字母，而不是平民的？或者，这包是个多余的废弃物？

　　1897年，波齐那目光敏锐的十四岁女儿凯瑟琳在日记中写道："爸爸是位'时髦医生'，患者都是最时髦的女性；公主和王后们的手术只想由他操刀——他相貌英俊、聪慧过人、友善体贴，且技艺高超。"十年后，一个爱搬弄是非、笔名为"斯帕克莱特"的年代史编者在《回声报》(L'Echo)上以如下文字结束对波齐的描绘：

　　　　在我们这个时代，外科医生是宇宙的主宰：有哪些时髦名媛是没有被他们至少开过一次刀的？他们矫正和约束天性；他们修理、抑制、添加、删减、矫正，而且，往往多亏了他们的及时干预,我们的女性才能活过半个多世纪,呈现——而且分享——她们正值豆蔻年华这一假象。

或许,波齐曾操刀一些早期的整形手术(尽管流传至今的唯一实例是他从罗贝尔·孟德斯鸠的眼皮上摘除了一个小囊肿)。它往往是一种心理效应,人们借助外科手术逃离危险,而不久之前,此手术还危险重重,甚至无法实现。在那个时代,人们可能死于阑尾炎,也同样有可能死于阑尾切除术(波齐的专长之一)。1898年,莎拉·伯恩哈特被诊断患有卵巢囊肿。理所当然,她只想由“医生上帝”来为其手术。手术开始时,囊肿已有“十四岁孩子的头颅那般大小”。波齐给孟德斯鸠的信中写道,伯恩哈特“果断刚毅、内心强大、谦和温顺,令人钦佩……六周后她即可重返舞台”。

波齐

波齐

但波齐的名声可不仅囿于一小圈心怀感激的仰慕者。在20世纪的头二十年，如果你从费利克斯·波坦杂货店买了条巧克力，你可能会意外发现上面印着波齐医生的小照片，尺寸和形状如同香烟画片一般。1898—1922年间，费利克斯·波坦推出三个系列的"当代名人"——每批大约有五百张——还售卖相册，供顾客粘贴卡片。波齐是第二系列的主角，有两种姿势的版本。这两张卡片我

2° COLLECTION·FELIX POTIN

MADAME CURIE
PHYSICIENNE ET CHIMISTE

居里夫人

都有，放在书桌上。他蓄着络腮胡须，鬈发微曲，前额中间的"V"字形发际线十分惹眼，身着黑色短上衣：一张卡片中，他双臂交叉抱在胸前，凝视着我们的右侧；另一张中，他直视着我们。两个姿势都透着活力与自信；都标示着"波齐，医生"。

"当代名人"相册集展示各路名人：这里既有贵族也有诗人，既有赛马骑师也有政界人士，既有女演员也有教皇。既有庇护九世[1]也有莫德·冈妮[2]，既有

1　庇护九世(Pius IX, 1792—1878)，出身于意大利贵族家庭，是最后一任兼任世俗君主的教皇。
2　莫德·冈妮(Maud Gonne, 1866—1953)，爱尔兰女演员，女权运动者和爱尔兰独立分子。

保罗·魏尔伦也有居里夫人，既有莫奈也有弗朗茨·斐迪南大公；还有画家费利克斯·齐耶姆（波齐收藏了他的威尼斯风景画）、英国游泳运动员比林顿、意大利自行车运动员莫莫。英国的代表人物包括吉卜林和基奇纳[1]，罗伯茨将军[2]和坎贝尔·班纳曼爵士[3]，丁尼生，威尔士亲王乔治以及珀西·伍德兰（他于1903年代表德拉姆克里在全国越野障碍赛马中获胜）。

声誉大多属于男性，且以大胡子和八字须为豪。第二本相册集涵盖了五百一十位人物，其中仅

比林顿

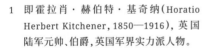

莫莫

1　即霍拉肖·赫伯特·基奇纳（Horatio Herbert Kitchener, 1850—1916），英国陆军元帅、伯爵，英国军界实力派人物。

2　即弗雷德里克·罗伯茨（Frederick Roberts, 1832—1914），英军最后一任总司令，陆军元帅。

3　即亨利·坎贝尔·班纳曼（Henry Campbell Bannerman, 1836—1908），英国自由党政治家，1905—1908年出任英国首相，他是历史上首位正式被官方称为"首相"的第一财政大臣。

COLLECTION FÉLIX POTIN

ALICE
PRINCESSE DE MONACO

艾丽斯

2ᵉ COLLECTION FÉLIX POTIN

LISTER
MÉDECIN

李斯特

有六十五位女性。这些女性中有四十三位是"艺人",一般指女演员和歌舞明星(伯恩哈特已在第一系列中闪亮登场);十一位是外国皇室成员,包括摩纳哥公主,她曾追忆波齐有着"令人生妒的英俊外貌"。在七十四位作家中,有两人为女性(其中一人为乔治·桑,当时已过世二十五年之久)。波齐与其他二十二位医生位列第二本相册集中,彰显了其在医学界的名望:其中有二十位法国人,两位德国人,以及一位"英国人"(即苏格兰人)——波齐的老朋友约瑟夫·李斯特。当然还有于斯曼、让·洛兰、亚历山大·小仲马、莱昂·都德以及罗贝尔·孟德斯鸠。巧克力包装中掉落出丹第伯爵的卡片——他地位之高,身份之上流,于中下层阶级之遥远,于普通物质世界之疏离——这份免费的礼物总是让人心满意足。某不知姓名的费利克斯·波坦杂货店苦工负责提供伯爵的生平注释摘要，他讥嘲道，伯爵"写下了许多矫揉造作的诗篇，其任性怪异的标题更是如此"。

孟德斯鸠伯爵

1886年12月11日星期六下午，时年十五六岁的沃尔特·温菲尔德与一位派驻巴黎的英国官员的儿子一同走进位于巴黎第十六区沙皮先生的枪店。与他同去的朋友戴尔马时年十四五岁。戴尔马前一天从这家店购买了一把左轮手枪，又出于某些不明原因将其带回。温菲尔德将那把枪递给枪械员，但并未告知他（或许他并不知道）枪膛中有一枚子弹。助手检查枪械时，扣动了扳机，子弹径直射入温菲尔德的腹部。

就在此事发生两个月前，第二届法国外科手术大会刚刚讨论过枪伤问题。剖腹手术——打开腹腔的外科手术——历来十分危险，随着消毒杀菌和缝合技术的进步，当时认为剖腹手术可以也应该用于治疗卵巢囊肿和子宫肌瘤，但对于枪伤的治疗仍然存疑。外科医生中的保守派——占大多数——认为相较于对病人不加干预，手术危险性更大。而包括波齐在内较为年轻的一派则认为，唯有趁早迅速干预才能带来最大生机。

这在某种程度上取决于子弹所处的位置。位于脑部、肺部及肝脏的枪伤能够自然愈合。但在腹部的枪伤却并非如此。这还取决于子弹直径：有人认为，只要伤口保持原样，七毫米的子弹造成的伤口往往是"良性的"。当重新找到英国男孩体内的那枚子弹时，医生发现其直径在七毫米到八毫米之间。

受伤的男孩被送回家中。温菲尔德一家叫来的医生建议他们向波齐求助。波齐检查后，发现并无出口伤，说明子弹仍在下腹内。插入导尿管，导出的尿液含血。手术于家中客厅进行，波齐的助手中有他的弟弟阿德里安。他在肚脐到耻骨处切开一个口，迅速发现最为明显的伤口：小肠上有一个四厘米长、二厘米宽的裂口。该伤口需缝十一针。缓缓取出更多肠子后，波齐又发现另五处伤口，需额外再缝十八针。某一刻，男孩微微颤动，又从腹部的切口处"吐"出一段肠子。波齐又注射了些氯仿。

波齐继而检查了肝脏、肾脏和脾脏、胃部，以及结肠的褶皱，发现子弹入口伤位于膀胱处，并进行了缝合。出口伤，即使可以确定它的准确位置，也只能在视线受阻的情况下缝合——一项极其危险的操作。然而，众所周知，膀胱能够自行愈合。就这样，历时两个小时后，波齐和他的助手们完成了缝合，留下一根连接膀胱的橡胶引流管和一根位于阴茎的内拉通型导尿管。男孩被移回到自己的床上。他安稳地度过了星期六的夜晚和星期日，其间抱怨子弹带来的大腿处的疼痛感。然而，到了星期一，病情恶化，他呕吐不止，体温升高；被注射了灌肠剂，外加吗啡和乙醚。沃尔特·温菲尔德于星期二凌晨2点去世，或许是由于肠麻痹，导致有毒物质被重新吸收。

《逆流》卷首的题词引自14世纪佛兰德斯的神秘主义者扬·范勒伊斯布鲁克:"我定当超越时间的界限,享受欢愉……尽管世界可能因我的喜悦而战栗,却因粗俗不知我所谓何意。"范勒伊斯布鲁克的语境纯粹是宗教式的,而德塞森特的语境(最初)是美学式的,但二者确有相似之处。于德塞森特而言,世上充斥着傻瓜和无赖;他受困于(福楼拜式的)"人类泛滥肆虐的愚蠢",报纸上全是"谈论爱国或政治的蠢话"。为此他选择了"一个精致的底比斯[1],一处配有各种现代设施的沙漠隐居地,一艘干燥陆地上温暖舒适的方舟"。为了自己,他将其建在了巴黎郊区。

身为作家,面对这一切"愚蠢"、"粗俗"及"蠢话"时,你会怎样做(除非你持不同意见,并且重新定义或替换了这些名词)?某些人,例如福楼拜,会选择与这一切交锋,揭露它,嘲弄它,用其编撰故事:他最后一部未完成的小说《布瓦尔和佩库歇》(*Bouvard et Pécuchet*)便是对人类蠢行的猛烈谴责。或者,你也可偕志同道合者(抑或独自一人)隐退遁居,置身事外。而你为新人伙伴创作的那些诗歌(因为通常都是诗歌)以别具一格为荣,以远离尘世为傲。艺术成了上帝选民建造的避难所,也成了为他们而建的避难所。福楼拜说自己一直想待在象牙塔中,但"污秽的浪潮"不断拍打塔基,欲一毁了之。这泡沫四溅、臭气熏天的污水,对福楼拜的艺

---

1 底比斯(Thebes),位于尼罗河中游,是公元前14世纪中叶古埃及新王国时期的都城。

术至关重要。

其他人宁愿把自己的象牙塔建得高些，要么捏住鼻子，要么安上排气扇。这样很危险——对他们的艺术，也对他们自身。难闻的气味是很好的提醒。1867年，时年二十五岁的马拉梅从贝桑松[1]向一位朋友写信，抱怨这座城市。他描写一位邻居指着对街的一扇窗户喊道："我的天哪！拉玛妮艾夫人昨天一定吃了芦笋！""你怎么知道？""从她放在窗台上的夜壶看出来的。"马拉梅挑剔地评论道："那不就是坚果壳中的外省吗？它的好奇心，它的思考，还有那从最无聊的事物——天哪，此等事物！——中发掘蛛丝马迹的能力。不妨想象一下吧，不得不承认人性在相互倾轧中，竟已沦陷至这般境地！！"八年后，埃德蒙·德·龚古尔在他的《日记》中发了一通马拉梅的牢骚："在这些雅人中，这些对措辞句法极为考究之人中，有一个疯子比其他任何人都要疯狂，那就是挑剔苛刻的马拉梅，他固执己见，认为一个句子绝不应以单音节词开头……这种苛求让最具天赋的作家也了无生气，让他们忽略……所有鲜活的、重要的、温暖的事物，而正是这一切赋予书本以生命。"现实主义散文和象征主义诗歌间的鸿沟再明显不过了。

卡森反复追问王尔德《逆流》是不是"一本关于同性恋的书"，王尔德起初回答："绝不是"，然后说"不是"，第三次他让卡森解释

1　贝桑松（Besançon），法国东部城市，杜省首府。

这短语的意思。"你不知道吗？"卡森问道。"我不知道。"王尔德回答。但四年前，他曾告诉一位新朋友，即危地马拉外交官及作家恩里克·戈麦斯·卡里略，"我有着和德塞森特一样的病症"。

从于斯曼到德塞森特到王尔德到道林·格雷再到爱德华·卡森王室法律顾问及议员：这是现实与虚幻、真相与法律、法国与英国间一条奇异的"之"字形曲线。然而，不妨这样回答卡森：狭义上，《逆流》也许可被列为"一本关于同性恋的书"，即主人公简要提及——并沉溺于——同性恋，而一味说教的作者没有或显或隐地做出谴责。然而，这本小说远比这要怪异的多得多。《逆流》关涉的是抛却，而非沉溺。那种卡森以有罪为由而谴责的沉溺被匆匆带过，三十年间浓缩在八页的前言中。当德塞森特从社交和美色中，从世界的愚蠢、蠢话和粗俗中醒悟后，这个故事——尽管用故事界定这样一篇风情奇异、散漫游离的文本并不恰当——才真正开始。某一时刻，他错以为作家的阶层更高，寻求与他们为伍。另一个错误：这些作家心怀恶意、刻薄吝啬，无聊地崇拜成功和金钱，这让他倍感厌恶。

德塞森特的隐居生活并不是一味苦行的——他"唯一"的奢豪是珍本和鲜花（还有默默服侍在侧的仆人）。但他一心想与世隔绝，不让虚伪小人围绕四周，只愿结交真才实学之士和兴趣风雅之人。伴随其思绪和记忆的，还有一场日益严峻的精神危机：回归宗教绝无可能，却又是唯一的可行方案。

巴尔贝·德·奥勒维利称于斯曼在完成《逆流》后，不得不在"手枪枪口和十字架底"做出抉择。当然，于斯曼从未进行过决斗，甚至十有八九不曾拥有手枪。八年后，在伊尼圣母院静养期间，他回皈教会。王尔德也曾经历精神危机，而他受罗马的感召，在病榻上接受了最后的圣礼。但王尔德同他塑造的角色一样，就身处那世俗之中，享受其间，而非将其抛却。丹第们渴求他人的目光，正如夸夸其谈者希冀他人的倾听。

　　就传统意义而言，《逆流》基本上没有情节，而且几乎没有对话；而其"人物"均为种种记忆。它的"英文版"后代《道连·格雷的画像》中对话极多——其中许多交谈读起来像舞台对白，而非小说对话——塞满了零星的情节，有些纯粹是胡扯。若抛去王尔德的花里胡哨，这个故事就好像出自史蒂文森或柯南·道尔之手了。

　　该书借亨利·沃登勋爵之口传达了王尔德的艺术准则，他在小说结尾说道："艺术对行为不施任何影响。"后来者奥登也会同意这一观点："诗歌不会让任何事情发生。"这句话也许有自大之嫌——艺术凌驾于世界的纷纷繁繁；或者此言十分质朴，极为务实——没人在意艺术，所以咱们就别装模作样。面对道连·格雷的埋怨（或控告），亨利勋爵极力为自己辩解。格雷称勋爵赠予他《逆流》，是煽动他陷入堕落，诱使他走向虚荣、罪恶、放荡、冷漠和谋杀。不，没有，亨利勋爵回答道："那些世人称之为邪恶的书恰是展现了世间的耻辱。"尽管这句话似乎与原小说完全矛盾。

　　对于"艺术对行为不施任何影响"这一箴言，还有另一种回应。王尔德在蜜月期间读了《逆流》。他沿袭同一主题，创作了自己的版本，其间亨利勋爵将《逆流》赠予格雷。这本书腐蚀了格雷（当然,这个人并不"存在")。无论如何,这两本书成为王室法律顾问爱德华·卡森在法庭上摧毁奥斯卡·王尔德的利器。《逆流》,《道连·格雷的画像》,雷丁监狱。再次验证了非预期后果法则[1]。

在游历伦敦期间,孟德斯鸠曾与惠斯勒会面,自那之后,伯爵开始效仿这位画家,模仿其胡须、穿着、姿态、声音、才思及品位。普鲁斯特遇到孟德斯鸠后,开始有意无意地模仿伯爵的字体和姿态,还有用脚打拍子的方式。普鲁斯特甚至在大笑时抬手掩嘴——尽管孟德斯鸠这般做不过是为了遮掩他那丑陋的牙齿。

丹第是自我构建的产物,唯美主义者亦然。二者均追求品位,追求极致完美的品位。他们如此作为是在成就自我,还是建构某些本质虚假的东西?又或两者并行不悖?博尼·德·卡斯特拉内伯爵是异性恋版的孟德斯鸠。因此,据孟德斯鸠的传记作者所言,博尼伯爵"缺乏那种真正丹第主义者所必备的超脱"。他说:"罗贝尔极致地发挥了他的模仿天赋,达到了模仿

博尼·德·卡斯特拉内伯爵

1　非预期后果法则,指出于特定目的而采取的行动,往往带来意料之外的后果。

自己的境界。"

丹第、唯美主义者和颓废派都对香味情有独钟。《逆流》中有整整一章专门描写香味的历史、生产、意义和影响。王尔德在《道连·格雷的画像》中也用了大段篇幅描绘香味。但香味的迷人之处不仅在于它们能带来神秘晦涩的感官愉悦，正如于斯曼所言："香水这一艺术在某一点上比其余种种都更令人（德塞森特）着迷，那就是它在模仿真实事物时所能达到的精度。"香味同丹第一样，都是自我构建的产物，都活泛伶俐，都馥郁迷人。

然而，并非只有丹第才被效仿。波齐是普鲁斯特一家的好友：他曾邀请年轻的马塞尔赴旺多姆广场享用其在"市中心的第一餐"，之后还帮其免除了兵役；马塞尔的弟弟罗贝尔于1904年至1914年间担任波齐在布罗卡医院的助手。他是一位杰出的外科医生，于1901年操刀法国首例成功的前列腺切除术。为表敬意，一代代医学生常将此手术称作"普鲁斯特切除术"。介绍完普鲁斯特的成就后，波齐的传记作者冷峻地补充道："罗贝尔·普鲁斯特夫人很快断定她的丈夫对其资助人的敬仰早已过火，他甚至模仿他，同某位F夫人有染，严重扰乱了他们平静的婚姻生活……"

生活模仿生活；当然，艺术也模仿生活；但更为罕见的是，生活也会模仿艺术。小说家和评论家安德烈·比伊说："于斯曼的小说问世后，（孟德斯鸠）经常光顾圣拉扎尔火车站旁的那家酒馆，一家误让人以为置身伦敦的酒馆。"这一微妙的满足持续不过三毫秒，我们紧接着就意识到：a）德塞森特在其生活中如影随形，伯爵对此大感不快；b）闲坐在一家英式酒馆，想要被错认成虚构人物，伯爵

波齐与满脸胡子的罗贝尔・普鲁斯特

定会觉得这一行为俗不可耐。

　　某些名字和作品连篇累牍地反复出现在19世纪末的连祷文中，它们既是先驱，亦是典范：波德莱尔、福楼拜、安提诺乌斯（哈德良的爱人）、莎乐美、古斯塔夫·莫罗、奥迪隆·雷东、帕西法尔、伯恩–琼斯，外加一众配角，包括两性人、施虐狂、残暴的神话女性和冷酷的英国绅士。福楼拜于1880年过世，紧接的几十年后，人们引用和推崇他时鲜少以《包法利夫人》、《情感教育》和《布瓦尔和佩库歇》（他借此将我们从现实主义的巅峰引至现代主义的开端）的作者身份；而是常常以《萨朗波》、《圣安东尼的诱惑》，以及《三故事》中两篇的作者身份。在后一身份中，风格多样的福楼拜着迷于历史上的异域风情、怪诞诡谲的国度和珠光宝气的公主，以及残暴与狂热。就连埃德蒙·德·波利尼亚克王子都曾为《萨朗波》创作过一组配乐。

　　福楼拜最喜爱的当世画家是古斯塔夫·莫罗，后者同样陶醉于异国情调、璀璨珠玉和强烈激情。福楼拜在他身上看到的远不止一名优秀历史插画家（这对莫罗的最初评判起到至关重要的作用）；他是一位"诗人兼画家"，其作品既不阐释，也不描述，而是"让你置身梦境"。莫罗让福楼拜着迷的另一面是他能够（这本领和某位小说家如出一辙）把自己关在画室中，两耳不闻窗外事，创造属于他自己的幻象，熙熙攘攘，光彩夺目。二人的创意也曾同时迸发：筹划故事《希罗迪娅》（*Hérodias*）时，福楼拜曾到访1876年的沙龙，而莫罗在此次沙龙上展出了四幅画作，其中有两幅是关于莎乐美的。与其说这是一个灵感启发之时,不妨说是一个惺惺相惜之际。

在《逆流》中,于斯曼让德塞森特明确表达的无疑是他本人的观点——福楼拜的恢宏气势表露最充分之时是下面这段:

> 他将我们微不足道的现代文明远远抛却,构建出遥远亚洲史诗般的辉煌、神秘的情欲和忧悒、由厌倦与懒慵导致的迷乱——那难挨的厌倦源自富裕和祈祷,其乐趣还未被享受完呢。

同时,于斯曼花了整整半章着墨于古斯塔夫·莫罗,还将私人财产,即八年前在沙龙上展出的那两幅关于莎乐美的画作,给予德塞森特(因为在小说中,任何人都可以拥有任何事物)。其中一幅是描绘公主跳舞的油画——亨利·詹姆斯称其为一头"沙龙上的雄狮"。另一幅是名为《显灵》(L'Apparition)的水彩画,描绘的是行刑后的场景。施洗约翰的头颅从其控诉人的上方升起,盘旋在半空,鲜血仍从其颈部汩汩流出,面上神情严肃怨愤;周身的光环将光散射开来,照耀着几乎赤身裸体的莎乐美,她伸出一只手臂去遮挡这恼人的景象。唯有她看到了这幅景象:行刑者、乐师、希罗底和希律王都无动于衷,在思索自己刚刚的经历。"同老国王一样,"于斯曼写道,"当德塞森特看着这个舞女时,他不知所措,彻底臣服,错愕惊诧。相较于那幅油画中的莎乐美,这幅画中的她少了几分壮美和骄矜,多了几分魅惑。"

114　　　　　　　　　　　《显灵》,古斯塔夫·莫罗(1876)

于斯曼的小说出版于1884年；洛兰的《福卡斯先生》出版于1901年。其间，莫罗于1898年过世，而他的居所、画室和其中财产均遗赠给了国家。因此，想要充分感受莫罗，福卡斯先生无须买下他的画作，他去圣拉扎尔火车站旁罗什富科大道上新建的古斯塔夫·莫罗博物馆参观一番即可。在那儿，洛兰的叙述者发现：

> 一直以来，这位画家兼哲学家的艺术作品最让我苦恼！难道还有人同他一样，长期如此这般地受困于已逝的宗教和神圣放纵的象征残暴，那曾在湮灭已久的土地上备受推崇的残暴？……这位高超的巫师用病态而神秘的理想蛊惑了他的同代人，毒害了整个世纪之末的银行家和股票经纪人。

最后的表述就是白日做梦（就像让莎拉·伯恩哈特出现在你的戏剧中）：大多数银行家和股票经纪人在世纪之末幸免于难，躲过了莫罗的诱骗。诚然，也很少有艺术家像他一样，那么快便丧失了荣光和地位。当时许多人把莫罗和奥迪隆·雷东进行比较，一个多世纪以来，雷东的表达更为直接，更加有力。莫罗的作品回溯历史、神话和圣典，予人以文艺、宏大、沉稳的印象——用于斯曼的话来说，"阴郁的学术派"。但他的作品亦乏味无趣，对他最初的批评仍然没有消失。如今，他已不再那么能让我们置身梦境。雷东的作品阴森可怖、无拘无束，从我们混乱的潜意识中产生，还在其中不断发展。莫罗颂扬源自外部的恐惧，源自祭司、分封王、入侵者的恐惧；而雷东颂扬我们内心的恐惧，认为20世纪要学会挖掘那份恐惧。与此同时，福楼拜如今更受敬重的是其"法国"的一面，而非"亚洲"的一面。无拘无束早已过时。

过时的：有时候，过去必然会憎恶着当下，而当下也是这般憎恶未来——那个无法知晓、漫不经心、冷酷无情、轻慢无礼、不屑一顾、不知感激的未来——一个不配作为当下将来的未来。我开头所说的话——时间总站在艺术一边——不过是满心的希望、多情的错觉。时间总站在某些艺术一边，但是哪些呢？时间强加了一个无情的分类。莫罗、雷东和皮维·德·沙瓦纳[1]：曾几何时，仿佛每一位都是法国绘画的未来。如今看来——而且在未来的一段历史时期内——皮维形单影只、苍白无力地游荡，雷东和莫罗向他们的时代有力传达了截然不同的隐喻，而随后的那个世纪更加偏爱雷东。

于斯曼对莫罗和德加都十分欣赏。19世纪50年代末，两位画家在意大利结交，尽管两人在艺术追求上南辕北辙，但他们的友谊——虽然岌岌可危——还是一息尚存。然而，早在其他严肃评论家之前，于斯曼便知道德加是"当今法国拥有的最伟大的艺术家"[《现代艺术》(*L'Art moderne*)，1882]。

以下是老友间的反唇相讥。莫罗对德加说："你真的提倡用舞蹈来复兴绘画？"德加反问："你呢，难道你想用珠宝来复兴不成？"

1898年莫罗的葬礼上，孟德斯鸠坐在德加身旁，对他说："一个人如果自始至终缩脚后退，生怕人家踩到他，那么友谊就很难维持了。"

德加一直计划着过世后能有一座陈列自己作品的博物馆。于

1　皮维·德·沙瓦纳(Puvis de Chavannes，1824—1898)，法国壁画家。

是他便去罗什富科大道看了一眼莫罗的成果。在他眼里,那儿不像博物馆,而更像一座陵墓,他当即放弃了自己的想法。

《福卡斯先生》出版八十年后,我同大多数新人作家一样,没有意识到自己创意的界限,将首部小说中的关键一幕设定在古斯塔夫·莫罗博物馆。这是我笔下年轻的男主人公"最爱去的地方"之一。他认为莫罗的艺术"令人陶醉",尤其是与雷东"乏味、苍白的胡言乱语"相比。那个年轻人所知甚少。现在我意识到他大错特错——至少,当下是这样认为。

五个波齐现身的场景

拍卖场上的波齐

著名诗人埃雷迪亚[1]和埃米尔·费尔哈伦[2]的藏书先后一周于巴黎成功拍卖。安德烈·纪德在他的日记中写道:

> 我参加了第一场拍卖会的第一天和第二场拍卖会。在这之间,我因严重的流感不得不待在场内。在拍卖场上,我与波齐和阿诺托竞拍几本书……大多数书的竞价都远高出其价值。你受到怂恿,放任自己去竞争些不十分想要抑或根本不想要的书。

1　即何塞·马利亚·埃雷迪亚(José María Heredia,1803—1839),古巴诗人。

2　埃米尔·费尔哈伦(Emile Verhaeren,1855—1919),比利时具有国际影响的象征主义诗人。

（竞价失败者典型的自我安慰。价格过高——反正也不是真的想要！）

沙龙里的波齐

伊丽莎白·德·格拉蒙在斯特劳斯夫人家瞧见了波齐："波齐教授……一脸严肃，忙着宣讲古希腊主义，他刚切下女人的细皮嫩肉就赶来了。"

吸烟室内的波齐

罗班医生是上一代著名的解剖学家和组织学教授，受邀去波齐家用餐。眼见一大群年轻的画家，个个头发卷曲，扣眼别着栀子花，他大为惊奇。男演员小科克兰也位列其中。科克兰此前从未见过罗班，一到吸烟室，他便直言不讳地问罗班，想要比世上任何人做爱的时间都长，秘诀是什么，步骤是什么。罗班错愕不已。波齐在这中间做了些什么贡献（若有的话）并无记录。

国外的波齐

科莱特[1]人在拜罗伊特，乘着驶向剧院的乡村马车时注意到"波齐医生一袭白衣，蓄着苏丹样式的胡须，有天国美女一般的眼眸，坐在卡蒂勒·孟戴斯——絮絮叨叨、有着啤酒肚、长着和齐格弗

---

[1]　科莱特（Colette, 1873—1954），法国20世纪女作家、记者、演员、剧作家和戏剧评论家。

里德[1]一样微红的金发——和小瓦格纳之间。小瓦格纳小个子，脑袋大，臀部低矮，这种不讨喜的长相当时随处可见"。

医学生舞会上的波齐

一位参与者称，舞会在"宏伟"的贝尼耶大厅举行，"一幕幕纵情享乐的场景十分壮观"；尽管各路教授和医院在任领导都还端坐在临时搭建的舞台上。"波齐入场，身着猩红长袍，宛如威尼斯总督一般华贵——欢呼声、叫喊声、喧闹声四起……某一时刻，他从座位上起立，房间内顿时寂静无声。但是他并没有讲话，反而借机走入下方的人群，把一个裸女抬上舞台，径直吻上她的嘴唇，接着转身面向骚乱的人群，打了个手势，仿佛在说'照我这样做'。"

这件"猩红长袍"并不是他那

科莱特

卡蒂勒·孟戴斯

---

1 齐格弗里德(Siegfried)，《尼伯龙根的指环》第一部分中的英雄人物。

著名的"红外套",而是他白鼬皮镶边的教授服。

1884年,也就是《在家中的波齐医生》问世三年后,萨金特绘了一幅肖像画,常被称为《X夫人》(*Mme X*),同样张扬,但更为情色奔放。肖像画的主人公名为阿梅莉·戈特罗,是新奥尔良贵族的女儿,有着一半克里奥尔人[1]血统。她幼时来到巴黎,十九岁时嫁给一位年龄比她大一倍的银行家。萨金特让她身着一袭黑裙,站在靠墙小桌旁摆好姿势,以棕色为背景。黑色、棕色和肉色——以及她肩带的金色——是这幅画上仅有的几种颜色,尽管这肉色并不是正常的奶油色调。萨金特特别提及她的肌肤"从上到下呈现着淡紫色或吸墨纸的颜色"。她的头发向上盘起,头倾向左侧,侧面轮廓有些冷漠,甚至是倨傲。但她的身体面向我们,画中元素的对比使得情色意味更加明显。她的裙子领口很低,肩膀和双臂毫无遮挡。她的左手轻轻提起裙摆(甚至都不足以像波齐那般露出鞋尖,但挑逗十足);她的右臂撑在桌沿上,萨金特巧妙地将其摆成扭曲的姿势,使得手臂内侧面向我们,传递出某种亲昵的意味。两个肘部内侧的平缓凹陷隐隐突显。在最初的版本中,隐含的情色意味表现得直截了当,因为萨金特将其右肩带绘成了从肩膀滑落的状态。当此画在1884年的沙龙上展出时,这一细节——听上去的确象征挑逗——引来一片愤慨,传说这则丑闻逼得画家从巴黎逃到伦敦。但是,正是在这一年,萨金特结识了亨利·詹姆斯,詹姆斯劝

1　克里奥尔人,指定居在美国南部诸州的法国人和西班牙人的后裔。

《X夫人》, 约翰·辛格·萨金特 (1884)

2ᵉ COLLECTION FELIX POTIN

HELLEU
PEINTRE

埃勒

他越过英吉利海峡，并不是逃避丑闻，而是追求更加丰厚的佣金和更为优质的题材：1886年底，他依此行事。

戈特罗夫人或坐或站，也曾为其他上流社会的画家做模特：做过保罗·埃勒[1]（他因手法流畅娴熟被戏称为"蒸汽驱动的华托[2]"）和安东尼奥·德·拉·冈达拉[3]的模特。人们往往说她循规蹈矩且愚笨迟钝；摆姿势时，她那显而易见的无趣惹得萨金特不快：或许这在一定程度上使得萨金特将她比作名不副实的塞壬。遭到戈特罗夫人和其母亲的一番抗议后，他将掉落的肩带重新画回到肩上。也许称其为"X夫人"——反正许多人都会知道她是谁——是另一种轻浮的暗示。阿梅莉·戈特罗和其丈夫并无显赫的社会地位，自然容易遭受自命不凡、刻板拘谨之人的非难。"丑闻"（与当时正在发生的其他种种事件相比，这几乎算不上一则典型的丑闻）过后，X夫人退居布里塔尼，遁入与日俱增的

1　保罗·埃勒（Paul Helleu, 1859—1927），法国印象派画家、陶艺家。

2　即让-安东尼·华托（Jean-Antoine Watteau, 1684—1721），法国画家，18世纪洛可可艺术的代表人物。作画时看重整体氛围，不注意细节，速度较快。

3　安东尼奥·德·拉·冈达拉（Antonio de la Gandara, 1861—1917），法国肖像画家。

忧郁。

人们不仅盯着她的那幅画：她本人（以及她的容貌）也已成为某种旅游景点。在为她作画期间，萨金特曾邀请奥斯卡·王尔德来对其审视一番：

亲爱的王尔德先生：

你明天下午或周四上午可否拨冗光临我的画室？

你会发现我仍在绘制 X 夫人的肖像画，这幅画完成后……将去沙龙参展……

你会看到我那貌若芙里尼的模特。

（芙里尼是公元前4世纪希腊的一名交际花，睿智美艳，因亵渎神明受审。）

《X夫人》公开展出数月后，波齐邀请孟德斯鸠和埃德蒙·德·波利尼亚克喝下午茶，他们或许看到了"戈特罗夫人的天鹅颈项"。然而，巴黎还是那个巴黎，波齐还是那个波齐，流言四起——似乎是在他过世后传开的——称他曾是戈特罗夫人的情人。这则流言差不多贯穿了上个世纪：20世纪80年代，《X夫人》和《在家中的波齐医生》一同陈列在惠特尼美术馆[1]的展览中，当时狂妄的艺术评论家罗伯特·休斯[2]仍对两人的关系坚信不疑。我们所掌

1　惠特尼美术馆，成立于1931年，位于纽约市曼哈顿区。
2　罗伯特·休斯（Robert Hughes, 1938—2012），澳大利亚人，当代艺术评论家、作家、历史学家，也是电视纪录片制作人。

握的这些证据表明,波齐一家和戈特罗一家相交不深——这否定不了什么,也并不意味什么。

然而,我们可以知晓的是,大概就是这个时候,波齐买下了萨金特一幅声名没有那么狼藉的肖像画:《祝酒的戈特罗夫人》(*Madame Gautreau Drinking a Toast*),绘于1882年至1883年间。此画轻松随意,笔触更为自由,引人入胜而非反传统主义。展现的仍是画中人沉醉于自我的面部侧影,但正对的是相反的方向;她的头发同样盘起,身着带有肩带的黑裙,双肩轻罩薄纱布料。她裸露的手臂跨过画中本该画满的中心,伸向左侧一摞竖直堆放的物品;底部是粉花的绚丽点缀;中间是握着香槟杯的一只手;顶部是一明亮方块(要么是窗户,要么是灯光)。波齐逝世之前,这幅画作一直位于其收藏品之列。

我们还可以知晓——通常如此——波齐与其社交对象交往时表现得十分专业。他曾几次医治戈特罗夫妇的女儿路易丝,还曾在19世纪80年代中期为阿梅莉做手术——可能是因为卵巢囊肿。

"我们无从得知。"这句话若是谨慎使用,便是传记作家语言中最为有力的表述之一。这句话提醒我们:我们正在阅读的这份雅趣的人生研究,不论其细节、篇幅、脚注多么一应俱全,也不论其对事实多么笃定,对假设多么确信,也不过是他公共生活的公开版,私人生活的减缩版。传记就是用线绳系扎起来的一串洞孔,性爱、情爱生活的叙述尤甚。于某些人而言,没有什么比揣测某个素未谋面之人的性生活更为惬意的了,而那人若是已恰好不在人世,那就

《祝酒的戈特罗夫人》,约翰·辛格·萨金特

(1882—1883)

更惬意了。或是在某位知名唐璜过世后，为其邀舞卡[1]上再添一名俘虏。另一些人则化繁为简，坚持认为人类的种种性习惯向来都大致相同，唯一的变量就是虚伪和掩饰的程度。

但在性的世界中，自欺欺人的事情可以轻而易举地变成客观事实。在阐明真相时，"残酷的坦诚"并没有好过羞怯的逃避或是感伤的夸张。奥斯卡·王尔德也许一度是个"矫揉造作的鸡奸者"，但现有证据表明他更喜欢股间性交，如果确是如此，那他并不是严格意义上的"鸡奸者"。我们无从得知。莎拉·伯恩哈特是个性欲旺盛的女人。哦，但她无法达到性高潮。直到她通过巧妙的植入手术，这一问题才得以解决——这是经那位"歇斯底里、奸诈狡猾的八卦专家"让·洛兰证实的可靠消息，后来龚古尔的《日记》中也有记载，毫不夸张地说，龚古尔对女性的看法极其迂腐。我们无从得知。罗贝尔·孟德斯鸠是个豪放的同性恋，只有他的传记作者认为他太过冷淡挑剔，无法沉溺于古希腊的同性欲望之中，然而波齐的传记作者认为他可能从1884年开始就阳痿了，并且从未好转。我们无从得知。波齐被誉为"积习难改的诱引者"，一位和病人上床的医生，甚至有可能将问诊作为前戏。半个多世纪以来，他从事着与性相关的职业，保存了其间收到的所有女性来信。但是在他过世后，波齐夫人嘱咐她的儿子让将这些信件全部付之一炬。因此，大量的内容我们无从得知。至于波齐夫妻生活的失败——性事不遂——我们仅有他一方的说辞。波齐说在度蜜月时有"猛烈几

1　邀舞卡，据传起源于18世纪的欧洲，但直至19世纪才于维也纳的上流社会广泛使用，用于记录女子在舞会上将要与之跳舞的舞伴姓名。

近粗暴的行为"，这到底是什么意思？从写求爱信的波齐到行为的突变，她如何看待？难道是在这时，她开始凛然地设想分居的可能性？我们无从得知。只要我们承认自己的猜想不过是小说的虚构，也承认小说的类型几乎同爱和性的一样多，我们就不妨推测一下。

"我们无从得知"，但"不管怎样，他们是这么说的"。流言在这种意义上是真实的：重复某些人所相信的，或是他们熟识之人所相信的；或者，若是他们自己编造了这流言，是他们愿意相信的。因此，流言忠于谎言，至少能够准确无误地揭示造谣者的性格和心态。那个狂热的亲法派福特·马多克斯·福特常常对真实发生的事情漠然视之。谎言典型：他声称自己曾于1899年参加德雷福斯在雷恩的第二次审判——他或许在那里偶遇了波齐医生——还称这次经历有助于他更为深入地了解法国。然而，那段时间他自始至终安静地生活在肯特郡海岸。福特的传记作者马克斯·桑德斯机智而同情地争辩道，针对这个问题，"少问福特所说是否属实，多问福特所谓何意"。

龚古尔常常思索让·洛兰那滚滚的诽谤言论到底从何而来，洛兰本人对这一问题同样兴致盎然。他给龚古尔写信，提及一对令他们二人均感不快的势利夫妇（当然，他们二人本身也都是势利小人，不过是更为精致的势利鬼而已）："我观察他们，而只要一得机会，就会向他们展示我的尖牙和利爪。亲吻过后，没有比被咬上一口更为甜蜜蜜、喜滋滋的了。我心里装着一只小野兽，愤慨和不公会将其释放而出，这难道是我的错吗？"其中暗含的自以为是透露了第三个动机：造谣者带给听者的愉悦。

另一方面来说,这一切并不意味着真相可容商榷。王尔德曾说"两个真相之间,愈假者愈真"。但这不过是伪装成悖论的名言,诡辩罢了。

孟德斯鸠并不喜欢《在家中的波齐医生》。医生将自己的形象遮了大半,远离灯光和窥探的目光,伯爵发现后写道:"那幅画像隐匿在黑暗中,这并没有错。不知何故,那位画家让波齐一袭红衣,还让他看起来像个妇科界的瓦罗亚王室[1]成员。"孟德斯鸠对萨金特的厌恶在1905年发表的抨击文章中达到顶峰,引得伯纳德·贝伦森拍手称快:"你那谦谦有礼可比对他人不留情面的批评恶毒百倍。我对你感激不尽,你是抨击这位盎格鲁-撒克逊人偶像的第一人。"孟德斯鸠的传记作者朱利安也应声附和:"这个讨厌的波士顿人……白白浪费自己的才华,由着百万富翁的佣金诱惑了去。"萨金特名声在外,天资卓越,公众对其十分喜爱,这惹恼了时尚界的权威人士、艺术史学家和传记作家,但他们都无力扭转其声誉。

尽管孟德斯鸠承认《X夫人》是幅杰作,但认为萨金特仅有这一幅杰作。他断言:"品位是件很特别的事……萨金特先生是位伟大的画家,却毫无品位。"就是在这方面,纯粹的唯美主义者输给了艺术:他们没有认识到,在任何情况下,想成就"伟大"需远远超越"品位"。但这是普遍的认知。

---

1 瓦罗亚王室,法国封建王朝,自菲利普六世1328年即位至亨利三世1589年去世。

例如，王尔德迅速改变了他对萨金特的看法。1882年，他在巴黎赠予这位画家一册伦内尔·罗德的诗集（由王尔德作序）。他挥笔题词："致我的朋友，约翰·S.萨金特，谨表对您大作的衷心钦慕。"其后便是王尔德的营销标签（法语）："唯美才真。"然而，在第二年的公开演讲中，他转而称萨金特的艺术"堕落而庸俗"。

3ᵉ COLLECTION FÉLIX POTIN

CONAN DOYLE
HOMME DE LETTRES

柯南·道尔

但后来有些人改变了他们对王尔德的看法——且在其审判之前。柯南·道尔在一次小型晚宴上碰见了他，也是二人首次引人注目。道尔记得那是一个"金色夜晚"。他写道：

> （王尔德）高高地凌驾于我们所有人之上，但他却颇有本领，似乎对我们所说的一切都兴致勃勃。他情感细腻，手段高明。一个总是独白的人，不论多么聪明，心底里绝不可能是位绅士。他索取亦给予，但其给予之物独一无二。他的表述出奇精准，幽默别具一格，还擅用小技阐明自己的意思，这些都是他本人特有的。

几年后道尔再次与其相遇，那时王尔德已声名鹊起："他让我觉得他疯了。我记得当时他问我是否看过某部他正在上演的戏剧。我说还没有。他说：'啊，你一定得去看。这部戏精彩绝伦、才华横溢！'说这话时，他的表情严肃至极。这与他最初的绅士天性有天壤之别。"

1882年，萨金特将《在家中的波齐医生》送至伦敦的皇家美术院，但未能引起任何波澜。然而，时间站在了萨金特这边，而没有选择孟德斯鸠。在此期间，亨利·詹姆斯遇见了波齐，还大加款待，他于1887年在为《哈泼斯杂志》(*Harper's Magazine*)撰写的一篇文章中(于1893年修订)讨论了这位画家。他首先指出萨金特吉星高照，笔下的女性多于男性，"因此，他迄今罕有机会再现那散发于模特全身的凛凛威风，此种风范正是他对某几位绅士的解读"。这听上去像是狡诈的贬抑，但詹姆斯立刻提到萨金特最好的男性肖像画是卡罗吕斯-迪朗和波齐的。由此观之，波齐的画像"光彩夺目"，是该画家艺术作品中的"绝佳范例"：

在这些典例中，模特都十分英勇，十分上相，在我们眼中是为肖像画量身打造的类型（但肖像画绝非都是这样），就拿卡罗吕斯先生那幅画来说，这一点在他漂亮的双手和饰有褶边的手腕处格外显露，他纤细的手指间托着一根手杖，犹如长剑剑柄。

《卡罗吕斯-迪朗画像》，约翰·辛格·萨金特（1879）

为避免招致嫌疑,詹姆斯继而写道:

> 我曾提及他那幅精湛的《在家中的波齐医生》,他将波齐塑造得十分英俊,面庞年轻,姿势略显矫作,是一具精美的法国人模子。这幅画如此精美,以至于后来他发现自己即使重复这一方式,人们也会原谅他。绅士波齐直身伫立,穿着亮丽的红色衣袍,俨然一位仪表高贵的凡·戴克[1]。

在同一文章中,詹姆斯还回顾了萨金特的《X夫人》。他称其为"极具创新的尝试",认为这幅画中"画家拥有……罗斯金先生口中的尝试的'正当性',观点的无畏"。对于画像首展时所引发的"无端丑闻",他嗤之以鼻,认为

> 鉴于沙龙每年都赞助某些矫揉造作的作品,这一看法足以引人发笑。这幅佳作构思卓越,线条精湛,画中人物好似巨幅雕带上轮廓分明的高浮雕。正如俗话所言,这样一幅作品,要么接受,要么拒绝,对其喜欢与否即刻便可定夺。作者始终如一地有勇敢做自己。

詹姆斯的称赞往往言辞繁复,云山雾罩——可谓裹在泡沫包装里——以至于有些含糊不清。但对波齐肖像画的评价——我几乎

1　即安东尼·凡·戴克(Anthony van Dyck,1599—1641),佛兰德斯画家。

可以确信——是有力的背书。

　　如果孟德斯鸠觉得自己文学中的影子版本背叛了自己，无法摆脱，那肖像画中的自己应该没那么复杂。于被画之人（毕竟，往往是由其自掏腰包）而言，肖像画通常更为精准，亦更显谄媚。肖像画画的完全是被画者本身，不会与其他虚虚实实的人混杂一处。有时模特和画家早已交好，便是锦上添花。惠斯勒绘制《黑与金的协奏曲》（*Arrangement in Black and Gold*）时就是如此。画者与被画者有着相近的审美，才造就了一幅非凡的伯爵画像：他向观赏者走来，盛气凌人且咄咄逼人，右臂前伸，握着手杖，左臂挂着披风。而且，孟德斯鸠知道惠斯勒确信这是一幅非凡的画像。此前他曾注视这位画家作画，观察其如何从画布内将那形象勾勒出来，而非从画布外将画像强加于其之上。

　　当时，看着自己笔下的形象与面前的真人形象重合，惠斯勒大声喊出"画家之口说出的最动听的话语"——据孟德斯鸠所言，那就是："再注视我片刻，你就可以永远注视自己了。"当然，这是自我赞赏的高光一刻，但也向唯美主义者们做出了保证：艺术经久不衰，只要我的《黑与金的协奏曲》永世长存，你也不会消逝，我亦不会。伯爵对他的肖像画十分满意，常常站在画像一旁，对着一群群志向高远的唯美主义者（通常女性多于男性）讲授它的种种优点。

　　但不论惠斯勒向孟德斯鸠高喊了什么，从某一刻起，这位美国人所绘的肖像画便不再是伯爵最为知名的画像了。这幅由沥青作

《黑与金的协奏曲》,詹姆斯·惠斯勒
（1891—1892）

为黑色颜料所绘的画作开始慢慢枯衰,渐呈暗黑。此外,在公众心中,它也已被博尔迪尼绘于1897年的画像所取代。在那幅画中,伯爵看起来甚至更具花花公子气派(也许因此少了几分咄咄逼人的气势)。他从我们这侧转过脸去,露出半个侧面,着装讲究,手套精致;他握着一支手杖,斜跨过身体,仿佛在审视手杖的蓝瓷手柄,同时他将左手腕扭向我们,使我们得以欣赏他那与之相称的蓝瓷袖扣。他挥舞手杖,好像手持的是权杖——也许此言暗

3ᵉ COLLECTION FÉLIX POTIN

BOLDINI
PEINTRE

博尔迪尼

合他某首诗中的第一行:"我是掌管一切转瞬即逝之物的君王。"我购于1976年的《逆流》由企鹅出版社出版,其封面就是这幅画——这似乎证实了孟德斯鸠"乃是"德塞森特。

　　艺术可以纪念被画者,但也可以改变他,甚至抹杀他,尽管双方都不希望如此。就最低标准而言,画一幅像样的画作问题倒是不大。但是,倘若这位画家天资卓越,甚至天赋异禀,那么他就是在描摹一幅传世之作。这幅画可代表去世后的画中人,因此在某种程度上也可取代活生生的真人。"再注视我片刻,你就可以永远注视自己了"——没错,永远,就同现在的你一样,而不会同明天、后天、临终时的你一样。画家将几天或是几周的容貌变成比其人逝世后

更为强大的存在。卢西恩·弗罗伊德[1]曾在与一位潜在的模特接洽时说:"基于你来画幅画,我倒是很感兴趣。"此外,他曾向另一位模特解释被画者与未来成品的关系:"你来这里,画就有了。"好像模特不过是个有用的白痴,到场片刻,好让画家追求更宏大的目标。

埃德蒙·德·波利尼亚克王子呢?我们在哪里能找到他?鉴于他在当初的"奇异三人组"中最不起眼、最不引人注目,蒂索[2]的一幅群像得以成为找到他的绝佳之处,该群像《王室街俱乐部》(Le Cercle de la rue Royale)中还有其他十一位成员。这一绅士俱乐部的十二位成员加入时都支付了一千法郎。这幅画作虽有水准,但鲜有神来之笔,可能是因为蒂索须得小心翼翼,以免对待成员厚此薄彼。有几位站着,另一些坐着,而波利尼亚克是唯一一位懒懒散散倚着的。他斜靠在扶手椅上,帽子、手杖和手套懒洋洋地躺在椅子下方。他的右手怪异地紧攥着,仿佛在聆听神秘的和声(或在即兴重复着八音音阶)。紧挨王子站在其后的人是夏尔·哈斯,普鲁斯特笔下斯万的原型。画作完成时,十二人抽签决定谁应拥有这幅画。它最终由奥廷格男爵赢得,目前陈列于奥尔赛博物馆[3]。

1　卢西恩·弗罗伊德(Lucian Freud, 1922—2011),表现派画家,英国最伟大的当代画家之一。

2　即雅姆·蒂索(James Tissot, 1836—1902),出生于法国,英国维多利亚时代新古典主义画派画家。

3　奥尔赛博物馆,巴黎三大艺术宝库之一,坐落于法国巴黎塞纳河左岸,与卢浮宫隔河相望,被誉为"欧洲最美博物馆"。

《王室街俱乐部》(局部),雅姆·蒂索(1868)

于斯曼在《逆流》中论述了法国贵族是如何沦陷、一步步走向愚蠢或堕落的。贵族逐渐没落，是因为其后裔日薄西山，一代代的才能节节退化，直至"他们现如今都长了些马夫和骑师的脑袋，调用着大猩猩的本能"。贵族衰败的另一原因是"在官司的烂泥里打滚"。他列举了三大贵族家族，例证这一恶习：舒瓦瑟尔-普拉兰家族、谢弗勒斯家族和波利尼亚克家族。当然，当得知自己陷入贫穷时，贵族们最容易狠下心来。他们沦落到了最后一座城堡中，雨水哗哗而入，仆人将鞋内塞满报纸，如此等等，不一而足。这钱财的流失通常源于生活奢靡、赌博无度、游手好闲和用钱不善，而非革命和税收。

孟德斯鸠和波利尼亚克来自同等显赫的家族，但二人的性格大相径庭。孟德斯鸠目空一切，脾气暴躁，滥用权势：这类贵族不费吹灰之力便可挑起革命。波利尼亚克温文尔雅，天马行空，悲观至极：这类贵族似乎没什么危害，甚至可能激起善意的怅惜。他也不动声色地诙谐了一番。"某某人，"他曾若有所思地说，"不可能聪明，因为他从不生病。"[1]他没有自我蜕变的冲动，更不用说像伯爵那样自我模仿了。如同在蒂索的画中那般，他满足于坐在边缘，陷入沉思。但他的确有波利尼亚克家族的老问题：钱。他生来就是江湖骗子和假行家的猎物，他继承的最后那点遗产不久便输在了股市上。1892年时，他已五十七岁，住在华盛顿街的一间小公寓里

---

1 原文"聪明"为"intelligent"，"生病"为"ill"，前者的英文单词中包含后者的三个字母。

138

（没错，即便如此，他还剩一间公寓，位于巴黎第八区[1]），讨债人把公寓里的家具和器材洗劫一空，两个侄子找到他时，他正坐在仅剩的一把椅子上，头戴一顶针织帽，整个人裹在披肩里。他说："什么都没了，都被拿走了。"

但他确实有份财产不可剥夺，还可用作交易：他的王子身份。于是，正如亨利·詹姆斯和伊迪丝·华顿小说中那般，明摆着有一条屡见不鲜的出路：找个美国女继承人。孟德斯鸠和他的表妹格雷菲勒伯爵夫人研究了一番市场，最终锁定一个主要目标：温纳莱塔·辛格，她的巨额财富由缝纫机起家。她之前曾嫁给另一位亲王，但后经罗马天主教获准后离婚。作为一位生于国外的前王妃，她在法国上流社会的地位并不明朗。对双方而言，结婚将是共赢之举：她将重获地位；他将重获财富。

也许，存在一大障碍，这个障碍可能一直都阻止着那些社会阶层更低的人向他靠近：波利尼亚克，终其一生，都是位谨言慎行但又众所周知的同性恋。然而，这点非但没成障碍，最后倒成了他的独特卖点，因为辛格也是位谨言慎行但又众所周知的女同性恋。据其家族稗史记载，温纳莱塔·辛格在嫁给路易·德·塞-蒙贝利亚尔亲王当晚，爬到了衣橱顶上，挥舞着一柄雨伞，朝着下面她那热切的新郎大喊道："你要是靠近我，我就要你的命。"罗马教廷应该已经得知二人并未圆房，但这一刺激的细节大抵是隐去了。1893年12月15日，温纳莱塔与她新一任的亲王成婚，彼时他五十八岁，

1　巴黎第八区，位于巴黎市偏西北部的老中心城区，塞纳河右岸，从古到今一直是法国政治、经济、文化的中心城区，省市政府所在地。

《自画像》,温纳莱塔·辛格(1885)

她二十八岁。

孟德斯鸠对自己的商谈策略及其结果甚是满意，但如今这却成了问题所在。伯爵和王子已经做了十八年的朋友。波利尼亚克的传记作者猜测，起初两人可能曾做过一小段时间的情侣，或许吧（我们无从得知）。但与此同时，孟德斯鸠比波利尼亚克清楚得多，友谊不过是通向争吵的一个阶段。有两件事让伯爵憎恶：其一，这对夫妇（但尤其是温纳莱塔）对他谢意不足——而伯爵圈子里的人都知道，有时无穷无尽的感谢也并不足够；其二，这对夫妇违反了一切正常准则，还历经了这样一场贵族间的讨价还价，而他们的婚姻却出乎意料地大获成功。波利尼亚克家曾提醒辛格，她将嫁给"一个难以容忍的疯子"。但对于这样的安排，夫妇二人似乎发自肺腑地感到满足——大概得益于最初的低期待值。他们喜爱彼此，讨好彼此；他们都乐于赞助音乐；埃德蒙创作的乐曲如今可以在温纳莱塔的工作室演奏。王子会和他的王妃而非伯爵同去拜罗伊特。但两人也会分开度假，这在当时的社会是可接受的，各自都留有性探索的空间。

夫妻们总是将自己的境遇同其他夫妻的相比。波利尼亚克夫妇，始于社会地位和金钱的摆布，却终于真爱；波齐夫妇，好像始于热爱，不久却终于社会的安排；第三对是"孟德斯鸠夫妇"。在伯爵和伊图里的关系中，他暴躁易怒，颐指气使，伊图里则以柔制刚，以屈求伸，还是猎艳行动的组织者、讲解员、中间人和通信员。孟德斯鸠也在回忆录中提及——两次——伊图里住在"同一条街上"，不在乎与"两位绅士同居"。伴侣间的不对等现象并不令人意外，更谈不上惋惜：孟德斯鸠喜怒无常，自命不凡，所以这无疑是他所能维系的唯一一种恋情。相比于其他情绪，他最能直观感受到的就是对波利尼亚克夫妇的忌妒。但也许在某个层面上，直觉告诉他，夫妇关系中可以有平等，有生机，有好脾气，而这一切他可能有心无力。

若是如此，这些情绪可能出自他的愤怒，因为他没有得到应有的感激涕零。这个美国女人以为自己是谁呀？伯爵的怨恨在一篇篇报头诗文短章中显露无遗。这份恨意持续了相当之久。1910年，他帮忙安排婚姻一事已过去了十七年，埃德蒙·德·波利尼亚克也已于九年前过世，另一位在巴黎的时髦美国女同性恋——画家罗曼·布鲁克斯——展出了她为温纳莱塔所作的肖像画。伯爵为《费加罗报》所撰的一篇评论中充斥着乖戾与自负，他写道，布鲁克斯让波利尼亚克王妃看上去像"一个尼禄[1]，比原型残暴一千倍，梦想自己目睹受害者被缝纫机扎死"。（唉，这幅画现在已失去踪迹。）

就孟德斯鸠的出身和天性而言，他习惯于利用和支使他人，而大概就这一次，他觉得波利尼亚克

3ᵉ COLLECTION FÉLIX POTIN

FAURÉ
COMPOSITEUR

福莱

1　尼禄（37—68），罗马帝国第五位皇帝，行事残暴，是古罗马乃至欧洲历史上著名的暴君，被称为"嗜血的尼禄"。

和辛格以某种方式利用和支使了他。而如今，他们又的确以另一种方式将他左右。波利尼亚克王妃沙龙上的音乐表演持续上演了半个世纪之久。第一场音乐会于1888年5月22日举行，座上客包括福莱[1]、沙布里埃和丹迪，并由此三人演奏和指挥。最后一场音乐会于1939年7月3日举行，座上客有巴赫、莫扎特和迪努·利帕蒂[2]，由克拉拉·哈丝姬尔[3]和利帕蒂演奏，另有由夏尔·曼什[4]指挥的管弦乐队。

宾客名单光芒四射，如同一只涂满金漆的乌龟，缀满宝石。出席的作曲家：瓦格纳、斯特拉温

CHABRIER
COMPOSITEUR

沙布里埃

VINCENT D'INDY

樊尚·丹迪

1　即加布里埃尔·福莱（Gabriel Fauré，1845—1924），在欧洲音乐史上具有一定影响力的法国作曲家。
2　迪努·利帕蒂（Dinu Lipatti，1917—1950），罗马尼亚钢琴家、作曲家和指挥家。
3　克拉拉·哈丝姬尔（Clara Haskil，1895—1960），罗马尼亚钢琴家。
4　夏尔·曼什（Charles Munch，1891—1968），法国指挥家。

斯基、普罗科菲耶夫[1]、肖松[2]、福莱、丹迪、奥里克[3]、米约[4]。指挥家：克伦佩雷尔[5]、比彻姆[6]、马尔克维奇[7]、曼什。当红画家：博尔迪尼、博纳[8]、卡罗吕斯-迪朗、埃勒、克莱兰[9]、福兰[10]。作家：伊迪丝·华顿、普鲁斯特、科莱特、瓦莱里[11]、科克托[12]、皮埃尔·路易[13]、朱利安·格林[14]、弗朗索瓦·莫里亚克、罗莎蒙德·莱曼[15]。其他贵宾：让娜·朗万夫人[16]、狄亚格列夫[17]、巴克斯特[18]、维奥莱特·丘纳德夫人

1　即谢尔盖·普罗科菲耶夫（Sergei Prokofiev，1891—1953），苏联作曲家、钢琴家。

2　即埃内斯特·肖松（Ernest Chausson，1855—1899），法国作曲家。

3　即乔治·奥里克（Georges Auric，1899—1983），法国作曲家，以电影配乐著称。

4　即达吕斯·米约（Darius Milhaud，1892—1974），法国作曲家，"六人团"成员之一。

5　即奥托·克伦佩雷尔（Otto Klemperer，1885—1973），以色列指挥家，作曲家。20世纪最伟大的指挥家之一，长久以来被认为是贝多芬和勃拉姆斯作品最顶尖的诠释者之一。

6　即托马斯·比彻姆（Thomas Beecham，1879—1961），英国指挥家，被誉为"英国交响乐团之父"。

7　即伊戈尔·马尔克维奇（Igor Markevitch，1912—1983），乌克兰指挥家、作曲家。

8　即莱昂·博纳（Léon Bonnat，1833—1922），法国肖像及历史画家。

9　即乔治·克莱兰（Georges Clairin，1843—1919），法国画家。

10　即让-路易·福兰（Jean-Louis Forain，1852—1931），法国印象派画家。

11　即保罗·瓦莱里（Paul Valéry，1871—1945），法国作家、诗人。

12　即让·科克托（Jean Cocteau，1889—1963），法国诗人、小说家、戏剧家、画家、设计师、电影导演。

13　皮埃尔·路易（Pierre Louÿs，1870—1925），法国象征主义唯美派作家。

14　朱利安·格林（Julien Green，1900—1998），法国作家。

15　罗莎蒙德·莱曼（Rosamond Lehmann，1901—1990），英国女作家。

16　让娜·朗万（Jeanne Lanvin，1867—1946），巴黎高级时装设计师。

17　即谢尔盖·狄亚格列夫（Sergei Diaghilev，1872—1929），俄国芭蕾舞编剧家、芭蕾舞蹈团团长，将独特优雅的芭蕾舞姿和音乐剧作带到欧洲。

18　即莱昂·巴克斯特（Leon Bakst，1866—1924），出生于白俄罗斯，画家、场景和服装设计师。

和维奥莱特·特里富西斯[1]。有众多来自波利尼亚克家族和罗斯柴尔德家族的宾客,有俄国的大公,还有数不胜数的亲王和王妃、侯爵和侯爵夫人、公爵和公爵夫人、伯爵和伯爵夫人、子爵和子爵夫人、男爵和男爵夫人。

要是孟德斯鸠无架可吵,待在家中,那他该是什么感受呀。他在1895年时仅受邀两次(至少获准入内)。然而,他的朋友兼表妹格雷菲勒伯爵夫人自那时至1903年间曾八次赴宴。波齐不在(波齐并非无处不在),但他的女儿凯瑟琳于1927年初连续两周受邀。第二次赴宴时,她听到拉莫[2]"令人叹为观止"的乐曲,而肖邦的乐曲则"似是要将你从身体中抽离"。

另一位曾三次进出王妃沙龙的便是保罗·埃尔维厄[3],他也许是波齐在文学界最亲密的伙伴。他常常出席各种午宴和晚宴,先是

COLLECTION FELIX POTIN

PAUL HERVIEU

保罗·埃尔维厄

1　维奥莱特·特里富西斯(Violet Trefusis,1894—1972),以同性恋闻名的女小说家。
2　即让-菲利普·拉莫(Jean-Philippe Rameau,1683—1764),法国作曲家、管风琴家、音乐理论家。
3　保罗·埃尔维厄(Paul Hervieu,1857—1915),法国作家。

在旺多姆广场，后是在耶拿大街[1]。其作品关涉当代种种道德与情感困境：通奸、离婚、再婚。他写过一本名为《调情》(*Flirt*)的小说，书中剖析了"美德向错误冒进时，人的内心处于平和而美妙的状态"；他也创作过一部剧作，全剧的最后一句台词（经典剧透警告）是"为了我女儿，我杀了我母亲！"。私下里，他为堕胎合法化而据理力争。他定是相当仔细地研究过波齐的婚姻。1903年12月，凯瑟琳·波齐年值二十一岁，她在日记中写下一行精辟的赞语："哦，埃尔维厄！没错！哦，是的，埃尔维厄！"但不论是此前还是此后，都未曾将他再次提及。

1905年，修订《法国民法典》时，作为委员会委员的埃尔维厄负责审查和重新起草第二百一十二条："夫妻双方必须彼此忠诚、互相帮助与支持。"埃尔维厄向同事建议加上"爱"一词。而委员会想必是对这三大要求心满意足，认为任何婚姻所能期望的至多如此，于是谢绝采纳他的建议。近些年，一个新词已加盟历史悠久的三大义务中。然而，这新词是"尊重"，而非"爱"。当然，浪漫的英国人总是承诺会爱彼此。

埃德蒙·德·龚古尔在《日记》中写道："小埃尔维厄发出奇怪的声音。就像是一个梦游者被催眠后发出的怪音。"埃尔维厄和其同僚的作品再也无法将其打动。他于1890年写道：

　　描写上流社会的小说时下正大行其道，主要写手包括布

1　耶拿大街，法国巴黎十六区的一条林荫大道，始于阿尔贝德姆恩大街，终于戴高乐广场。十六区通常被视为巴黎最富裕的地区，拥有一些法国最昂贵的房地产。

尔热、埃尔维厄、拉夫当[1]，甚至还有莫泊桑，但这类小说枯燥无趣：他们在为虚无撰写专论。这类小说也可以妙趣横生，但前提是作者真真切切地属于上流社会——出生于、抚养于、成长于上流社会——例如，孟德斯鸠-费赞萨克那样的人，他会揭露这虚无的一切晦涩秘密……鉴于眼下的情势，我认为上流社会小说存活不过三年。

这个预测可不怎么准确。龚古尔于1896年去世，十七年后，普鲁斯特出版了《追忆似水年华》第一卷。

波齐被形容、被描绘为"交际医生"，也因此被人们铭记。他为外国王室成员、本国贵族、著名女演员、小说家和剧作家看病。他就是这样一个人；但三十五年来他一直都在卢尔金-帕斯卡尔公立医院（1893年后更名为布罗卡医院）行医，而在执业早期，他被禁止私接病人。后来，他在周末可以问诊。1892年，记者兼《英国医学期刊》（*British Medical Journal*）的前编辑欧内斯特·哈特在"巴黎医院临床札记"系列中对卢尔金-帕斯卡尔医院曾有描述。他说十年前波齐刚来这家医院时，医院人满为患，全都是来看性病的患者，"因为淋病在穷人中很常见，来这家医院看病的几乎都是穷人"。而1883年波齐接手医院后，他给它添了几座木质建筑，开始做妇科疾病演讲。他建了个手术室，专辟一个房间做剖腹手术。

1　即亨利·拉夫当（Henri Lavedan, 1859—1940），法国记者和剧作家。

"从那时起这家医院就定期开展妇科示范教学课程，如今成了国外同行趋之若鹜的实习地之一。"这样的进步是在更广阔的法国社会背景下实现的："当时，在巴黎的医学院没有妇科的一席之地，也没有正规妇科诊所。就此而言，巴黎远远落后于其他文明国家。"换言之，巴黎虽被视为世界性都，但在配套服务机制和性病问题上应对得懒散马虎。

哈特的报道赞誉有加："医生人多识广"，"病房干净整洁"，波齐对防腐抗菌有真知灼见——"他的座右铭是：腹腔无菌操作，腹腔外消毒处理。"哈特注意到剖腹手术中"极小的切口"和"极为娴熟的操作"："通过这一流程，他避免将内脏直接暴露在空气中，防止肠子从伤口逸出，手术的损伤程度降至最低。"

波齐向《英国医学期刊》提供了卢尔金医院过去十一个月以来的全部医学数据。"六十二场剖腹手术中仅四例死亡……十二例卵巢切除手术，二例死亡……阴道子宫切除术……一百二十二例，两例死亡……刮宫手术，八十一例，零死亡。"总计二百四十三场手术，其中有一百四十八场为大手术，十例死亡。哈特还发现在阴道会阴缝合术以及劳森·泰特的会阴手术中，"波齐先生放弃肠线，只使用银线来缝合伤口"。哈特总结道：

这一代法国外科医生完全熟稔消毒和无菌原则，逻辑精准，操作完美，结果令人赞叹。无须赘言，巴黎外科手术界解剖知识丰赡，手法利索，手术过程完美，丝毫不逊从前。

这些年里，波齐着力将法国妇科从全科医学的小小一分支转化为一门独立学科。1890年，他出版两卷本的《论妇科》(*Traité de gynécologie clinique et opératoire*)：此书超过一千一百多页，配有五百多张图表和插图，大多以他自己的绘画为基础。此前从没有类似的法语著述(洋洋洒洒的妇科学著作一般用德语写就)。波齐既研究英国、德国和奥地利的手术，又利用自己在卢尔金-帕斯卡尔医院里的观察和经验。他的《论妇科》涵盖杀菌消毒流程、解剖、检查、手术及术后治疗等方面。直至20世纪30年代波齐去世后，这本书依然是法国的标准教科书。

此书还包含人性化的一面，这在由男性撰写的有关女性健康的书籍中往往是缺失的——当时这类书籍无不如此。就在不久前，美国人查尔斯·梅格斯(他认为"绅士的手是干净的"，因此手术前无须洗手)告诫说，只有"在某种绝对迫不得已的情况下"，男医生才该检查女病人的阴道，因为检查阴道可能导致"病人道德感的松懈"。此时，波齐是在谈论医生应用双手检查还是(以及辅之以)用窥镜检查，他建议，为了女性的舒适，窥镜首先应在消毒水中加温。他还强调必须永远考虑到病人的羞怯。因此，譬如，医生在做检查时，应避免与患者眼神接触。

波齐的《论妇科》随即被翻译成英语、德语、俄语、意大利语和西班牙语，并很快被公认为世界标准教材。在英国，该书由新西登哈姆协会分三卷出版(1892—1893)。《柳叶刀》(*Lancet*)杂志对每一卷都作了(匿名)评论。书评者称赞波齐"在争议点上抱持认真、谦逊的态度"，他"详尽描述子宫肌瘤腹部切除术"，

"精辟解释微生物与子宫炎的关系","饶有趣味地勾勒卵巢切除史",他们断论"这是一部珍贵之作"。但这些评论("对此书并无太多好感")也有几分挑剔,有些吹毛求疵,这可能是英国人评论法国人的惯有方式。他们不会放过对海峡另一边挑毛拣刺的机会:

> 无比细致地处理无菌消毒……非常正确地强调保持双手和指甲无菌的极端重要性,并阐明达成此目标的详细指示。不过,至于指甲,我们应考虑将其剪短,用肥皂和水彻底刷洗,最好用指甲锉将其磨光洗净,特作如上建议。

吉勒·德·拉·图雷特[1]在萨皮特里医院培训,师从著名神经学家让·沙尔科[2]。应沙尔科的邀请,图雷特"名副其实地"检查了九例相似的患有抽动秽语症状的病人,因此而成名。他把这一疾病称为抽搐病,但沙尔科希望将功劳归于他的助手,所以我们依然称这种疾病为图雷特综合征。九年后,1893年12月,一位年方二十九,名叫罗斯·坎珀的女子来拜访他。她询问他是不是那位写过几部催眠术著作的吉勒·德·拉·图雷特医生。他说是的。女子说,她去年在萨皮特里医院住院时答应接受催眠疗法试验。结果。她解释道,她丧失了一切意志力,患上人格分裂症。由

1　吉勒·德·拉·图雷特(Gilles de la Tourette, 1857—1904),法国医生。
2　让·沙尔科(Jean Charcot, 1825—1893),法国神经学家,现代神经病学的奠基人。

于无法继续工作，她现在身无分文。她要求图雷特赔偿她五十法郎。

但女子没有告诉图雷特的是，她列了自认为须对她的疾病负责的三位医生的名字，她打算干掉这三人中她第一个遇到的。事实上，那两位专门负责为她治疗，她声称让她受害的医生都未列入她的名单；而图雷特呢，他自己也不确定是否能依稀回忆起这个女人。尽管如此，他名列第三。女子的第一选择出城去了，第二选择拒绝让她

COLLECTION FELIX POTIN

DOCTEUR CHARCOT

沙尔科医生

入内。当图雷特转身请女子离开时，罗斯·坎珀掏出左轮手枪开了三枪。第一枚子弹击中书柜，第二枚打中桌腿，第三枚射中图雷特的颈部后侧。

这位医生很幸运。他用手摸了下自己的脑袋，感觉上面有血，还有个硬物卡在皮肤和骨头中间：这枚子弹斜着擦过枕骨。与此同时，罗斯·坎珀镇定地坐在医生桌旁，等着警察来逮捕自己。子弹被安全地取出，图雷特一直活到1904年才去世。罗斯·坎珀被诊断患有被迫害妄想症，不宜出庭申辩。她被囚禁于多家精神病院，她从几家逃逸出来，也有几家放她出去。她被监禁在圣安妮医院，度过了人生的最后十二年。她死于1955年，享年九十二岁。

美好年代，对富人来说意味着滚滚财富，对贵族而言象征着赫赫权势。在这一年代，人们附庸风雅，趋炎附势，对于殖民野心勃发，艺术赞助之风炽烈，决斗暴力惨烈，其程度往往凸显个人的盛怒性情而非荣誉受辱。第一次世界大战虽没什么值得可说的，但至少它将这一年代的许多东西一扫而光。

也许，艺术赞助算得上是这一旧政体最良善的一面了，尽管它也算得上是一种本国之内的殖民主义。在波利尼亚克王妃举办的沙龙上，宾客个个魅力四射，但乐师们的报酬却少得可怜。或者，我们不妨来看看莱昂·德拉福斯。他是一位钢琴演奏家，家境一般（他的母亲仍然在教授钢琴课），十三岁时就夺得音乐学院的一等奖。他身材修长，英俊潇洒，大约在1894年被普鲁斯特收于门下。这位小说家打算把德拉福斯献给孟德斯鸠，充当——什么呢——美味佳肴，玩物，伽尼墨得斯[1]，安提诺乌斯？这一计策会让所有人受益，普鲁斯特暗自思忖。他自己可赢得伯爵的感激，他和伯爵的友情也可得到加深。伯爵呢，最近他的年轻密友们正好让他有些腻味，他也正想换换新的口味。至于德拉福斯，如果能在伯爵家演奏钢琴，则可事业腾达，音乐厅的一扇扇大门都会向他打开。

这一计划一度已经成功。伯爵乐滋滋的。正如伯爵的传记作家所述："像那些并没有真正的音乐天赋的人一样，孟德斯鸠之所以喜爱音乐，是因为音乐在他脑海中唤起的图景。音乐是柔淡的鸦片。"于是，德拉福斯给他恩主的烟斗上了一筒福莱。他的恩主闭

---

1 伽尼墨得斯（Ganymede），希腊神话中的一个牧羊俊童，宙斯化作鹰把他掠走，作为为众神伺酒的酒童子。

《莱昂·德拉福斯画像》,约翰·辛格·萨金特
(1895—1898)

上双眼，任想象驰骋。孟德斯鸠称他为"天使"，并公开大秀宠爱。他们一起出游。几年时光，这一计划行之有效。然而，天使终会坠落。德拉福斯竟愚蠢地忘了一生一世的感恩戴德是伯爵的正常期望和要求。当时德拉福斯与一位音乐公主间发生了一小段插曲，此公主本人是一名优秀的钢琴家（她也是帕岱莱夫斯基[1]的朋友）。就这样，孟德斯鸠玩腻了他的音乐玩具，怄气之下就决定将它砸个粉碎。为什么？因为他可以呀。他在给德拉福斯的信中写道：

> 小人物永远看不到我屈尊做出的努力，也爬不到自己想要的高度……迄今由我至尊护翼下打开的一切音乐大厅都将向你关闭，走投无路的你将只能轻弹奏一曲摩尔多瓦或比萨拉比亚古钢琴曲赚点小钱。你向来不过是我思想的传声筒，你这辈子只能做个音乐技师而已。

德拉福斯被逼得漂泊无依。不过还剩下几位朋友：萨金特为他在伦敦安排了几场音乐会；波利尼亚克王妃——也许基于"敌人的敌人乃是朋友"这一原则——邀请他来她的沙龙演奏。然而他宏大的职业发展却陷于停滞。孟德斯鸠似乎把势利也传染给了门徒。他拒绝前往美国——没有公爵夫人的国度——演奏。在他的回忆录中，伯爵写道，德拉福斯"在一片沮丧中，而且，也许是不得已而求其次，他匍匐在一位上了年纪的瑞士老处女巨大的脚

---

1 帕岱莱夫斯基（Paderewski，1860—1941），波兰钢琴家、作曲家、政治家。

下，而不是投入她的怀抱，因为可以说她根本就没有臂膀"。十之八九，老处女比伯爵罗贝尔·德·孟德斯鸠-费赞萨克具有更好的道德观。伯爵继续写道："我决定休了他（德拉福斯）时，伊图里建议我三思，他说我绝对再也找不到像德拉福斯那样的人了，这倒是千真万确。我常常引用老妇人常说的一句话，'你一生只会爱一位神甫'。"

德拉福斯对美国——那个大大咧咧、土头土脑的国家——心怀疑虑：它从前曾是殖民地，未来是长远的理想，目前既是诱惑又是威胁。但美国正向法国奔涌而来。某种意义上，它已化身约翰·辛格·萨金特、亨利·詹姆斯和伊迪丝·华顿登临法国；玛丽·卡萨特，她在帮美国本土百万富翁抢在英法百万富翁觉醒之前囤积印象派画作；大西洋彼岸的女继承人们纷纷迁居法国，来支撑一栋栋衰颓的贵族宅邸；还有热忱、时髦的女同性恋诸如温纳莱塔·辛格、纳萨莉·巴尼，以及罗曼·布鲁克斯。但是，更为险恶的是，美国正在以理想——未来——这一面目奔涌而来（其实已经到来）。于斯曼起初将德塞森特想象成某个人，此人"在矫揉造作中发现一种治疗恶心的特效药，此灵感来源于他所处时代对生活以及美国做派的担忧"。而在小说中，他塑造的角色更加直言不讳，直指"美国这座浩瀚的妓院"，这一国度妓院汗牛充栋，因而此言激起了铺天盖地的回应。

龚古尔兄弟对古老欧洲的未来命运没有丝毫怀疑。正如前一个时代"没教养的野蛮人"摧毁了古代拉丁世界，因此，不久后，

"开化的野蛮人"也将吞噬现代拉丁世界。兄弟俩在1867年的巴黎世界博览会上就已看到这"对过去致命一击"的迹象：

> 法国被美国化，工业凌驾于艺术之上，蒸汽式脱粒机削减了绘画的空间，附寄的粗俗家用品和雕像裸露在户外。简而言之，这是个联邦物质共和国。

可是，这并不是——或者，并不仅仅是——唯美主义者的哀叹。龚古尔兄弟深知滚滚而来的美国化既有吸引力又是大势所趋。玛丽安娜[1]和不列颠尼亚[2]这两位女子业已过时，新的美国精神将不再由一位象征性女子而是一个真真切切的女子所代表。就在那同一年——1867年——其中一个兄弟发现自己置身罗马的法国大使馆，坐在一位女子的身旁。

> （她是）一位驻布鲁塞尔的美国特使的妻子。我看到这无拘无束、轻快自在的优雅、这年轻国家特有的畅旺的活力。这位年轻女子虽已为人妇却有着让人心驰神往的风情万种。并想起巴黎的某些美国人说话绘声绘色又旁敲侧击，我就告诉自己这些男男女女似乎已注定成为世界的未来征服者。

---

1 玛丽安娜（Marianne），法兰西共和国的国家象征。
2 不列颠尼亚（Britannia），英国的化身和象征。

当然，老欧洲并非不打一仗就没落沉沦。奥斯卡·王尔德于1882年1月抵达美国，沿着海岸旅行了整整一年；罗贝尔·德·孟德斯鸠伯爵于1903年1月到访美国，游历了四个城市，逗留时间较短。他们都觉得自己在承担文明的使命。在民族、帝国层面，它关涉土地、神祇和劫掠；在个人、文化层面，这关涉自我推销、名声和劫掠。王尔德归来后向惠斯勒吹嘘，说他已"教化了美国"（还补充说只剩老天有待征服）。这趟美国之行，他一路装腔作势，频频亮相；同时，按其从容不迫、大张旗鼓的审美感观之，它也——不妨借用他自己最喜爱的一个形容词——庸俗不堪。

孟德斯鸠的美国之行属私人性质，所到之处有限，更具社会排斥性。"漂亮伯爵即将莅临波士顿，"一家报纸写道，"这位法国绅士因姣好容貌和精良衣品而风靡纽约，被奉为男神。他不做演讲，但举行'招待会'，门票五美元。"这些活动均在大型酒店和时尚邸宅的客厅举办。游历了纽约和波士顿之后，伯爵又去了费城和芝加哥，在那儿，他受到波特·帕尔默太太的款待，帕尔默太太是一位艺术收藏家，某位著名饼干制造商的妻子。（此美国制造的帕尔默饼干并非德塞森特去伦敦旅行计划泡汤那次在巴黎杂货店展示架上看到的饼干。那些货架上的饼干毫无疑问是英国产的，由亨特利和帕尔默联合生产。）

王尔德游历美国时，达成一份协议，即他不仅应被视为作家和思想家，而且还应奉为英国社会上流人士：他将提出新的审美理想，同时也将大张旗鼓地体现那一理想。在英国，他被抬举为吉尔伯特和沙利文的轻歌剧《佩兴斯》（*Patience*）中的人物本索恩而一举成名；在美国，他被推崇为"奥斯卡·王尔德"这一人物，声名大噪。那是文学名声性质发生转变的时刻。从前，名作家是靠写作而成名的作家。而王尔德非常前卫，先成名后写作。1882年末，他"仍然"只是一个小小诗人和勤勉演说家。但他在欧美这两个大陆都已享有盛名，从此他的文学生涯即将飞黄腾达。截至1882年6月，王尔德美国体验的收入超过一万八千美元，除掉开销后他的利润大约为五千六百美元。

王尔德还确立了现代收割声名的又一基本规则：根本没有恶劣宣传这回事，只有炒作本身。成功与否，是由专栏的篇幅而非内容来衡量。王尔德深谙"便士报[1]"是"19世纪垂名千古的标准"。审美理想被一帮无知的市侩嘲笑，俨然等同于为那一理想大做广告，博得人们满堂喝彩。他学会了藐视对他嗤之以鼻的那些人，他们称他为"滥竽充数的罗斯金"，嘲笑"他是夏洛特-安"。然而，成名的代价很少只是交易那么简单。倘若王尔德在法国被视为英国上流人士，在美国他不过是个爱尔兰佬——实际上，是个地位低下的帕迪[2]。更有甚者，随着社会等级成见的怪异交错，他被滑稽地刻画成爱尔兰黑佬。画中，这位牛津双一等学位获得者被描画为一个高高瘦瘦的非裔美国青年，正挥舞着一朵向日葵。漫画一出，他大为惊愕。

惠斯勒给孟德斯鸠绘画像时，这位画家告诫伯爵耽于利欲的人

---

1 便士报，即廉价报刊，或称廉价报纸，是指工业革命后各国先后出现的、面向社会中下层的通俗小报，因售价低廉而得名。
2 帕迪，对爱尔兰人的蔑称。

THE ÆSTHETIC CRAZE.

What's de matter wid de Nigga ? Why Oscar you's gone wild !

王尔德被画成爱尔兰黑佬

生祸害极大："假如您继续追名逐利，到头来您必将落个威尔士王子的下场。"没有证据表明孟德斯鸠曾邂逅威尔士王子，尽管他们在同一片水域中游过泳；伯爵的表妹，格雷菲勒伯爵夫人，曾在桑德林汉姆庄园拜访过王子。至于王尔德：在他游历美国期间，尽管怀有坚强的共和信念，他还是喜欢在不经意间提及"我的朋友威尔士王子"。

王尔德和孟德斯鸠都去了美国，赚得盆满钵满而归。埃德蒙·德·波利尼亚克王子天性较安逸懒散，留在法国，等着温纳莱塔·辛格的钱自动送上门来。"傍大款者"这一术语专门形容为谋取经济翻身腾达而依附于男人的女性，这着实令人费解。其实，美好年代最大的傍大款者恰是英法男贵族，他们迎娶美国女遗产继承人，不过是为了更新血统，重扬贵族威风，增加银行存款。

塞缪尔·波齐对美国的态度既不基于社会优越性或偏执妄想，也非建立在贪婪之上，而是好奇心、开明与专业。正如他在《论妇科》中所写的那样："沙文主义是一种无知的表现。"1893年，波齐作为法国官方代表之一受邀参加芝加哥世界博览会。他乘坐图雷纳号邮轮前往纽约，在那儿他见了他的美国编辑，随后他乘密歇根中心号普尔曼式卧铺火车——历时二十个小时——赴芝加哥。除了履行官方职责外，他还乘机参访了芝加哥的四家医院。他对高效的美国医疗系统及其私人资金惊叹不已。同样令他惊讶的是，护士拥有较高的社会地位，其工资也很高（是法国护士的三至四倍）。波齐一回到法国，立即着手为卢尔金-帕斯卡尔医院筹募私人基金,成立了妇女委员会,为患者提供支持和娱乐。

波齐第二次访问北美是在1904年,当时他"代表法国外科学界"受邀参加北美两地的代表大会,先是在美国的圣路易斯,然后前往加拿大的蒙特利尔,时间跨度从5月一直延续到6月。此时,波齐的名声和威望已相当显赫。尽管他预订了拉索沃号邮轮,在上邮轮前的最后一刻,他被小戈登·本内特接走了。本内特是一位美国社会名流、报业大亨和运动健将。他初次见到波齐是当时他从汽车的踏板上摔了下来,波齐帮他手术缝合了伤口。此刻,他们坐在本内特重达两千吨的私人蒸汽游艇上横跨大西洋,这艘游艇极其豪华,配设土耳其浴厅,还有两头奶牛。

波齐在美国和加拿大受到盛宴款待。当时他五十八岁,风度翩翩,讲一口流利的英语,俨然是法国外科界完美的颜面。尽管圣路易斯的世界博览会十分吸引人,但他此趟美国之行的主要发现是,引领美国外科手术的中心并不在大城市,而在明尼苏达州的罗切斯特,那里的梅奥诊所于1889年由一名来自兰开夏的英国人创立,这个有着三百多张病床的诊所目前由梅奥的两个儿子经营。这开启了未来的多次交往:一回到巴黎,他就派自己的助手罗贝尔·普鲁斯特随即前往访问。

波齐从罗切斯特前往蒙特利尔,他在大会报告中回忆起自己孩童时代阅读费尼莫尔·库珀和加布里埃尔·费里的书中有关加拿大皮毛捕猎者的情景;翌日他做了一场剖腹和子宫切除手术,一展其"速度和技巧"。尽管他处处八面玲珑,英文版《蒙特利尔医学期刊》(*Montreal Medical Journal*)情不自禁地评论道:"波齐教授虽非天主教徒,但按我们魁北克人的说法,他的政治手段明显'老到'。"

只有另一位法国代表也来了蒙特利尔,亚历克西斯·卡雷尔,他比波齐年轻,他们俩好像从未没见过面;毫无疑问波齐当时并没参加他同胞的会议展示。卡雷尔时年三十一岁,尚默默无闻,八年之后他才获诺贝尔医学奖。他向与会人员讲解他在器官移植方面的一些早期实验——在狗体内移植甲状腺和肾。手术本身非常成功,不过这些动物最后死于继发感染。这一切的关键在于成功缝合血管,波齐对其深感兴趣,后来依旧如此。

和奥斯卡·王尔德一样,莎拉·伯恩哈特也喜欢周游美国。她去了九次美国:最后一趟美国之行时,她已七十出头——当时她的一条腿截了肢,而且正在打仗——她花了十四个月游览了九十九座城市。王尔德和伯恩哈特,这两位了不起的国家级自我成就者是天造地设的一对,而且他们俩也深知这一点。1879年她在伦敦出演《费德尔》(Phèdre)时,王尔德在福克斯通港迎接她,在她的脚下撒满了百合花。她前来表演《费朵拉》(Fedora)时,王尔德从街头商贩那儿买来一大束桂竹香花相送。在巴黎度蜜月时,他视莎拉为麦克白夫人,对着《晨报》的采访者对她赞美有加。他们俩都极尽激赏之能事,并且照单接收,毫无愧色。王尔德为她写过一首十四行诗,但渴望在一部足本长剧中为她量身定做某个角色。一开始他为她设定的角色是伊丽莎白一世,之后有了一个更好的角色——他一如既往地推崇福楼拜的作品——莎乐美。剧本在

162

巴黎动笔,在托基[1]杀青,用法语写就,准备在1892年搬上伦敦舞台。当王尔德问莎拉她戴着七层面纱该如何舞蹈时,她报以神秘一笑,答道:"不用你操心。"

当时,巴黎的剧院堪与一个世纪后的好莱坞相提并论:一台永不显露倦容的赚钱机器。正如当今作家冀盼自己的书被搬上银幕,当时梦寐以求的是搬上舞台。你的剧本如能让莎拉·伯恩哈特来主演,那将是轰动一时的新闻事件;倘若能让伯恩哈特出演为她量身定做的原创角色,那更是剧作家的梦想。王尔德为她写了《莎乐美》(Salomé)。小仲马为她写了《茶花女》(La Dame aux camélias)。埃德蒙·罗斯坦为她写了《雏鹰》(L'Aiglon)。他的长子莫里斯·罗斯坦为她写了《荣耀》(La Gloire),这是她最

COLLECTION FÉLIX POTIN

E. ROSTAND

埃德蒙·罗斯坦

COLLECTION FÉLIX POTIN

SARAH - BERNHARDT

莎拉·伯恩哈特

---

1 托基(Torquay),英格兰西南部原德文郡南部城市,后与托贝合并。

后一次登台亮相,她扮演的角色自始至终都坐着。波齐的好友保罗·埃尔维厄也为她写了《泰鲁瓦涅·德·梅里古》(*Théroigne de Méricourt*)——这是一部让波齐看完后感到"暗暗无聊的"六幕革命剧。

但是,并非人人都能请到莎拉。埃德蒙·德·龚古尔在1893年心怀希望——几近殷殷期待——希望她能在他的《拉·福斯坦》(*La Faustin*)一剧中担任主角。心怀希望时,他发现她可爱、迷人、自然、直率、令人倾倒。当他整整两个月来都未收到任何回音,就发了份电报,要求寄还剧本。又过了两个月之后,剧本才原样归还,连个留言都没有。

让·洛兰这位极端主义者无疑有过一段更为极端的经历。他以伯恩哈特为主角写了多部戏剧,不过他知道具有时髦异国情调的《埃诺亚》(*Ennoïa*)对他们俩最完美合宜。他预先做好了一切奉承工作:每次她演绎一个新角色,他都会在《蓓尔美尔》专栏整版刊载有关她的剧评。当伯恩哈特——她已冷落搁置他的剧本长达数月——"偏偏"(洛兰的用语)在罗斯坦的《雏鹰》中出演主角时,他终于失去信心,大发脾气。罗斯坦是洛兰最讨厌的人之一。伯恩哈特在他的剧本中饰演拿破仑的儿子。洛兰注意到——或者至少说服自己——该剧第三幕有抄袭他自己剧本第二幕的嫌疑。这位女演员,把《埃诺亚》束之高阁五年后,还给了他。在一封写给波齐的信中,洛兰抱怨伯恩哈特目中无人,不把他放在眼里——不管是文学领域还是社交层面——将罗斯坦和孟德斯鸠置于他之上。"她已被罗斯坦化了……人们都称她为'好莎拉手套'。至于我,我现在要抛弃她了。"他最后说道。然而,是她在抛弃他——其实,已经抛弃了他。

除了这位刚愎自用的女演员,戏剧家们还要面对其他种种障碍。伦敦班底的《莎乐美》已彩排两周时,审查官突然撤回此剧的演出许可。也许,我们以为撤回许可是因为剧中的性描写,或者暴力,或者太颓废,或者仅仅因为是法语版本,但其实都不是,而是受制于一条古老而突然生效的法律,该法禁止《圣经》人物搬上英国舞台。四年后,《莎乐美》终于在巴黎公开首演,其时这一演出已成为休戚与共之举,概因此剧作者眼下正在雷丁监狱服刑。

1895年,王尔德被判入狱后,伦敦和巴黎纷纷散发减刑请愿书。然而,获取签名却比预想的要艰难,因而请愿书压根儿就未上呈。在伦敦,萧伯纳和沃尔特·克兰签了名,霍尔曼·亨特和亨利·詹姆斯拒绝签名。在巴黎,纪德和布尔热签了名,左拉断然拒绝。让·洛兰也拒签,声言如果他签了,《法国信使》就会解雇他。法国人的回应也更具反讽意味。冥顽不灵的朱尔·勒纳尔,别出心裁地拒绝

朱尔·勒纳尔

阿方斯·都德

道："我倒很乐意签请愿书为奥斯卡·王尔德求情,不过条件是他郑重发誓……永远不再舞文弄墨。"诗人弗朗索瓦·科佩愿意签名,但不以作家而是以防止虐待动物协会成员的名义："码字的猪依然是猪。"

王尔德顿时声名扫地。阿方斯·都德拒绝在请愿书上签字,其理由是："我有儿子啊。"他有两个儿子,莱昂(已二十九岁),早先行医,后来成为小说家,也是当时最激进的编年史家之一："有趣得让人中毒啊。"伊迪丝·华顿这样形容他。阿方斯更担忧的可能是他的小儿子吕西安(当时十八岁),他的绰号"泽泽"更广为人知,他性格比哥哥要温和许多。勒纳尔在日记中形容他是个"漂亮的小男孩,留一头鬈发,头搽润发膏,脸上涂脂抹粉,说话声音低沉"。孟德斯鸠认为吕西安是个惹人喜爱的小伙,也许可以做自己的门生。但和其他很多人一样,吕西安怕要让孟德斯鸠大失所望了。吕西安和普鲁斯特是挚友,两人形影不离,有一次,两人受孟德斯鸠之邀去听德拉福斯演奏。其间,吕西安和普鲁斯特相继发作般地狂笑不止,这种情形在他俩之间常常发生。但伯爵可绝不宽恕这一"肆无忌惮、有失体统"的行为。他曾给都德夫人送上一枝玫瑰,并附了留言："您是一朵玫瑰，可您的孩子们却是荆棘。"

吕西安是美好年代那场最令人意外的决斗的始作俑者，这场决斗于1897年2月在普鲁斯特和让·洛兰间展开。洛兰用他众所周知的笔名拉蒂夫·德·拉·布勒托在《报刊》(Le Journal)上评论了普鲁斯特的《欢乐与时日》(Les Plaisirs et les jours)一书，暗示吕西安和马塞尔之间存在同性恋关系，于是普鲁斯特向他发起决斗挑战。就在那篇文章发表三天之后，两人在一个寒冷阴雨的午后在默冬湖会面。二十六年前，当马塞尔还在娘胎里的时候，他的父亲曾躲过一颗流弹，此刻马塞尔也逃过了他的那颗子弹。他们手持手枪，从相距二十五米的位置开始互射，然而，如今看来，这两人好像都故意朝天开枪。

而吕西安·都德呢？他想成为一名作家，后来又立志成为画家，可惜他虽拥有一切必要的人脉资源，却缺乏必需的天赋。不过，他倒是成功地当了欧仁妮皇后的朝臣。1870年政权垮台后，皇后流亡英国。她先在奇斯尔赫斯特，后又去了法恩伯勒。吕西安会去那儿拜访她，也会住在位于法国南部仍属于她的宅邸里。普鲁斯特形容他的朋友日子过得很欢快，宛如一具旋转木马："一忽儿在英国法恩伯勒，一忽儿又在法国马丹角，与朋友们一起在图雷纳欢度春末和夏天。他在巴黎只待三至四个月，而且还常常出门。"在乔治·佩因特的笔下，吕西安的晚年生活则迥然不同：他沉溺在"与工薪阶层年轻小伙子们不当的关系中"。这恐怕可不能怪罪于奥斯卡·王尔德。

做客之道

1）罗贝尔·德·孟德斯鸠-费赞萨克伯爵常到普鲁斯特家做客。他们会将宾客名单呈送给他——或者确切地说，给伊图里——首先过目，看看眼下哪些人风头正劲，哪些人已渐渐失宠。每次他来做客的时候，家里都会提前预定好鲜花，普鲁斯特太太也会不厌其烦地叮嘱厨师学习艺术类课程并仔细品尝甜点，以确保这位尊贵的客人能保持好心情。

普鲁斯特的父亲是一位名医，专攻霍乱和国际卫生，他游历甚广，名闻遐迩。波斯国王曾赠送他华贵的地毯以示谢意。普鲁斯特的母亲出身富贵——光是嫁妆就达二十万金法郎——而且婉约可人，知书达理。她是一位卓越的音乐家，"为家挑选雅致的家具"，通晓英语和德语，帮助马塞尔翻译罗斯金。但每当伯爵前来赴宴，老普鲁斯特夫妇就会在桌尾落座。孟德斯鸠自诩品位甚高，有一次，他"风趣又傲慢地"对马塞尔说："这家里的装饰可真难看！"

2）1891年，奥斯卡·王尔德在巴黎"声名大振"，有一天他遇见普鲁斯特，后者邀请他去家中做客。到了约定的那天傍晚，普鲁斯特回家时略晚了几分钟。"那位英国绅士来了吗？"他问仆人。"来了，先生，他五分钟前到的。他一踏进客厅就要去卫生间，到现在还没出来呢。"普鲁斯特奔向走廊尽头。"王尔德先生，您不舒服吗？"焦急的主人隔着门问道。"哦，您来啦，普鲁斯特先生，"王尔德神气十足地答道，"不，我没有不舒服。我原以为我有幸与您单独用餐,但他们却把我引入客厅。我环视客厅,发现您的父母大人坐在客厅尽头。我吓得要命。再见,亲爱的普鲁斯特先生,再见……"随后,马塞尔的父母告诉他,当时王尔德一边环顾客厅一边嚷嚷:"您家简直太丑了!"

"一个男人和任何女人在一起都会幸福,只要他不爱这个女人。"王尔德笔下的亨利勋爵提出的这个有趣的悖论并不适用于塞缪尔·波齐与泰蕾兹的生活——除非你将"幸福"重新定义为"善于交际"。但在19世纪80年代中期的时候,他遇到了埃玛·菲朔夫,种种迹象都表明,如果他跟她一起生活会十分幸福。她出生于维也纳,原名埃玛·塞德尔梅耶,父亲是巴黎的一名艺术品交易商,曾展出过萨金特的作品。比波齐年轻十六岁的埃玛是两个儿子和一个女儿的母亲。她很有修养,自信且富有,十分热衷于购买艺术品和装饰品。丈夫欧仁同她一样,都是生于维也纳的犹太人,他是赛马俱乐部的成员,拥有一匹名叫丹多洛的赛马,是法国最有名的赛马之一。丹多洛这个名字来自一位威尼斯总督,他曾在1204年劫掠君士坦丁堡时带回数匹青铜马,后来一直装饰在圣马可大教堂里,除了1797年到1815年期间曾被拿破仑掠走并带回巴黎。

多年来,出于工作和休闲的原因,波齐一直独自游历各地,但有时也会呼朋引伴:科莱特曾在1896年看见他与诗人卡蒂勒·孟戴斯一起出现在拜罗伊特。然而,次年——这对我们解读他的婚姻增添了复杂性——他带着妻子泰蕾兹在拜罗伊特听歌剧《罗恩格林》

170 　《塞德尔梅耶一家》(局部),弗朗茨·伦普勒
　　　　　　　　　(1879),埃玛在右侧

（*Lohengrin*）。他们十五岁的女儿凯瑟琳热爱音乐，曾苦苦哀求父母带她一起前去，但最终未能如愿。她因此十分不悦，认为自己已经是个大姑娘了，父母却还是把她当成小孩对待。她给离家在外的母亲写了一封控诉信，信中"把积压在心的所有怨气，以及对母亲漠视自己爱好的愤怒统统任性地表达了出来"。泰蕾兹从拜罗伊特回信，称她是一个"坏女孩"，因为在凯瑟琳写控诉信的同时，她的母亲却在那里的镇上辛苦寻觅，打算为后年预订一套带有客厅、两间卧室和三张床的公寓："到时候你就能在大房子里一边抒发你的各种不满，一边抱怨难吃的食物了。"

但是当1899年到来的时候，凯瑟琳（和泰蕾兹）又一次大失所望。波齐独自动身去了拜罗伊特。在那儿他结交了一大帮好友：比尔托夫人、罗斯坦夫妇、冈达拉夫妇、米尼耶院长……以及埃玛·菲朔夫。他们一起去听瓦格纳的歌剧《帕西法尔》、《纽伦堡的名歌手》（*Meistersinger*）和《尼伯龙根的指环》。享受完美妙的音乐后，波齐和埃玛就一起动身去威尼斯。这并不是一场突发奇想的浪漫闹剧，而很有可能是预先安排好的：他们一起探访了圣拉扎罗湖岛，在那儿他们的团圆得到了一位年老的亚美尼亚僧侣米米吉安神父的正式祝福。

1900年8月17日，波齐带着一个蒙着面纱的女人从巴黎东站登上了一辆开往慕尼黑的卧铺车，此时他的妻儿正在家乡安稳度日。他和埃玛在德国、奥地利和意大利度过了三周。这次他们没有去拜罗伊特，而是来到慕尼黑歌剧院欣赏了莫扎特的歌剧《魔笛》（*The Magic Flute*）和德国奥伯拉梅尔高小镇著名的耶稣受难剧。

其间他们还游历了旧天鹅堡、新天鹅堡、因斯布鲁克、维罗纳及威尼斯。很快他们就发现"出国"并不等于完全的"隐姓埋名",这是因为他们一直下榻在最好的旅馆,预订的是最好的剧院雅座。在萨尔茨堡时,他们在宾馆的餐厅遇到了莫里斯·埃弗吕西太太,她显得"十分尴尬"。第二天他们去沙夫山远足,又碰巧撞上了德·圣索弗尔侯爵。

想来埃玛的丈夫欧仁先生可真是十分宽宏大度。自此之后,这对情侣每年都会一起旅游——大部分是在夏天,偶尔也在春天或冬天出游——直到一战爆发才作罢。他们的旅游路线一般都包括威尼斯。他们第三次出游时,米米吉安神父已作古,另一位年轻的僧侣接班赓续他们的婚姻誓言。埃玛在旅行记事本上这样记载:"我们旅程的第一站总是亚美尼亚的拉扎罗湖岛,那是我们的爱情圣地。尽管那晚天气炎热,我们还是去了哥尔多尼剧院,但是没有待很久,因为我们还有更美妙的事情要做!"

圣拉扎罗是一座文学之岛——布朗宁、朗费罗和普鲁斯特都曾在访客簿上留下签名。他们都是循着文坛巨擘拜伦的脚步而来,拜伦的几篇文学遗作就珍藏在图书馆里。这对波齐来说十分合适,他常自诩是拜伦式的人物,这一点也得到了他人的认同。他在给女人写信时经常在落款处签上"您的异教徒",引用自拜伦的同名长诗。他在巴黎的珍藏中就有一幅特纳的《恰尔德·哈罗尔德游记》(*Childe Harold's Pilgrimage*)水彩画——很有可能是从埃玛父亲手中买来的。他还收藏威尼斯画家贝洛托、瓜尔迪和法国画家费利克斯·齐耶姆的画作。回顾他的藏品,还有一幅萨金特为他创

作的肖像画,画中的波齐身着红
袍,颇像个总督。

连为波齐撰写传记的那位好
心的法国作家都认为他是一个
"无可救药的诱奸犯",因为无论
他和埃玛·菲朔夫在亚美尼亚立
下的海誓山盟有多么情深意切,
他们并没有一头扎入准婚姻关
系。到了1900年,波齐又开始了
另一场猎艳行动,他故技重施,继
续写那些署名为"您的异教徒"
的情书,而且在信中称对方为"第
二任波齐太太"。但是,且不说他

齐耶姆

的原配妻子出于天主教信仰不可能与丈夫离婚,就算她答应离婚,
恐怕最有可能成为下一任波齐太太的也会是埃玛。只要她丈夫欧
仁先生同意结束他们的婚姻。

但是,即使他们的爱情注定无果,波齐和埃玛仍然乐在其中。
他们每年都会前往欧洲旅游,经常会回到拜罗伊特和威尼斯。1903
年波齐需要到雅典参加一个妇科会议,于是他们借机乘卧铺火车去
了马赛,随后又坐汽船去比雷埃夫斯,船票上登记的名字分别是波
齐男爵与男爵夫人。1904年在雪城[1]时导游向他们展示了自己的签

---

1 雪城(Syracuse),又译"锡拉丘兹",居纽约州中部,绰号盐城。

名簿，上面有儒勒·凡尔纳、莫泊桑和让·洛兰等人的签名。1906年他们踏上了第九次旅程，乘坐东方快车再次回到拜罗伊特去听歌剧《特里斯坦》(Tristan)和《帕西法尔》，下一站是威尼斯和阜姆港，他们沿着达尔马提亚海湾来到采蒂涅(那里的法国领事送给他们一瓶圣埃米里翁盛产的红酒作为一次即时磋商的谢礼)，之后又一路去了萨拉热窝、萨格勒布、苏黎世、巴塞尔和巴黎。1907年的旅游路线则是巴黎—慕尼黑—威尼斯—科孚岛—佩特雷—君士坦丁堡—布达佩斯—维也纳[在此他们观看了歌剧《风流寡妇》(The Merry Widow)]—巴黎。1908年4月他们出发去巴塞罗那，然后一路去了位于帕尔马的马略卡岛、雷克萨山峰、马德里、康博莱班(去探访埃德蒙·罗斯坦)，最后返回巴黎。就在他们游览各地时，远在奥特伊的赛马丹多洛在一场越野障碍赛中赢得了共和国总统奖。赛马俱乐部的成员欧仁先生作为丹多洛的主人，获得五万法郎的奖金，还可以挑选一件来自塞夫尔瓷器厂的艺术品。

在波齐完成了布罗卡医院的所有改造创新工作之际，这所医院就成了一张记录他在全球旅行和调研的路线图。低压蒸汽散热器是根据莱比锡主医院里的设备制造的。通风系统、淋浴系统和管道排水系统学自美国。床上用品则来自法国，在波齐看来它们比维也纳和柏林现有的那些产品都更精美。医院侧翼的手术楼，是从波齐医生旅行途中的手绘草稿衍生而来，这在当时的法国是革命性的创新。在这座楼里设置了专门用来消毒杀菌和放置器材的房间，甚至还有病人在术前接受麻醉的麻醉室。术前麻醉这项全新的妇科服务是在1897年他成为外科主任十四年后才正式引入的。

但波齐也清楚医院不仅是一个动手术和护理病人的卫生场所。他一向认为患者的身心问题同样值得关注。于是他在医院里建了个图书馆，邀请画家朋友装饰走廊和病房。吉拉尔、贝莱里-德方丹和迪比夫创作了几幅色调沉静、充满田园风光的壁画。而得意之作当推上流社会画家乔治·克莱兰所绘的一幅动人的寓意画。他是波齐家的老朋友，在波齐一家刚搬进旺多姆广场时曾为他们装饰天花板和墙壁。克莱兰还是著名女演员莎拉·伯恩哈特的终身挚友和情人（他们是否为露水情人我们无从得知），陪伴她体验了人生首次也是唯一一次热气球飞行。克莱兰为布罗卡医院创作了一幅宽四点四米、高二点七五米的巨型壁画，名为《患者重返健康》（*Health Restored to the Sick*）。场景设在森林外缘，画框上朵朵花儿绽放，一位身着飘逸白袍、超凡脱俗的女性在一个个病弱、疲惫的凡人之上凌空翱翔。一个小女孩亲吻她的手，还有一个女侍手捧花束坐在草地上。健康女神仿佛从天而降——也许是乘热气球飞了下来。画中的女神明显是以莎拉·伯恩哈特为原型。

1899年元旦，波齐医生和他的布罗卡医院得到了法国官方最高嘉奖。共和国总统费利克斯·福尔莅临主持这所现代化医院的开幕式。两年后，经过漫长的竞选活动和漫长的保守抵抗，妇科学的头把交椅终于在巴黎——乃至整个法国——落定。于是波齐上任了。1901年5月1日他发表就职演讲。他放弃了医学院恢宏的环形大礼堂和繁复的学术长袍，而选择在布罗卡医院小讲堂，身着白大褂头戴工作帽演讲。泰蕾兹和孟德斯鸠伯爵、格雷菲勒伯爵夫

　　　　　布罗卡医院的一间病层,墙上绘有壁画

《患者重返健康》，乔治·克莱兰

人等亲朋好友出席典礼。波齐将他的妇女委员会委员——其后援团队思想照搬自芝加哥——安排在观众席第一排。

"一位伟大诗人兼哲学家曾说，"波齐开始演讲，"理想的人生，就是到了盛年能将年少时孕育的思想付诸现实。如此说来，今天的我是个幸福之人。"他郑重地向孜孜以求地创建妇科学却未能遂愿的前辈们致谢。遥想那艰难困苦的岁月，他行医伊始，医疗条件简陋：病患者与其说是在接受治疗，不如说是在遭受发泡药和腹部电疗的反复折磨。卵巢囊肿患者须接受肠道穿刺，甚至不得不在一年内往返医院数次接受此类治疗，直到精疲力尽。后来巴斯德和李斯特应运而生，如今良性剖腹手术遍地开花。

医学昌明进步，值得鼓掌称颂。然而，这时波齐——出乎某些听众的意料——话锋一转，说现在是时候该驻足反思了。"防腐抗菌程序的引入掀起阵阵狂潮，这当中妇科治疗或许会发生转折，走向激进和排外的干预主义。"波齐警告人们防范他所谓的"手术狂热"——虽然这是来自一个多世纪以前的告诫，现在听来依然振聋发聩。他举巴蒂医生的手术为例，通过移除健康的或症状轻微的卵巢实现人工绝经，巴蒂以此治疗各种神经疾病（这在当时的精神病院十分常见）。这种技术干预也应用于子宫，即截除子宫颈，这在短期内看似成效卓著却常常导致病人在以后的孕期面临一系列严重问题。"我明白在很多公众的眼里，顾问医生，甚至是妇科医生都与外科医生没有什么区别。"医生应该在避无可避的最终关头才能给患者动手术，而不是一遇到紧急问题就条件反射性地用手术来解决。"心怀良知是做医生的首要条件，尤其是手执手术刀的医生，因为他的手中掌握着人类同胞的生死。"

他总结了这一炽热而又振奋人心的职业信仰："我希望在这所医院接受培训的年轻医生们学会如何为病人做检查而不是如何恐吓他们，学会如何在检查时保全他们的尊严，学会如何根据情况跟他们交谈，用语或宽容或严厉，但不可过于亲昵或严肃。"最后他引用莎士比亚关于人类善良天性的格言："无论我们头顶的苍天此刻变得如何空旷，我们得始终能够辨识怜悯这一神像。"

也许，让·洛兰与莫泊桑有过决斗，幸好后来理智占了上风。洛兰还差点跟魏尔伦决斗，因为他发布虚假信息称这位诗人被送进了精神病院，于是魏尔伦派自己的随从去教训他。他确与普鲁斯特干了一仗，虽然双方只用手枪朝天开火并未伤及对手。但这位作家心心念念、锲而不舍最想决斗的对象是罗贝尔·德·孟德斯鸠。伯爵先生的传记作家坚称"让·洛兰十分嫉恨孟德斯鸠，正如一个名节尽失的中产之妇仇视一位声誉卓著的贵妇"。这话听上去既势利又荒谬：过去的二十年间，伯爵一边与情人伊图里频频幽会，一边公开迷恋德拉福斯和吕西安·都德

2ᵉ COLLECTION FÉLIX POTIN

VERLAINE
HOMME DE LETTRES

魏尔伦

179

这样的年轻美男子,惹起了不少流言蜚语。

虽然——或者,也许恰恰由于——遭遇冷落,洛兰从未停止讥讽和嘲笑。他不屑地评价画家博尔迪尼为伯爵创作的肖像画:

> 今年孟德斯鸠先生将再现他那优雅身姿的任务交给了博尔迪尼先生。博尔迪尼惯于糟蹋、丑化兴奋异常、怪相百出的女人,他的别称就叫"画女睡衣的帕格尼尼"。

但即便是这样过分的言论,依然没有激起伯爵的奋力还击。

1897年5月4日下午4点20分,巴黎天主教贵族组织的年度慈善集市上发生一场大火。这场大火起始于一场电影展播,起因是电影放映器材采用了乙醚和氧气混合物来替代电力。火灾现场位于让-古戎街,街上挤满了人,火势迅速蔓延,很多遇难者已烧得面目全非,只能破天荒通过他们的牙科记录来确认身份。在一百二十九名死者(具体死亡人数众说纷纭)中,有一百二十三名女性,她们大多来自上层阶级,最显赫的当推阿朗松公爵夫人,即奥地利皇后的姐妹。

当时年方十四的凯瑟琳·波齐在日记中写道:

> 5点钟的时候,我们把爸爸送到慈善集市。那是个大集市,很多慈善机构并排在搞义卖活动。爸爸打算去那儿买点东西。我们看见一大群人聚在那里。我们没有问缘由便回到旺多姆广场。回去后我们才听说那里发生了一场可怕的大火;死亡一百五十人,伤者众多。

有六个波齐家的朋友在大火
中丧生。"整个巴黎都在默哀，"她
继续写道，"所有剧院全部关闭。"
主管集市的马科男爵被罚五百法
郎。电影放映员及其助手则因犯
谋杀罪而受审，分别被判处一年和
八个月的徒刑。可这是巴黎呀，不
久后就出来一首名叫《在慈善集市
上》(*Au Bazar de la Charité*) 的
通俗歌曲。这首歌采用《睡吧，亲
爱的》(*Dors, mon Chéri*) 的曲调。

让·洛兰把这事当作通常的
时事点评，在他的某个专栏中含沙
射影地说，孟德斯鸠(可以证明他
当时根本不在现场附近)用他一
根名贵的拐杖开辟出一条逃命之
路，他匆匆穿过一溜溜惊慌失措的
交际名媛。这次伯爵先生有对这
一无比虚假、中伤的指控做出回应
吗？仍然没有。兴许，难道他不仅
看不起洛兰，而且看不起决斗本
身？当然不是。他只愿与相配可
敬的对手决斗。不久，在罗斯柴尔

马科男爵

德雷尼耶

德家族的一场招待会上就出现了这样一个人：诗人亨利·德雷尼耶。他们就拐杖流言、荣誉问题以及责罚女性等话题展开舌战。气鼓鼓的德雷尼耶挑衅地说，伯爵十有八九偏爱扇子或手筒，而不敢持剑。激将之下，孟德斯鸠把他叫到室外；德雷尼耶选了两把剑，伯爵的一只手被刺伤。当然，替伯爵包扎的那位医生当然是波齐。

翙日早上，《费加罗报》头版刊登了一篇普鲁斯特吹捧孟德斯鸠的雄文，给伯爵画了像。此文大肆模仿圣西蒙，是一场与美学教授的文学忘情舌吻，但这没给年轻的普鲁斯特带来任何伤害。七年后，伯爵将展开第二场决斗，对手是埃内斯特·斯特恩太太的儿子。斯特恩太太是一位社交名媛，肥乎乎的，以玛丽亚·斯塔尔这一笔名写诗。不清楚孟德斯鸠是否曾嘲笑过斯特恩太太的体形或诗作。总之，这一次伯爵三处受伤，也都是波齐替他包扎。作家马塞尔·施沃布恳求伯爵先生赶紧住手："您是稀世豪杰、高雅诗人，绝不应为了无关紧要的事情而冒生命之险，鸡毛蒜皮的小事就留给新闻记者吧。"伯爵忠心耿耿的爱人伊图里似乎不甘下风，也奋起迎战一个对他说三道四的小报记者。

事后感想：让·洛兰痛恨孟德斯鸠，倒不像是一个落败的中产之妇痛恨贵妇人，而更像一个（勇敢地）向社会坦白自己性取向的同性恋者憎恨另一个小心翼翼玩社会游戏、将礼节置于真理之上的同道。洛兰曾三次把孟德斯鸠写进自己的小说《福卡斯先生》中：第一次以伯爵先生本人的形象出现；第二次以米扎雷特伯爵的形象出现，书中的米扎雷特虐待学音乐的后辈德拉巴尔，就像孟德斯鸠虐待德拉福斯一样；第三次以标题人物福卡斯先生的形象出现。

福卡斯这个奇怪的名字令众多学者深感疑惑。难道它跟"phoca"这个词相关？拉丁语中它通指海豹（但作者为什么选这个词呢？）；或者难道是英语单词"focus（关注）"的音译？此外，洛兰本人有可能一直关注历史上两位名叫福卡斯的人。一位是拜占庭皇帝，通过谋权篡位于公元602年登上皇位，又于610年受尽折磨后被斩首。第二位是公元4世纪的一位乐善好施的基督教殉道者，因其信仰遭受痛斥后自掘坟墓，将自己的性命拱手交与刽子手。但这一切都无法作为令人信服的解释。依本人之见，洛兰精通英语，而孟德斯鸠并不怎么精通。洛兰一向咄咄逼人，到了1901年，他已深知无论他怎样挑衅，伯爵都绝不会向他发起挑战，与他一决雌雄。那么，"phocas"这个词会不会是"fuck-arse（肛交）"的音译呢？此外，法语里有个短语"像海豹一样的男同"[1]，不过这一表述的起始时间尚不明确。

绯闻，然后是性绯闻。关于性绯闻这事，大家或多或少都信其有（尽管有时候他们假装不信），那是因为它似乎总是很在理。这倒并不一定是因为这流言证实了某些预先存在的间接证据，而是因为人类的性习惯是个谜团，而一旦"破解"了这一谜团，仿佛就破解了人类个性这一更为宽宏的谜团。哦，那不就解释通了嘛——现在我当然明白了，现在一切都讲通了。

除此之外，还有另一个层面——与时间相关。过去是现在的

1　海豹是性行为比较频繁的一种生物，在性成熟之前最喜欢和同性待在一起。

掌中玩物，可喜的是，它还无法顶嘴反驳（更不用说提起诬陷诉讼或向现在发出决斗挑战）。性生活就更是如此。关于性生活，我们了解得越多，懂得就越透彻，不是吗？我们可以看穿人们的外表、他们的虚伪、他们的谎言和他们的自欺欺人。我们既可读懂他们的心，也能窥察他们的生殖器。当他们沿着尘土飞扬、坑坑洼洼的小径忧心忡忡、跌跌撞撞地向我们走来时，我们看清了他们的真本性。这就是我们能透彻了解他们的缘由：在我们内心深处，那些死者永久的渴望就是成为我们。

当时，就像如今一样，对女性的性绯闻更为苛刻。一个男人如果风流倜傥只会让他更具魅力，而女性如果想同样奔放不羁就只会被视为一大祸害。无论如何，莎拉·伯恩哈特是一位女演员——这一职业总是伴着不光彩的名声。她有过很多情人，还有一个私生子，经常公开与他周游四方。在一个体面社会的眼里，她的这一行径无异于娼妓。诚然，即使在当红时期，伯恩哈特也会向腰缠万贯的爱慕者索要珠宝首饰和大额现金。除了私生子外，莎拉每次出游时还会带上一大群动物（其中包括一只名叫达尔文的黑猩猩，也许是向波齐翻译的这位英国生物学家致敬吧），这件事恰恰佐证了她的动物天性。她既与男人也跟女人上床，这也是一大佐证。哦，除了这一切，我们难道不该提及她是个……犹太人吗？

她为什么要跟这么多人上床？显然是因为她是个女性色情狂，厚颜无耻，一心想满足性欲。另外，除此以外，正如律师们所说——男人绝不会放过任何一条对女人的指责，希望罪状多多益善——他们指控莎拉是一个无法达到高潮的性冷淡患者。或许这解释了她的性瘾症：她把这当作一种逃避诊断的方式。关于性冷淡指控的证据来自她在1874年写给情人兼演员穆内-苏利的一封广为人知的信：

> 你必须明白，我是注定无法收获幸福的。我时时刻刻在寻找新的感觉、新的激情。我的一生将在无尽的寻找中度过，直至生命耗尽。从早到晚，日复一日，我都毫不满足。我的心贪求刺激，但谁都给不了我。性爱、性爱、性爱，我脆弱的身体已被弄得精疲力尽。那绝不是我梦想的爱……我又能怎样？你千万别生我的气。我是一个残缺的人。

这是一份率真而又感人的自白，令人震惊。可是，它难道仅仅就如人们现在通常认为的那样，只是一份关涉性冷淡的自供吗？她说自己与"幸福"（中产阶级、一夫一妻式的日常幸福）无缘；她寻求新奇的感官刺激；她认为现实势必无法满足她的极乐狂喜，然后她继续寻找下一位情人。假如一个男的如此振振有词，他会被认为是，譬如说，色胚，而非像莎拉那样被判定为性瘾者。再则，莎拉说自

COLLECTION FÉLIX POTIN

SARAH BERNHARDT

莎拉·伯恩哈特

穆内-苏利

雷雅纳

己是个"残缺的人",这也许是想大大方方地结束她与一惊一乍、让她疲惫不堪、难以容忍的苏利之间两年的关系(与波齐一样,苏利也来自贝尔热拉克)。亨利·詹姆斯于1876年从巴黎发回的报道中形容苏利是一颗"可怕的星星",他"根本不懂如何正确处理优美的抒情诗",他"口吐狂言、气急败坏、肆意歪曲,这一切全然不合时宜"。詹姆斯轻描淡写地补充道:"我觉得他是个很任性的年轻人。"也许,想跟这样一个伴侣分手,自责自怪不失为最明智、最不招怨惹恨的办法吧。

不过,当然,一个女演员总得时刻在演戏吧,不是吗?所以她也得在床上演吧?就这样,她在床上假装自己达到了性高潮,以此愚弄和取悦男人:为何不呢?男人的性自我最害怕的就是当他们分明已达到高潮时女人却没有丝毫快感。莎拉·伯恩哈特,佯装达不到性高潮！她根本不是女性色情狂！流言甚嚣尘上，说"她有颗鸡眼，却没有阴蒂"。女演员玛丽·科隆比耶，曾经是莎拉的好友后来闹翻了，她称莎拉是"一架走调的钢琴，俨然是个阿喀琉斯，浑身只有那一个致命伤"。她较直接的竞争对手雷雅纳曾说自己是一个"完整的女人"，或许是在暗讽莎拉吧。

1892年，埃德蒙·德·龚古尔在日记中写下一则传言——是"歇斯底里的"让·洛兰提供的——传言说，就在过去这十年中伯恩哈特已可达到性高潮，这要归功于奥迪隆·拉纳隆格医生为她做了手术，在她体内"移植了一个腺体，来润滑她本已干涩的外膜"。不出所料，这一传言只是一家之说。这样的手术听上去有可能吗（就算有可能，她为什么不找波齐操刀？），还是更像以讹传讹？你根本不需要一个机器来润滑外膜。而且，虽然大家都知道拉纳隆格医生曾医治过伯恩哈特，但他是骨科疾病的专家，尤其精于治疗骨髓炎和骨结核病。虽然我们不知实情，但我们完全可以怀疑。

我首次邂逅波齐医生是在萨金特所绘的那幅名画中。墙上的人物简介显示，他是一位妇科学家。在此之前我从未在阅读19世纪法国著作时碰到过他。后来，在一本艺术杂志中我了解到他"不仅是法国妇科学之父，而且是确认无疑的性瘾者，整天图谋引诱女患者"。我对这一明显的悖论深感困惑：这位医生救治女性却又盘剥她们。这位科学人士给身心遭受双重折磨的病患者带来慰藉和解脱，他利用创新和技术拯救女人的生命，他乐善好施，帮助过的穷人大大多于富人，然而，在私生活中，他的所作所为却像讽刺漫画中老于世故的法国人。就连他自己的外孙克劳德·布尔代都称他是个"很难相处的人……他身为妇科学家所展现的非凡魅力无疑给他的人生道路带来了日积月累的种种诱惑"。与此同时，我在琢磨"确认无疑的性瘾者"这一用语。这话听上去好像他曾入住亚利桑那州某家康复诊所。是谁"确诊"了他的病症？又是谁看见他"整天"都在勾引女患者？

然而，还是谨慎一些：波齐的一生中，几乎鲜有丑闻。他搞的是异性恋，守规合法，且（就我们所知）两相情愿。不过，这种种活动依赖于伴侣们的审慎与玲珑。至于他幽会的时间与地点、他们的私情维持了多久、是否存在一次约会多个情人的情况，这一切都不清楚。但目前为止没有任何女性投诉他的记载。是这些情人投诉无门吗？可以说，这一沉默的侧面反映了男性权力之大。但还是有别的男人亮相黄色报刊，与情人对簿公堂，或在决斗场上厮杀——波齐的亲生儿子让就在1912年因一桩三角恋而挥剑决斗。身为外科医生、上流人士和收藏家，波齐把此事写进了日记和信件当中；埃德蒙·德·龚古尔的《日记》可以说是我们了解性习惯（以及性绯闻）的上佳指南，但即使是他，在日记中也鲜少记录有关婚外情的蛛丝马迹。对他人的性生活过于兴致盎然也是有危险的。在当时的文献中，波齐从未被描绘成无情的浪荡子——或者确切地说，"性瘾者"——是21世纪日渐粗鄙化的语言和记忆正在将他转化成这种人。

究竟是什么让现在如此渴望评判过去？现在一直患有神经过

敏症，它相信自己优于过去，但又被挥之不去的焦虑所笼罩，怀疑自己也许并没优势。而在这背后隐含另一问题：评判的权威性何在？我们乃是现在，而它是过去：通常，对我们大多数人来说，那就够了。过去离我们越遥远，我们就越热衷于化繁为简。无论我们多么破口大骂过去，它永不回嘴，一直缄默以对。当初，二十几岁在学法律的时候，教授告诉我，历史上共有两种不同的方式可以阐释被告的沉默。一、也许被告"由于天灾而哑口"（生理上无法开口说话）；二、"蓄意缄默"（能开口讲话但因害怕自证其罪而不愿讲）。如果被告蓄意保持沉默，那他就要遭受严刑拷打。过去是因天灾而沉默不答，而我们却常常把它当作蓄意沉默。

此外，还有另一个因素。翻来覆去的婚外情，即使我们了解其细枝末节，往往读起来枯燥无味——而且人生也挺乏味。倒不是私通时乏味，这很明显，而是事后回溯和自我反思时兴味索然。我一生中遇到的那些登徒子、唐璜们和猎艳者都无一例外地证实了弗朗索瓦·莫里亚克在他令文人妒羡的小说《消逝的一切》（*Ce qui était perdu*）里的精辟之言："男人结识女人越多，对女人的总体认知就越不靠谱。"将近一个世纪后，这一名言依然不失其真。

于是，我对那个风流倜傥的波齐不怎么感兴趣了，我更感兴趣的是忧心忡忡的顾家男人波齐、求知若渴的医生波齐、周游四方的波齐、温文儒雅的波齐（趋炎附势的波齐？）、国际主义者波齐、理性主义者波齐、达尔文主义者波齐、科学家波齐、现代主义者波齐。波齐，从未失去过一个朋友（除非他们是反德雷福斯分子）。波齐，疯狂年代中的一位清醒者。

不过，无论我们决定如何看待他，波齐医生都毫不在意，这是肯定的。他不在意，主要是因为他已不在人世。他不在意的另一个原因是现在——相较于过去的现在——并不太考虑未来的评判。在信奉天堂、地狱和神圣审判的时代，人们通常很在意未来的审判。但波齐医生相信的是科学和理性，而非宗教。他是从医学的进步角度展望未来，例如，如何提高腹部枪伤的治愈率，如何确保阑尾切除手术和前列腺切除手术正规且安全——而且迅捷——他并不关心未来的人如何评价他。而这正是我们大多数人的作为：光是担忧当下对我们的评价就已够糟了，更别提未来的了。

波齐1992年的传记作者克劳德·范德普顿言真意切、斩钉截铁地告诉我们，波齐对待每份感情"总是很真诚"，即使分手之后也一直与曾经的情人友好相处。1897年2月15日，波齐十四岁的女儿凯瑟琳在日记中写道："我父亲是唐璜式的风流人物，他就是这样一个人。身不由己啊。他伤了多少人的心？有多少人曾为他心碎？除了母亲，数不清的夫人太太小姐向他暗送秋波。"真相就介于这两大裁决之间，除非这真相能两方兼顾。

讲述波齐的人生故事——而不是试图将他推上某个草台道德法庭审评他——的一大困难在于缺乏来自女性的证据。社交界曾嘲笑他的妻子泰蕾兹为"波齐的哑女"［这一绰号改编自奥贝尔的歌剧名《波尔蒂奇的哑女》(*La Muette de Portici*)］。她一直沉默不语，只在波齐死后给儿子让写过几封感人肺腑的信。就连深具影响力的洛特夫人在她的传记中也没有提及波齐的只言片语。波齐的所有归档情书都已被烧毁，其中包括埃玛·菲朔夫写给他

十八岁的凯瑟琳·波齐

的信，只有在她和波齐合写的旅行日志里才能发现她的声音，其中很大部分是对欧洲和北非风光充满敬畏的评注。莎拉·伯恩哈特虽然熟识并爱慕了他半个世纪，却也从未在自传中提到他。在莎拉留存下来的信件中有一些是写给"医生上帝"的，然而，恰如这一诨名所示，它们掷地有声，殷切热诚。"挚爱的人儿！见到你开心死了！你什么时候再为我读篇文章呀？"

波齐最亲密的女性见证者当首推女儿凯瑟琳·波齐。1893年至1906年及1921年至1934年间，她一直写有十分私密的日记。1927年，她还出版了一部率直磊落的自传体中篇小说《阿涅丝》（Agnès）。大凡日记，必须字斟句酌地读，才能把握其中潜藏的种种偏见和动机，而读青少年写的日记则更需慎之又慎。青少年目光如炬又干净澄澈，还未被世间的虚伪和奸诈所玷污。他们确实如此。但在臧否长辈时，他们既搞绝对化又反复多变。这一页凯瑟琳敬爱妈妈，下一页却对她无法忍受；这一页她崇拜上帝，愿为之舍命，但下一页又怀疑他的存在。她早熟，极端敏感，自我意识超强，情感和精神徘徊不定。小时候患有哮喘，长大后患了结核病。死亡与她形影相随，她甚至把自己养的吉娃娃小狗取名为托德，意为孤独。凯瑟琳觉得自己相貌丑陋，但照片上的她长得很像母亲，而她母亲，我们记得，年轻富有时"绰约多姿"。但她好像并没意识到自己（现在或未来）承继了母亲的美貌。她常常在两种想法之间摇摆不定：一会儿渴望来一场"轰轰烈烈的爱情"，一会儿又什么都不要——她觉得"虚无"，还有早逝，或许是自己这一生最好的归宿。她很想成为"一个纯洁、真诚而非虚假的人"。就像日记中的某些篇章一样,这最后几个字也是用英语写的。凯瑟琳和她父亲都是亲英派。

此外,这位儿童日记作者并不知故事的来龙去脉,自然也无法理解其中错综复杂的关系。"父母们简直愚不可及,"十六岁的凯瑟琳写道,"居然认为年轻姑娘是年少无知的圣徒。"她的话没错,但有时候父母们是故意为之,他们希望在他们的灌输和影响下能让孩子们以此为成长模范(当他们背离父母的期望时会愧疚)。具体说来,孩子们不可能知道自己出生以及有知觉以前发生在父母之间的事情。凯瑟琳是否知道(假如知道,是什么时候得知的呢?)当她还在娘胎里的时候,她妈妈泰蕾兹曾"凛然地"考虑要与她父亲离婚?好像她并不知情——不然她肯定会在日记里有所提及。因此,她就无法将这一因素纳入考虑,进而解释这件事对她父母关系的持续影响。

在她很小的时候,凯瑟琳非常依恋父亲。但这种天真烂漫的女儿对父亲的挚爱很快就过去了。十一岁那年,她就躺在父母的床上,挤在他们的中间。泰蕾兹正因什么事而在指责丈夫,而父亲呢,反唇相讥。他们俩吵了起来——突然间,凯瑟琳意识到"父母并不相爱,他们迟早会离婚"。她逃也似的跑回自己的房间,不住地抽泣,母亲过来安慰她,而父亲也一脸懊悔。至少她并没有把父母之间的感情破裂归咎到自己身上(很多孩子经常以为父母离异是自己的过错)。从那时候起,她一直关注着他们的一举一动。

她注意到父亲经常与别的女人调情,注意到母亲时常心情不好,还伴有神经痛,以及父母亲持续不断的争吵。当然也有一些快乐的时光，比如，她十四岁那年终于第一次作为成熟的大姑娘跟父亲外出，他们去了巴黎的喜歌剧院去看莫扎特的《唐璜》（*Don Giovanni*）（在当时的情况下，这可能不是最明智的选择）。但到了十八岁时，她这样写道：

> 比起母亲，我本来可以更爱父亲的，因为我们两个身上有相同的特质，而且当我越了解他我就越崇拜他。如果周围环境有利于我的道德成长，给我正常的教导的话，我本来是可以成为另一个他的……唉，现在只要一想到我会成为另一个他，我就讨厌他，而且我还要多谢他没有让我成为另一个他。

二十二岁时，她写道："然而，我还是爱他，这个道德败坏的父亲。"一两个月以后，她又说："这个残缺又道貌岸然的人""正遭受谎言的折磨……唉，唉，这三个儿女到底谁是他的骨肉？虽然全巴黎的人都爱慕或嫉妒这人，可他道德沦丧，罄竹难书！"

1899年，凯瑟琳做了个阑尾切除手术。这在当时还是属于高危险的手术，术前她突发奇想给家人写好了告别信。她向母亲、弟弟让，以及祖母表达了爱和歉意。对于父亲，她写道：

> 父亲，你并不很爱我，我也感觉到了这一残酷的事实，但也许这并不是你的错，只怪我自己太笨，不知怎么讨你的欢心。一直以来我都远远地崇拜你，我也深知我有很多地方很像你。

我对你的了解仅限于你那冰冰冷冷的倨傲的友情,我相信,但我留给你的这些伤感(!)记忆要比这些友情更加珍贵难忘。

我依然爱你。

我的这篇日记当然不是出自阿纳托尔·法朗士[1]之手,我知道这会让你大吃一惊。

你怎能想到一个十六岁的女孩竟会有这样的想法——并为此深受折磨。

也许波齐根本没看到自己女儿对他的苛评,但他是唯一有胆量(或义务)给她做手术的人。手术很顺利,没有引起并发症。这场手术也标志着凯瑟琳精神和智力的恢复:术后,手术麻醉师威廉·卡泽诺夫医生悄声说,"你醒了吗?我看她已醒了,但就是不想说话。"她认真思考了一下自己的第一句话(对比她之前写的临终遗言),最后从她青肿的嘴唇慢慢吐出一句:"你不过是个卑鄙的反德雷福斯分子。"

1913年10月的一篇日记记录了凯瑟琳最后想对父亲说的话。当时三十一岁的她已经结婚,但有个年轻男子对她怀有企图,好像她父亲略施小计就挫败了这小伙的图谋。凯瑟琳(骨子里是位诗人)称他为——她用了巧妙的双内韵——"亲爱的通奸者父亲"。

1　即阿纳托尔·法朗士(Anatole France, 1844—1924),法国作家、文学评论家、社会活动家,本名蒂波·弗朗索瓦。"法朗士"是他父亲的名字弗朗索瓦的缩写,又因他深爱祖国法兰西,故以祖国的名字作为自己的笔名,1921年获得诺贝尔文学奖。

但在日记里她并没有用韵:"这就是我亲爱的父亲,名闻遐迩的通奸者,依然坚定地在捍卫我的婚姻……"

倘若英国读者坚定地站在凯瑟琳·波齐的一边(为什么不呢?),那么值得注意的一点是,尽管她是个亲英派,但是,像其他任何法国人一样,她也会庸俗地恐英。十八岁的时候她在威尼斯遇到一群库克旅行社的游客,就在当天的日记里大发雷霆:"那帮人高马大的英国女人,身材干瘪,皮肤粗糙,吝啬又虚荣,一点也不优雅温柔;而那帮傲慢冷漠的英国男人则自私自利,愚不可及,还沾沾自满。"

既然论及这一话题,就不妨提一下法国诗人朱尔·拉弗格[1]的宣言:"世上共有三大性别:男人,女人,英国女人。"可是,尽管他如此出言不逊,拉弗格却在去世前一年娶了一位英国女家庭教师利娅·李。

1899年10月,在旺多姆广场住了二十年之后,波齐一家搬到了凯旋门附近的耶拿大街四十七号。他们委托别人建造了一栋四层的房子,波齐像当初扩建布罗卡医院时一样仔细认真地研究了这栋房子的建造计划。房子的布局反映出这个家庭内部的破裂。妻子泰蕾兹和她母亲住在房子的左厢,而波齐住在右厢。正如凯瑟琳所说,他们继续"像仇敌一样住在一起"。一层气派的楼梯通向波齐居住的区域,他的下榻处反映出了他一分为二的职业生涯:一部分空间留给医学——办公室、手术室、检测室——而更多空间用于接

1　朱尔·拉弗格(Jules Laforgue,1860—1887),法国象征主义诗人。

待来访的政界人士。从他的卧室可以俯瞰花园，看来这时他好像（我们不能确定）已不再与人同床共枕。楼上的餐厅可容纳三十人，沙龙一如既往地继续举办。作家、画家、作曲家、唯美主义者和政客（反德雷福斯分子除外）依然忠心耿耿地前来捧场。也正是在这儿，快要成年的凯瑟琳首次踏入文学圈。

　　19、20世纪之交，波齐迎来了他的鼎盛时期。这时的他有钱有名，成就斐然。他被推选为多尔多涅省的参议员和自己所在村镇的镇长。"通过一整套他十分熟稔的程序游戏"，他坐上了法国妇科学的头把交椅。他的《论妇科》使他在欧美声名大噪。他开始结交社会名流并给他们治病。他曾与共和国总统和摩纳哥王子到朗布依埃狩猎。阿纳托尔·法朗士题赠他一部演讲集。波齐有过众多露水情缘，但是只有埃玛·菲朔夫陪伴了他一生。看来，他完完全全是个成功人士的典范，身为外科医生，他将自己的人生妥妥地握在灵巧娴熟的双手中。很快，他的照片将开始出现在费利克斯·波坦牌巧克力棒的外包装上。

　　他常常收到粉丝的信件，有些粉丝并不是因为他精湛的外科技术而仰慕他。1902年12月，他给一位女性朋友寄去了一封"珍贵的信"，这封信来自他的一位"崇拜易卜生的竖琴家"女粉丝（其中的关键词是易卜生崇拜者，它是自由思想的本质）。她告诉波齐每天晚上她都边弹竖琴边凝视他的照片。当然，有流言蜚语。总是有人嚼舌头，而且名气越大闲言越多。有一本讽刺杂志上说，波齐在小橱里收藏了一长溜瓶子，瓶子里面装着巴黎几位最有名的女演员的阑尾。不过，这种八卦嘛，在很多圈子里反而能够给男人增光添彩。

波齐与他的藏品

与此同时，波齐并非事事顺心。他发现，再叱咤风云的人也无法让所有人都屈服于他的意志，更无法让金钱、宗教和某些社会期望俯首称臣。二十年来，泰蕾兹一直替他管家、安排一日三餐、组织并主持沙龙活动。她行事谨慎，八面玲珑。波齐和埃玛的公开的私情她也一清二楚。无论是在旺多姆广场，还是在耶拿大街，他们经常在家里当着七个仆人和三个孩子的面大吵大闹。

跟他们同住的还有泰蕾兹的母亲。她跟波齐的关系十分冷淡，已不再相互搭理。而波齐的魅力——那个对社会名媛十分好使的魅力——将永远无法抚慰一个虔信天主教的外省寡妇。泰蕾兹的母亲继续对女儿施加比波齐还大的影响。她还一直关注外孙女凯瑟琳的精神幸福。外祖母、母亲、外孙女三人经常一起去玛德莲娜教堂领受圣餐。宗教和金钱是不变的——而在这个家里这两样东西都掌握在女人手里。

波齐曾向朋友抱怨自己快被"已婚的暴怒女祭司"撕得粉碎。

1927年，父亲死后的第九年，四十四岁的凯瑟琳出版了一部中篇小说《阿涅丝》，这本书讲述一个十七岁少女的情感和精神纠葛。阿涅丝在给自己仍未遇到的梦中情人写系列情书（或更确切地说，剖灵析魂的书信）。她还给自己设了一套常规强化训练——分为三大方面：身、心、灵——这样的话，自己的命定之人从天而降时，她就可以得心应手，以爱还爱。《阿涅丝》扣人心弦，令人心醉神迷，颇具里尔克风格，自传色彩浓烈。在她的青葱岁月，凯瑟琳也曾孤独寂寥，遭人误解，也给未来的意中人写过类似的信函，其中大部

3ᵉ COLLECTION FÉLIX POTIN

COMTESSE DE NOAILLES
FEMME DE LETTRES

诺瓦耶伯爵夫人

分用英语写就。她也给自己设过类似的强化训练。

1927年2月1日,凯瑟琳在日记中写道:"《阿涅丝》出版了。母亲却已在天堂。"此书出版时作者的署名是两个明晰的首字母"C-K"(凯瑟琳的几位密友称她Karin),不过当时好像并没有被人们识破。五个月后,交际诗人安娜·德·诺瓦耶伯爵夫人接待了她(躺在床上,披头散发,未施粉黛)。伯爵夫人问她是否写过《阿涅丝》一书,她断然否认。哪怕被讯问了半小时,她也没说实话。回家后,她在日记里写道:"有一件事让我很开心:伯爵夫人在这本书里认出了我爸爸,也就是书里的'父亲'。唯有她认出了他,她是唯一一个聪明到家的人……唉!"

其实,不应过分称誉安娜·德·诺瓦耶。与现实中一样,书中的"父亲"也是一位追求时尚的医生,住在一栋豪华的公寓里,亦在里面工作,而他的家人(他的妻子、女儿、岳母)则住在五十六级阶梯高的楼上。这位父亲功成名就,他的住处摆满了挂毯、书籍和古玩珍品。"仿佛一切生命之光均源于他,照耀在我的身上,"阿涅丝写道,"然而,他却宛如太阳,遥不可及。"每当她需要他关心时,他总是忙于写信或接打电话。"是的,公主殿下……"他如此这般地接电话。

作为一个毫不妥协的十七岁少女,阿涅丝发现成年人每时每刻都在撒谎;但"爸爸总是没有电话那头的人谎说得多"。父亲送了她威廉·詹姆斯全集,还把自己的达尔文著作借给她。他是个无神论者,但当女儿对宗教产生困惑时却未能支持、鼓励她,而是把家庭和睦置于思想真理之上。"不要给外婆添麻烦,"他说,"跟她一起去领受圣餐吧。"于阿涅丝而言,这是又一次无声的背叛。小说结尾处,备受折磨的阿涅丝站在卢尔德的喷泉前向圣母玛利亚祈祷。她连续三次向圣母要求:"要么赐我爱,要么让我死。"

凯瑟琳第一次尝到爱的滋味——爱的感觉——是在1903年与一位美国少妇奥德丽·迪肯。她们在恩加丁一起度过了充满激情的两个月,这两个年轻女人都性情悒郁,觉得自己遭人遗弃。对凯瑟琳而言,它既是浩渺的生存孤寂——她十分认同缪塞的箴言:生命乃是"两场无尽的睡眠之间的一场凄惨意外"——也是家庭原因所致:她已经习惯了父亲的缺席,但现在好像母亲也"经常出门东游西逛"。奥德丽童年时代印象最深的一件事是父亲在1892年开枪崩了母亲的情人。起初,她和三个姐妹频繁地穿梭于大西洋两岸,后来又被送进一个个欧洲女修道院,此时她的母亲正与新的王子情人云游四海。而且她的几位家族成员精神不稳定:父亲于1901年死于美国的一家精神病院;她的姐姐格拉迪丝完成了母亲的愿望嫁给了马尔堡公爵,但最终却在监禁中了结了一生。

这两个月的炽烈情爱或友爱过后,迎来的是痛苦的别离。凯瑟琳（用英语）给奥德丽写信，称她为"我亲爱的航船"——仿佛在写给一个正在渐渐驶离她的人。事实上，奥德丽确确实实在驶离她：她被诊出心脏病，被安顿在罗马由英国护士照料，特鲁瓦西耶医生（他无疑是波齐医生的好友）负责治疗。她在1904年春天离开人世，时年十九岁。凯瑟琳保存了一幅她躺在铺满软垫的棺材里的照片。她双眼半张，似乎在凝视那消逝的生命。

凯瑟琳的下一任情人乔吉·拉乌尔-杜瓦尔，也是一名年轻的美国女子，她更加自信奔放。两人既是情人又是朋友，这段关系更危险也更接近肉欲。乔吉早就做了科莱特丈夫的情妇，而且"十有八九"已是三人行的一员。乔吉的勾引意图昭然若揭，她还细细分析了凯瑟琳的手迹，确证了凯瑟琳意欲顺从他们。这还是凯瑟琳第一次知道自己受人觊觎。问题在于，旁人也知道或看出了这一点，并提点了她的父母。他们要女儿与乔吉保持距离，凯瑟琳言听计从。

创作《阿涅丝》前，凯瑟琳也已谈过两次异性恋——但投入程度大不相同。1909年，她二十六岁，嫁给了二十二岁的爱德华·布尔代。凯瑟琳有一帮相识已久的朋友，他便是其中一个。于她而言，他更像玩伴，而非心上人。当时爱德华想俘获一位年龄稍长、较老成练达的女子的芳心，就大着胆子给凯瑟琳写了封信，说他已租好了单身汉公寓，会在那里等她。凯瑟琳反客为主，回信说会去找他，但"并非以情妇而是以未婚妻的身份"。（实际上，她两次踏访他的单身汉公寓时，他们的接触仅限于搂抱。）在戛纳度蜜月时，两

在棺木中的奥德丽·迪肯

爱德华·布尔代

人一起打高尔夫球,而在凯瑟琳看来,他们做爱就还像青少年时期做游戏,并没有那么酣畅淋漓。爱德华不在她面前时可以用书信热烈示爱,但在她面前却结结巴巴,这是两人关系中存在的一个结构性问题。而另一个问题是,他靠写自己嗤之以鼻的娱乐剧很快声名鹊起。布尔代喜欢简单的生活(和爱情),很难和情绪化又容易自责的凯瑟琳朝夕相处。凯瑟琳还反对布尔代让他一部戏剧中的女主角做他的情人,这也在意料之中。可是——像她母亲一样——等她彻底意识到婚姻行将失败时已有了身孕。

她的第二个恋人是诗人保罗·瓦莱里,两人相识于1920年,这段感情如她殷殷期盼的那样缠绵、睿智且激情四射。至此,她终于找到了自少时起就梦寐以求、书信传情并为之自我修为的灵魂伴侣。瓦莱里才华横溢、情感充沛,跟她是天作之合(且能驾驭她)。两人爱得轰轰烈烈。他们在一起(不仅限于同居)八年之久。她内心深处对这段感情摇摆不定,生平第一次满足至极又失望透顶。瓦莱里既是她的"至爱",也是她的"地狱"。她责备他流于世故、自负自私且依恋家族。哪怕再高尚的感情都经不起这般摧残。

阿涅丝在谈及未来的恋人时写道:"女人的命运过度依赖缘分。你们(男人)不是太早就是太迟遇见她们,从来把握不住最佳时机。她们准备着,等待着,念叨着:'就趁现在遇到我吧⋯⋯',然而一切都是徒劳。"这正是凯瑟琳·波齐两次成熟爱情的真实写照。但最令她失望的初恋却是她的父亲,那位忙碌、急躁、自私、粗心,对她疏于照管,但又魅力四射、受人崇拜的父亲。凯瑟琳一有条件就给父亲写信件寄便笺,他也总是回信。这"满腹经纶、辛辣讽刺、惬意明媚、诙谐幽默"的书信来往持续了好多年。多年以后，泰蕾兹发现并阅读了信件，惊呼："这些可是情书啊！"而她却很久没有收到过这样的情书了。

1929年5月，波齐去世十一年后，凯瑟琳在读他藏书室里一卷斯韦登堡[1]的旧书，翻到第七十七页时，一封她早年间写的信掉了出来。信的开头写道："我不去，亲爱的父亲……"（听上去像是指教堂集会）。波齐在信的背面潦潦草草地写了些毫不相关的医学备注。凯瑟琳发觉自己年轻时写的这封信"悲悲戚戚"。那一瞬间，她重新发现了"我的整个青春和傻乎乎的勇气，那都是我一厢情愿"。然而，"即便如此，我的字里行间仍透着些许甜蜜，他的言语中也闪着满满的骄傲……总而言之，我这一透着聪慧和坚定的小小的信是一封情书啊。他也这么觉得，只因他保存至今。即使岁月哐哐流转，"纸上依然留着父亲的*丝丝气息*"。

1901年，在"奇异三人组"去伦敦十六年后，埃德蒙·德·波利尼亚克卧病在床，奄奄一息。温纳莱塔雇了个英国护士照料他。波利尼亚克神志不清，误以为这名白衣护士是孩童时期照顾过自己的"讨人厌的"英国保姆。于是他说了句"一大清早我对威尔士公主可没什么好说的"，就把她打发出了卧室。

他长眠棺木，终返英国，如他所愿葬于托基上方悬崖的辛格家

---

1 即伊曼纽·斯韦登堡（Emanuel Swedenborg, 1688—1772），瑞典科学家、神秘主义者、哲学家和神学家。代表作有《真正的基督教信仰》《天堂与地狱》《神的仁爱与智慧》等。

族之墓,与法国隔海相望。他的墓志铭上镌刻着"作曲家"三字。四十二年后,温纳莱塔去世时自称是"上述人物之妻"。这对夫妇虽说是"乱点鸳鸯",但琴瑟和谐,触怒了孟德斯鸠,两人还共用《帕西法尔》中的一句话做墓志铭——"志同道合,爱情幸福"。

一向以搅局他人聚会(或葬礼)为乐的让·洛兰,在波利尼亚克王子死后一周内出版了《福卡斯先生》。温纳莱塔化身为塞里曼-弗里勒斯王妃在书中小小现身,很有辨识度,"美国多金富女郎,巴黎上流穿梭忙"。有两个(男性)旁观者在一场派对上对她如是评价:

> "她很聪明,嫁给了老亲王——仅仅图个名号——还赠予他八万法郎,如此一来就既可向世人炫耀自己纸醉金迷、遗世独立,又能冠上他的头衔。她呀,至少实诚热情,美得妖艳——瞧她那高傲的侧脸写满执拗任性,冷漠忧郁的灰眼睛像极了冰雪融化时的颜色,隐藏着何等的思想力量,掩饰着怎样的固执己见……你知道王妃的外号吗?"
>
> "莱斯博斯?"
>
> "嗯,对极了。'莱斯博斯岛[1],温暖而怠惰的夜晚之地。'"

(此语出自波德莱尔。)洛兰的阴险狡猾构成了一个怪圈。他蓄谋已久想激怒孟德斯鸠,但伯爵却不理不睬。而孟德斯鸠蓄谋已

---

[1] 莱斯博斯岛(Lesbos),爱琴海中的一个岛屿,距离土耳其十公里。

久想惹怒温纳莱塔，但王妃偏对他视而不见。现在洛兰把目标对准了温纳莱塔，而她却在思量更重要的事情。

波利尼亚克去世十年后，本着推进美法英三国友谊的想法，王妃设立了埃德蒙·德·波利尼亚克文学奖。该奖将由位于伦敦的皇家文学学会负责管理和评审。奖金为一百英镑，每年颁授一次。此举意在褒奖颇具前途的青年作家，而非已有建树的名家。温纳莱塔还明确规定不应将女性排除在嘉奖之外。

也许女性并未被排除在外，可她们从无一人获奖。1911年，该奖的首届得主为沃尔特·德·拉·梅尔[1]，后三届得主依次为约翰·梅斯菲尔德[2]（1912）、詹姆斯·斯蒂芬斯[3]（1913）和拉尔夫·霍奇森（1914）。贫困潦倒的诗文作家最感激这一百英镑奖金。据斯蒂芬斯回忆，获奖消息传来时，他的全部家产就是"一妻、二子、双猫和十五先令"。比起身处华盛顿街、身着披肩、头戴针织帽的波利尼亚克，斯蒂芬斯简直一贫如洗。梅斯菲尔德获奖那年，奥斯卡·王尔德显灵：艾尔弗雷德·道格拉斯勋爵抨击梅斯菲尔德的获奖之作《永恒的慈悲》[4]"几乎通篇纯属污秽"。然而，出手赞助总是隐含条件的。1915年和1916年，王妃未从巴黎给皇家文学学会寄钱，于是她为了王子在英国文坛流芳百世所做的热忱而短暂

---

1 沃尔特·德·拉·梅尔（Walter de la Mare，1873—1956），英国诗人、小说家。
2 约翰·梅斯菲尔德（John Masefield，1878—1967），英国诗人、剧作家。1911年以长篇叙事诗《永恒的宽恕》蜚声诗坛，1930年获"桂冠诗人"称号。
3 詹姆斯·斯蒂芬斯（James Stephens，1882—1950），爱尔兰诗人、小说家。
4 此书主人公索尔·凯恩起初是一个骗子、酒鬼，经历了一系列不幸遭遇后，渐渐展现了优雅美好的一面，并对自然万物及人类产生强烈爱意。

的努力寿终正寝。

小说家显然热衷于影射小说——由恶意带来的喜悦，眨眼谨守没有秘密的秘事，身处内幕之中并与他人分享的虚荣。但这样做风险也很明显：显得傲慢无礼，引火上身，也许会招来官司，甚至决斗，更主要的风险在于它打上了时间——还有空间——的烙印，如丹第，如雌雄同体。让·洛兰的第一部小说《莱皮勒》(*Les Lépillier*)就是一部影射小说，取材于他的故乡费康，是一部充斥着"雨、泥和贪婪"的作品。据说，凡小镇方圆三十公里内的人，都能认出书中凛凛刻画的所有主要人物。而不足之处在于，生活在这个圈子以外的人很少知道(或关心)谁被调笑。《福卡斯先生》分送给书评人时附了份宣传单，上面说这部小说是一本"汇集巴黎种种骇人恶习和所有放荡女人的电话簿"。这下，潜在的敌人成了时间，而不是空间。要是电话簿里的人都去世了怎么办？小说得用脚注标明角色的"真实身份"，就好比看一出经典剧作需要向观众解释老梗一样。

比起《福卡斯先生》，读者更爱读《逆流》，主要是因为这部小说更新奇，更具独创性，还因为它尽管声名大噪，却并没有"真实地"还原罗贝尔·德·孟德斯鸠。于斯曼并未拘泥于这位伯爵家失窃的细节，而是侧重于自己心心念念的主题。洛兰对孟德斯鸠、波利尼亚克夫妇和其他人了然于胸，而且与他们还有未了的恩怨，于是他的这部小说就成了真实人物及其现实生活的俘虏。作为一部影射小说，《逆流》一反常态又稀奇古怪：它追溯了《福卡斯先生》,而《福卡斯先生》又选取了它的一些场景和题材。它究竟是一本传奇式的影射小说,还是一部真实可信的影射小说呢?

就连既了解又青睐洛兰的埃德蒙·德·龚古尔都无法确定他的朋友措辞草率到底是出于恶意,还是分寸尽失。(当然,皆有可能。)这就是把洛兰写进书里的关键问题之一。你常常摸不清他的动机,你甚至怀疑他自己也搞不清楚。他谁都认识,似乎还跟大多数人拌过嘴。他不跟人找碴就活不了。他既想置身事外,又想事事掺和。他觉得自己其实并没有被人家接纳,但又不太想被完全接纳。他认为自己在文学上还没得到应有的地位,觉得别人只是容忍他而非重视他。他想成为丹第,却不及孟德斯鸠,想成为小说家,但又不及于斯曼。他还想当诗人、剧作家,为莎拉·伯恩哈特写台词呢——他却是一位众所周知的记者。他不知何时消停,而这"欲壑难填"定然是他魅力的一部分。在反诽谤法还不硬气的年代,编辑们喜欢他滋事挑衅。说他自怨自艾(因此就寻求暴烈

2e COLLECTION FELIX POTIN

JEAN LORRAIN
HOMME DE LETTRES

让·洛兰

的同性伴侣并享受被虐），这是不是过于简单化？还是说这种解释过于前卫？

当然，要考证他与波齐医生的友谊是蛮难的，因为波齐是坚定的理性主义者，而洛兰数年来信奉撒旦教和神秘主义。谈起性，他们处于两个极端。洛兰啧啧地说长道短，波齐却谨言慎行。两人是异质相吸吗？这也太玄了吧。两人都出了名的健谈，却最终无话可说，或许是因为波齐鲜与人（家人除外）争执，很少与他人（家人除外）唱对台戏。也许他觉得洛兰风趣幽默。双方可能都因为对方不在自己的职业圈而高兴。

想要弄明白洛兰人生中的所作所为以及他的所思所感，可以拿让娜·雅克曼[1]的例子做一说明。让娜·雅克曼是一位粉笔画家、象征主义者和撒旦主义者，是魏尔伦的朋友。她和一位名叫洛泽的雕刻家住在塞尔夫的一个搞艺术的神秘学者聚集区。自然而然地，形形色色的诗人都爱她。她有很多严重的健康问题，导致她的身体——用埃德蒙·德·龚古尔非常无礼的话来说——"没了雌性器官，像一条准备腌制的鱼"。她和洛兰似乎初识于19世纪80年代中期，在一家波希米亚咖啡馆，他被她的艺术才华和神秘主义所吸引，为她写了一篇艺术鉴评，对她助益良多。

两人共同信奉撒旦主义。光顾波希米亚区数年后，他们之间出了点问题。据洛兰的传记作者说："雅克曼变得争风吃醋，也许她真的爱上了这位作家，而洛兰也见证了雅克曼的性情大变，她变得好

---

1 让娜·雅克曼（Jeanne Jacquemin，1863—1938），法国女艺术家。

斗且总想迫使他性交，又或许她想嫁给他，以此摆脱自己的窘境。不管是何种情形，他这个通常在最暴烈的性伴侣面前都能披荆斩棘的男人吓坏了。"他抱怨道："她是嗜血的魔鬼，想榨干我。"1893年，他告诉波齐，雅克曼在跟踪他。波齐诊断出他（不是她）神经紧张，建议他去北非旅行以平复心情。他听从劝告，去了阿尔及利亚和突尼斯旅行。

　　1894年3月15日，波齐在日记上写道："与洛兰及雅克曼太太共进午餐。"这有特定用意吗？波齐是在充当调解人？洛兰的传记作者称之为"与两名患者共进午餐"（波齐可能为雅克曼做了子宫切除手术）。但随后，没给出充分证据的情况下，他将其归因于某个目的，这样写洛兰："病人经常为了答谢医生而邀请陌生美女与他共赴晚宴，而这名女子至今身份成谜。"只不过这次是午餐——如果波齐给雅克曼做过手术的话，那他已经认识她了。但传记作者坚称，洛兰为波齐献上了雅克曼和莉亚纳·德·普齐[1]（她一心想做风靡巴黎、身价最高的头牌妓女），"为了让他舒坦惬意"。可是波齐为何要舒坦惬意？这他倒没做解释。但只要洛兰一掺和进来，大抵就这样了：事态愈发扑朔迷离，而非一清二楚。

　　接下来就顺理成章了。假设你是让·洛兰。让娜·雅克曼一直跟踪你，企图榨干你；你几近神经崩溃，借非洲之旅调理恢复；你

1　莉亚纳·德·普齐(Liane de Pougy, 1869—1950)，出生于法国萨尔特省。她与"美人"奥特罗(La Belle Otero)和埃米丽安·德·阿朗松(Émilienne d'Alençon)并称"三大交际花"。

回到巴黎后,跟她和你共同的外科医生共进午餐。有什么是你不会立即做,甚至后十年都不会做的事呢?你一定不会在书中连篇累牍地嘲讽她,不加掩饰地影射她。除非你是让·洛兰,才干得出这种事来。

一会儿她被描摹成一名圣贤般的、爱争辩的女色情狂,一会儿又被刻画成堕落的玫瑰十字会成员,一直沉溺于撒旦主义的污浊之中;她还被形容为"一只长着水母头的蜘蛛蟹"。诸如此类,不一而足。洛兰甚至撰文鞭挞她的艺术,说什么"她的粉笔画着色单调、故作怪异、极其丑陋"。1903年,这位波希米亚区前撒旦主义成员,最终没有用波希米亚主义或撒旦主义施以巫术诅咒——也没有扎巫毒娃娃——而是采用了更文明的方式:找律师打官司。他们搜罗了一系列文章作为诽谤诉讼的力证,这让他大为震惊。

据说,在证人席上,雅克曼完美地扮演了楚楚动人、遭到诽谤的受害者。法院判定,洛兰的多部作品很明显写的就是她,洛兰还污蔑她"道德败坏""荒淫无度"。法院判处《报刊》一百法郎罚金,洛兰两千法郎罚金,还有五万法郎的罚款由报纸和洛兰分摊,并判处洛兰两个月监禁。他不服判决提出上诉,然而不可思议的是——不过这也说明你永远无法预料接下来会有什么事情会落在洛兰身上——在审理他的上诉当天,雅克曼撤诉了。

洛兰虽躲过了牢狱之灾,却还是破了产。他向曾经的朋友于斯曼求助,遭到拒绝后,就撰文谴责于斯曼宣扬神秘主义和邪教荼毒大众。之后他又埋头继续创作。他开始写讽刺小说《妇女之家》

（*Maison pour femmes*），将矛头指向女作家和最近创设的"费米娜奖"。事后他感到危险逼近，1905年，他便开始以笔名"尸体"在《巴黎生活》（*La Vie Parisienne*）中发表连载。

洛兰确实让波齐这位医生忙得不可开交。他嗜酒如命，而乙醚会慢慢破坏肠胃，但他照样花天酒地，对医生和他人的忠告置若罔闻。1893年6月，波齐切除了他的九处肠道溃疡（有人认为是梅毒所致）。1894年11月11日，星期日这天，洛兰去了龚古尔的阁楼，告诉龚古尔自己病得很重，波齐医生和专攻胃病学的同事将为他会诊。洛兰还说他一生病就会回忆童年，这位骨子里的作家别的什么都不想讲。

德·拉·冈达拉

最后一次会诊把手术时间定在了次年5月，手术切除了洛兰"好几厘米"肠子。5月26日，艺术家德·拉·冈达拉到波齐的诊所去看望他，并告诉医生绷带缠得太紧，洛兰疼痛难忍。6月30日，诗人亨利·德雷尼耶（孟德斯鸠慈善义卖会上的决斗对手）描述洛兰"躺在长椅上，裹着白绒毯，四周放满了知名弗拉明戈舞者奥特罗小姐送来的鲜花"。7月7日，洛兰再次现身龚古尔家时，他精神好多了，满嘴说着让人半信半疑的事情：

> 他跟我讲在这座死亡之屋（诊所）里，有四个女人在他住院期间死了，人们整天只聊切除卵巢和子宫，还有个培训班，供女性了解学习波齐缝合法。为了不让丈夫或情人望而却步，波齐医生的缝合方法不会留下丝毫痕迹。

洛兰说他受病痛折磨整整两周，夜夜重温手术场景，痛苦不堪，疼到不停注射吗啡。他还老做反犹噩梦，大喊："妈妈，我床上有犹太人。"他目前仍需每日挂两次门诊，实习生用酒精和开水给他灌肠后，把花园水管那般粗大的管子插入他体内……

次年4月，洛兰讲起病痛时打趣地说，波齐对他身体的"屠宰"让他产生了磷光现象[1]，在他体内激起了疯狂的性欲，而他当前的过度放纵，非但没有让他瘦下来，反倒让他胖了不少。

洛兰真为波齐拉皮条了吗？波齐需要有人帮他拉皮条吗？波齐的生活和工作均讲究掌控和精准，所以，他也许喜欢与跟他生活截然不同的人打成一片。又或许，这位终生崇尚理性的人喜欢研究那些热衷邪教的人。波齐最偏离科学的一次经历是给一个女演员

1　磷光现象，在激发源停止作用之后可感觉到的具有特征衰减率的发冷光现象。

开治疗怯场的药,他采用顺势疗法[1](开了一种葫芦科的蔓草[2],如你非要问个明白)。不过,或许这甚至还算不上偏离理性。波齐很可能早就料到,安慰剂即使疗效不及药剂,但也一样奏效顶用。

还有一封波齐写给孟德斯鸠的信,信上没标日期,邀请他参加旺多姆广场的聚会,这样他就能亲眼看见各种催眠术、磁力术和梦游症。但这就会是一场科学论证而非骗局。当时医学界对这些很感兴趣:保罗·布罗卡曾把催眠用于手术麻醉(其结果好坏参半),而沙尔科从1878年便开始试验——事实上,"南锡学派[3]"和沙尔科的"巴黎学派[4]"公开叫板,争论不休。碰巧,波齐当时的住所和梅斯梅尔[5]的房子仅有三户之隔,上世纪末梅斯梅尔在这栋房子内施行磁力疗法[6]。一根根钢棒将患者与橡木桶中的磁化水瓶相连。很多人认为这是真正的科学疗法。对有些患者来说,这种疗法好像确实有效。

洞悉罗贝尔·德·孟德斯鸠的内心并非易事——他也不希望有人这么做。他骨子里也许是个忧郁的人:他总爱说他的母亲"给

---

1 顺势疗法是替代医学的一种,其理论基础是"同样的制剂治疗同类的疾病",意即为了治疗某种疾病,需要使用一种能够在健康人中产生相同症状的药剂。
2 蔓草,一种藤本植物,大叶子,开小花,辛辣汁液具有催吐和催泻作用。
3 南锡学派,以伯恩海姆(H. Bernheim)为代表,认为催眠与神经症无关,其所以能治病完全是暗示的结果,侧重从心理学方面去研究催眠。
4 巴黎学派,对催眠术持体因学观点的精神病学派,与"南锡学派"相对。
5 即弗朗兹·安东·梅斯梅尔(Franz Anton Mesmer,1734—1815),奥地利精神科医师,代表作有《动物磁力发现录》。
6 磁力疗法,一种利用磁场而作用于机体或穴位的外治法。

了我生命这个悲伤的礼物"。他的躁动和强烈的占有欲或许就是明证。他自视甚高，还不愿自我反省，宁可从别人的反馈中了解自己，也不愿自我内审。他对衣饰和装潢的描述往往比物品主人更怀爱意，更专注细节。他说："我喜欢自己筹办的聚会，而不太喜欢赴会的客人（或许客人们也注意到了）。"他倾心于自己的宅邸，宅邸他可有不少啊。他最心仪的宅邸建于第二帝国时期，属于小特里亚农宫[1]风格，位于纳伊[2]的布洛涅森林公园边缘。他为其取名"缪斯阁"，并于1899年至1909年在此居住。伊图里为他寻得这个举办派对的宝地。当时房间的装饰和今天人们对装饰的理解不同，当时要么随心所欲布置，要么凸显亲切感，这比只注重色彩或风格更为巧妙。镶饰精美的书房中还收藏了具有美学和文学价值的文物：拜伦的一绺头发，波德莱尔为情妇画的素描，等等。有两个房间分别摆放惠斯勒和博尔迪尼为他所作的画像。还有一幅画的是伊图里穿着马裤的双腿，也出自博尔迪尼的手笔。

　　一天，伯爵在比利牛斯山中的一个温泉"丑"镇落脚，正照顾"间歇性过度忧心"病发的伊图里（他患有糖尿病）时，管家发来一封糟糕透顶的电报，说阁楼被盗。他即刻出发，撇下伊图里自己疗养。伯爵一路北行，忧思更甚。他臆测惠斯勒的画已被砍成碎片。他想起福楼拜在《萨朗波》一书中形容雇佣兵毁掉物品"正因为欣赏不来，他们更加愤怒"。到达纳伊时，他喜出望外，因为他的宝贝全都完好无损，"雇佣兵"似乎什么都没打劫。不久后，窃贼被捕。

1　小特里亚农宫，一个小城堡，位于凡尔赛宫的庭院，兼具洛可可和新古典主义风格。
2　纳伊（Neuilly），巴黎西北郊的富人区。

一人受审时被问及为何什么都没偷,他回答:"哦,那里的东西没有一件是我们想要的。"孟德斯鸠说这句话是"我这辈子听到的最受用的恭维了"。

1904年11月,孟德斯鸠的"表妹"伊丽莎白之女埃莱娜·格雷菲勒嫁给了普鲁斯特的老友德·吉什公爵。普鲁斯特问新郎想要什么结婚礼物,公爵打趣道:"我应有尽有,就缺把左轮手枪。"普鲁斯特信以为真,给他买了把加斯蒂纳·雷奈特[1]手枪。普鲁斯特还委托时尚画家科科·德·马德拉索为皮质弹药箱绘上装饰图案,他绘出了埃莱娜·格雷菲勒少女时期写的诗句:关乎海鸥、白帆船、山峰和老虎。

就我记忆所及,或可确定的是,普鲁斯特身边还没有发生过枪击事件。

无论是从政治层面还是道德角度考量,德雷福斯事件都是美好年代里最为暴力的事件,因而枪支弹药也涉足其间不足为怪。1899年第二次审判在雷恩进行,德雷福斯的律师拉博里先生出庭时,一个年轻人朝他开枪后逃之夭夭。事件的具体情况仍不清楚。一种说法是,拉博里伤得很重;还有一种说法是他伤势不重,不必动手术。声援德雷福斯的认为,这个城市布满了警力,而手持左轮手枪的暗杀未遂者却能轻易逃脱,不免让人怀疑。但反对他的人反驳

1　加斯蒂纳·雷奈特(Gastinne Renette, 1835—1870),巴黎枪匠,主要制作火帽击发式打靶手枪。

说，这纯属无稽之谈。《有哪个亲眼看见/拉博里身中子弹》，这首讽刺歌曲迅速传遍街头巷尾。

拉博里

1908年，漫长的民族苦难——罗曼·罗兰称其为"神圣的呐喊"——基本结束后，左拉的遗体被运到先贤祠[1]。这是一场隆重的国典：法国第三共和国总统[2]、克列孟梭、饶勒斯、左拉遗孀、德雷福斯及其医生——当然是波齐医生（波齐无处不在）——均出席参加。哀乐奏罢、军队分列式开始前，爱德华·德吕蒙的密友、极端反犹记者路易·格雷戈里向德雷福斯开了两枪，打中他的手和胳膊。波齐医生当时就在现场急救。

格雷戈里受审时，法式司法体现得淋漓尽致。格雷戈里的律师辩称，他的当事人其实并未向德雷福斯开枪，而是向"德雷福斯主义思想"开枪。令人震惊的是，塞纳河巡回法院采纳了这一说法，格雷戈里被无罪释放。六年后，饶勒斯遭到暗杀，袭击者也被无罪

1　先贤祠，位于巴黎市中心塞纳河左岸的拉丁区，是永久纪念法国历史名人的圣殿。

2　当时的总统为阿尔芒·法利埃。

释放。

相较英国，法国司法总是更加包容抽象观点，也更包容被告方的机巧辩护。1894年，费利克斯·费内翁——艺术评论家、记者、文学和艺术界活动家，也是马蒂斯唯一信任的经销商——在警方清扫无政府主义者时遭逮捕。这并非无妄之灾：费内翁是彻头彻尾的无政府主义者。警方在搜查其办公室时发现了一小瓶水银和一个装有十一枚雷管的火柴盒。而他的蹩脚理由竟是，这是他父亲从大街上捡来的，而他父亲前不久刚去世，因此很遗憾，无法出面做证。当法官向他严正指出，有人曾看见他在煤气灯后面和一位著名的无政府主义者交谈过，他冷冷地回应道："法官大人，您能告诉我，煤气灯的后边是哪边吗？"他嘴巴巧、脸皮厚，这在法国倒吃得开，最终陪审团宣告他无罪。

次年，奥斯卡·王尔德受审时，与王室法律顾问爱德华·卡森斗智斗勇，大概他也把这里当法国了，结果发现在英国法庭和英国陪审团面前，这招却毫无用处。巧的是，同年图卢兹·劳特累克创作了《红磨坊舞会》，画中就有王尔德和费内翁，两人手肘相对，前者身材圆润，后者面色惨白，欣赏着红磨坊中拉古丽[1]跳摩尔人的舞蹈。

1898年，王尔德出狱后重回巴黎，费内翁等人公开迎接他，并带他赴宴、看戏。但王尔德经常情绪低落，他向费内翁坦言，他想

1　拉古丽（La Goulue）和雅内·阿芙里尔（Jane Avril）是红磨坊中为最耀眼的两位主角。

过寻短见，甚至还去过塞纳河边，但他在新桥[1]上遇到了一名样貌奇怪的男子，正盯着河水看。王尔德以为他也不想活了，便问道："你也打算自杀吗？"那人回答："才不呢，我是理发师！"据费内翁说，这一牛头不对马嘴的事件让王尔德坚信不疑：人生虽滑稽，但仍得忍耐。

王尔德受审时，痛斥副检察总长爱德华·卡森幼稚无稽，居然以道德与否判定一本书：书只能以写得好坏论之。文学作品绝非简简单单地提出观点。艺术追求的是纯粹极致的美。王尔德赞同他书中亨利·沃顿勋爵的观点，即"艺术对行为不施任何影响"。

上述观点要么完善，要么庸俗化了福楼拜的观点（取决于你怎么看）。王尔德年轻时非常崇拜福楼拜：在牛津大学读书时，沃尔特·佩特借给过他一本福楼拜的《三故事》。王尔德有意翻译《圣安东尼的诱惑》。他说，为了写好英语散文，他还特地学了法国散文（这倒不是特别看得出来）。他还声称，激励他创作的"秘诀"是拿出《圣安东尼的诱惑》读上十二页，然后吃上"两三颗鸦片丸"。

年轻时——写《包法利夫人》十年前——福楼拜形容自己"不过是一只文学蜥蜴，在美这一骄阳下悠悠地享受阳光的沐浴。如此而已"。他后来写道："你无法改变人性；你只能了解它。"他还说：

1　新桥，巴黎塞纳河上最古老的桥。之所以命名为"新桥"，不仅因为它是一座建造时间跨世纪的"新"桥，更重要的是由于该桥属于巴黎建桥史上第一座桥上没有建房的石桥。

"善意造就不了艺术。"也许这些听上去像是寂静教[1]教条，但其实不然。福楼拜一向坚决反对对文学感情用事，秉持向善论：该观点认为，结局圆满、提振人心的故事（笑中带泪的故事也一样）可以激励读者多多行善，完善自我。然而，"深谙人性"以及精准描摹人性本质上是一种校正动作。你会说，事情并非那样，而是这样的。人们这样行事；社会这样运作；宗教（以及伤感文学）如此这般影响人的种种感知；你在其他小说中读到的东西是错的。而这一校正功能——哦，顺便一提，爱呀性呀死呀也与这截然不同——有一大效应，即真理的效应，复原真知灼见的效应。不过，人们——读者们——到底如何应对这一真理却并不取决于福楼拜。有的人将手上的书一合，于是也关闭了自己的脑袋；而有的人让书摊着，开始浮想联翩。

　　这就牵出了另一起枪击案。1904年3月，普鲁斯特在取那把送给德·吉什公爵的包装精美的左轮手枪时，塞纳河巡回法庭开始审理一桩谋杀案。六个月前，一女子随一男子来到巴黎女王酒店的客房。这名男子叫作弗雷德·格罗伊林，瑞士籍，父亲是德国符腾堡州人，母亲则是英国北安普敦人，名叫路易莎·杜赫斯特。格罗伊林身材矮小、金发、穿戴整洁且巧舌如簧，正如《晨报》的锐评，他"表面是个人精，其实是个蠢货"。他是酒店老板的儿子，最初梦想成为律师，可后来却卖起了明信片，精于获贷且从不偿还。

　　1903年10月7日，格罗伊林邂逅罗马尼亚"艺术家"埃琳

1　寂静教，17世纪基督教中的神秘主义教派。

娜·波佩斯科,对她一见钟情——他自己是这么说的。他还说,波佩斯科宣称他是她的初恋情人。那两天,他们开车去林区,到高级餐厅用餐,还去了法兰西喜剧院[1],一切花销全靠借贷。一次,格罗伊林提到自己有把枪。据说两人在客房就逃往尼斯还是布加勒斯特[2]产生分歧,大吵了一架。随后,波佩斯科开始翻寻格罗伊林的左轮手枪,却发现了一捆他人写给格罗伊林的情书。她感觉自己被刚刚夺走她贞操的人背叛了,于是开枪自杀。连射两枪。脑后一枪,右眼一枪。他大概就是这么讲的。

如果这听上去像是一部低俗廉价、有悖情理的小说,那倒的确如此。格罗伊林还在押候审时,用二十个笔记本、整整六个月的时间写出了自己的人生故事,并想靠这部长篇小说为自己脱罪。也许他想借廉价小报让自己"永垂不朽"。不出所料,法院拒不采信他的大部分说辞。控方称,这不过是一桩皮条客杀情妇的肮脏案件,法官却强烈地公开质疑混迹于那种圈子的埃琳娜·波佩斯科怎么可能是处女。

不过此案进而关涉到文学层面,可能还驳斥了王尔德和亨利·沃顿勋爵"艺术对行为不施任何影响"这一论调。"让·洛兰先生一直深深地影响着我。"格罗伊林在出庭做证时说。年轻时"我常常穿着蓝色睡衣或粉色睡袍读他的书,他在我心中唤起种种不可实现的欲望……我千方百计想认识他。可是当我终于见到这个目光凶狠、手指戴满戒指的男人时,我大失所望。他是个彻头彻

尾的怪胎"。尽管这样的失望尚可预见——通常，作家本人难以满足或达到读者的期望——洛兰的影响却接续不断。如今格罗伊林已不再卖明信片，改行做黄金生意了，终于可以圆他初读洛兰时的美梦了——逛逛威尼斯。

他告诉法庭，一到威尼斯他就在凤尾船上遇到了一个娇小玲珑、"诗趣盎然的"俄罗斯女子，随即开启了一段"完美的柏拉图式恋爱"。"就在这儿，"《晨报》不无讥讽地评论道，"洛兰不知不觉地牵起了两人的姻缘。"据格罗伊林所说，两人聊天时提到了作家洛兰的名字，他随即表达了对《福卡斯先生》的赞赏。"天哪！"坐在凤尾船上的娇小俄国女人惊呼道，"你竟没说他一句坏话！我终于遇到了一个不对让·洛兰恶语相向的人！"

这一出欢喜闹剧表面上与格罗伊林的辩护无关，实则一石二鸟。一方面可以证明他的清白，因为埃琳娜·波佩斯科精心策划了一场看起来确实很像谋杀的自杀。另一方面，钟爱让·洛兰的书怎么都能削弱他的道德感和责任感。但奇怪的是，法庭还是拒不采信格罗伊林的种种解释，并判他十年有期徒刑。

这次审判和所呈堂的证供令洛兰心神不宁。上一年，他不仅在雅克曼一案中因诽谤罪被判巨额赔偿，还卷入了另一桩不光彩的案件。案件主犯是两个二十出头的贵族：雅克·阿德斯瓦德-费尔森男爵（阿克塞尔·冯·费尔森的后裔，据说是玛丽·安托瓦妮特的瑞典情人）和阿尔贝·阿默利·德·瓦朗伯爵，二人被判处"教唆未成年人堕落罪"。这两人曾把几所巴黎顶尖学校里的年轻男孩引诱至单身公寓，每周实施两次丧心病狂的性行为。一如往常，新闻界对"邪教丑闻"乐此不疲，并将其视为文明终结的证据。虽然法院严格依法审理此案——它关注的是鸡奸而非魔王崇拜——但报纸更倾向于上升至国家层面，哀叹世风日下。它们把贵族们的宅邸比作德塞森特位于郊区的隐居处（并非说他在那里搞什么勾当）。它们从波德莱尔开始列举文坛人物，说他们助长了颓废风气，这当中首推于斯曼和洛兰笔下的人物。媒体坚称文学可以毒害大众。而对洛兰来说更要命的是，他于1901年在威尼斯见过费尔森，而这位男爵为了脱罪，将其行径归咎于洛兰的作品。为了证明洛兰作品对他的影响，费尔森甚至以"福卡斯先生"为笔名发表了数首诗歌。

和格罗伊林案一样，法庭对辩护人的文学借口不感兴趣。但洛兰恐慌不已：他的作品被公开指责害人不浅，致使一名男子谋害人命，另一名男子性虐待未成年人，即便再怎么用洛兰离经叛道的标准来衡量，这也未免太过荒唐了。他呼吁作家朋友公开声援他。但只有科莱特前来帮忙，大多数都拒绝伸出援手，或干脆借口逃避。

这不足为奇：当发现有可能引火上身时，哪怕是最冒失的人也会循规蹈矩，感觉受到诽谤。1895年，王尔德在伦敦受审时，记者朱尔·于雷撰文在《费加罗文学报》中列出王尔德的三位法国作家"挚友"的名字，即马塞尔·施沃布、卡蒂勒·孟戴斯和让·洛兰。根据洛兰的描述，1891年王尔德到访巴黎时，施沃布曾经做过他的象夫。他和孟戴斯都向这名记者发出挑战，要与其决斗，洛兰则迫使他发文撤回原文。

凯瑟琳·波齐跟她父亲一样,也是个亲英派。而且,同她父亲一样,也操一口流利的英语。1918年3月,突然间德国好像有可能打赢这场战争时,她才发现自己缺乏强烈的爱国主义情怀:

> 难道我真的关心祖国的未来? 我不喜欢法国吗? 坦白说,我更喜欢英国,我的第二个心灵家园。英国给了我这么多、这么多珍贵的东西:妙不可言的感觉,奋力向圣的宗教,布朗宁、(乔治·)艾略特、雪莱和斯温伯恩高贵的痛苦。哦,多得数不胜数,而且好得不得了。

对凯瑟琳来说,英国也是实实在在的避难所,尤其是在经历了两次剧烈的家庭危机之后。1905年4月,二十二岁的她与父亲经历了一场激烈的争吵,当面谴责他的种种通奸行为,特别是他与埃玛·菲朔夫公然私通。她在日记中以第二人称对自己说道:“凯蒂,那天你的父亲诅咒你、捶打你,是因为你让他看到你并不尊重他,哪怕只有一秒钟。”就这样,她被遣送到伦敦,孤零零一个人生活,后来她在霍夫待了三个星期,看望弟弟雅克,当初为了让他学会自律,家里将他送到了这里的寄宿学校。

可是,这终究是凯瑟琳·波齐,这次争吵绝不仅仅只是一个苛刻的女儿惹怒自以为是的父亲动粗那么简单。它事关生存危机。那天凯瑟琳的日记是这样开头的:“你在哭泣,你在哭泣……

是因为你已明白没有任何事、任何人能满足你灵魂深处浩瀚的渴望吗？"最后她以这样的句子结束："我的天哪！我的天哪！我的天哪！请赋予我死的权利，沉睡的权利……"不难发现，凯瑟琳的问题绝不是家庭咨询就能解决的。在这两次难平的情绪之间，凯瑟琳既世俗又刻薄，瞧不起走入歧途的父亲，也鄙夷父亲以外的其他人。她写她的弟弟让："每天都厚颜无耻地炫耀他那极其庸俗、无比狭隘的利己主义。"在日记里，她对母亲，那个总是与她站在同一战线跟父亲对抗的母亲，比起鄙视，更多的是怜悯：

　　你的母亲不过是个被发现站在路边的小孩，之所以怜悯她，是因为她将自己托付于你；之所以爱她，是因为她性情温和却总是遭受伤害——但她无论如何都无法安慰你，你们四目久久相对，她却永远无法窥见你目光背后的绝望。

显然，这一家庭矛盾已累积了很长时间，终于爆发。我们罕见地收到了老二让的来信。这位未来的外交官时年二十一岁，已在施展他的高超手腕。姐姐曾向他暗示父母可能要离婚，而就在危机爆发的两天前，他做出了回复：

　　请仔细考虑，假如现在这个时候采取过激的解决方法，我们大家都会后悔莫及：就说母亲吧，她不顾一切地爱他，哪怕得忍受世上还存在第二个波齐太太；而你呢，这世界还没完全接受离婚……我不可能为他辩解，不过他已树敌众多；他这

儿童时期的凯瑟琳与让

让与凯瑟琳（摄于1903年）

跌摔的,这一摔社会地位就没了,就得跟冒险家为伍了。可他明明不用那样落魄呀。你们俩难道不明白他并不绝对爱菲朔夫夫人吗？他只是从她那儿寻求家中无法得到的东西——一个笑脸,几句友好的话语,无非是家人的赞赏嘛,恭维恭维他,满足一下他的自尊,向他这样干得风生水起的人表达一下敬意……你千万别期望咱们的父亲撇下菲朔夫夫人:他感谢她爱他,他认为这是他的荣幸。难道你不认为母亲应该忍受这段势必发生的私情?给他一个笑脸,而不是冷言冷语,为我们(包括,或者如有必要,不包括他)造房安家,其乐融融……

它构成了一曲激昂的四重奏:骄傲自负的父亲,毫不退让的母亲,品行端正的女儿,手腕娴熟的儿子。一个家庭按性别分裂成两大阵营。直到这一刻,依然没有听到泰蕾兹·波齐的声音;就这一方面而言,无论家庭内外,她依然是"波齐家的哑巴"。1932年,凯瑟琳写道:"昨天,我重读了1909年收到的一些信函,惊讶地发现,在父亲给我的一封信中,他说母亲尖酸苛刻,自视甚高,追求要么'全部得到,要么就什么都不要'。"

1907年春天——凯瑟琳的日记里并没有记录这段时光——家里又大吵了一架。这次争吵注记不多,但争吵缘由跟上次一模一样。凯瑟琳一度去劝架,结果被扇了耳光,若不是父亲冷静下来,她几乎要被"勒死"。于是她再次逃到英国,朋友们在牛津大学圣休学院给她找了个临时住所,整个春学期她都待在那里,就像此后的

凯瑟琳·波齐身穿巴黎服饰，与她牛津大学的同学合影   231

许许多多个学期一样,经受风雨、寒冷和孤独的洗礼。在一次公开辩论中,她宣称女人"不过是一个有着众多可能性的雏形,等待着男人之手的塑造",为此惹恼了一个个女权主义同学。尽管如此,她的功课还是给老师们留下了印象,他们主动提出从秋学期开始给她安排长期住宿。她先租了一套公寓,为返校做准备,然后信心满满地回法国度假。她还为自己设想了在英国的未来:先做一名学生,一名勤于思索的学生,然后成为散文家,当然也有可能是记者和批评家。她要在这个诗圣辈出、寒冷严酷的国家认认真真地生活。她的导师米勒小姐告诉她,她一定能够实现自己的目标。可是她却偏偏忽略了自己的母亲。泰蕾兹声泪俱下,一番讨好加上情感勒索,劝她在一切还没开始之前放弃她的学术生涯。这份心中的英国生活被生生夺走了,这成了她永久的遗憾。泰蕾兹还劝她跟父亲和解,这对父女已好几个月互不搭理了。尽管缄默无语,波齐太太在这一出出家庭闹剧中扮演的绝非一个被动的角色。

画家创作一幅肖像,以诠释和庆贺生时的画中人,纪念死后的他或她,唤起数世纪甚至更久远之后的观赏者的好奇之心。这听上去直接明了,有时确是如此。我就是被萨金特的波齐医生的画像所吸引,才开始对他的生活和工作感兴趣,然后写下这本书。如今再来看这幅画像,依然觉得那么栩栩如生,惟妙惟肖。

然而,已故的画家、已故的画中人和活着的观赏者之间的这一共谋很容易走入歧途。法国19世纪最伟大的画像之一为安格尔的《贝尔坦先生画像》(*M. Bertin*)。这幅画作于1832年,现存于卢浮宫，几十年来我多次看过这幅画。画中的男人坐在椅子上，体形肥胖，气势逼人，眼神多疑，嘴角下沉。与《在家中的波齐医生》一样，手部的描画甚为关键：他的双手紧抓膝盖，把身躯和头部拉向我们，整个人赫然耸立，不怒自威。我隐隐知道贝尔坦是个银行家，多年来，在我眼里他体现了法国19世纪生活的某一面：冷酷、贪婪、自满。19世纪40年代，据说法国总理基佐大喊"你们要致富！"的口号（不过像其他口号一样，这一口号好像也是杜撰的），大力倡导同胞们专心挣钱，这恰好迎合了那一国民性。果不其然，法国人埋头致富。这幅画像虽尺寸不大，但气象森然，我对它总是既着迷又厌恶。贝尔坦是敌人，是我所代表的事物的敌人（假如我代表什么的话）。假如我在现实生活中遇到他，我会惧怕他——他比我更蛮横，更强健。

可是，大约十年前，我留心看了一下画像旁边的标签，发现贝尔坦其实不是银行家，而是……记者。当然，记者同样可以让我们既爱且恨，但这依然不可思议。然后我发现贝尔坦是《论坛报》(*Le Journal des débat*)的编辑，而且同波齐一样，也是一名收藏家，"温暖、愁苦且迷人"，这些特点安格尔在他的画像中显然已一一勾勒，尽管之前我未能看出来。

不可否认，这全是我的过错。但我们很难不用现代的眼光去观赏它们，而当画中的人盯着我们时，我们很难不将当代情感注入对他们的解读中。早期的照片里，片中人很少会笑，因为拍照是一件很严肃的事情（通常一生只有一次），而且需要长时间静坐不动。我们在看一幅肖像时——伊丽莎白时代的孩童、乔治亚时代的贵

234　　《贝尔坦先生画像》,让-奥古斯特-多米尼克·安格尔
(1832)

族、维多利亚时代的主妇——我们多多少少是想让他们重生，是想与他们进行眼神交流，就好像我们看向他们，他们也在回望我们。在这一交流中，我们也许会误以为他们的感觉恰恰类似于我们的感觉——或者说，假如我们身临其境，我们也会感同身受；此外，我们也误以为他们对我们感兴趣，就如我们对他们感兴趣一样。我们从他们的姿态、他们的服装、他们的配饰以及他们的背景中得出种种结论，而这些结论极有可能是误读。也许，我们对风行的艺术常规一无所知，也许是画家对画中人提出了正规要求（或者画中人对画家提出要求）。波齐和萨金特显然相处甚欢，每次画像后都共进午餐，但在萨金特的心目中，这幅肖像画也许仍然"衣袍唱了主角"，而在波齐的心目中，这件大衣并没有那么的时尚和神气。也许他在担心萨金特的画功压抑了他的本色，也许他在默默揣摩科学眼光和艺术眼光之间的差别，也许是在考虑午餐（或他的情妇）。他们聚在一起时谈了些什么？我们无从得知。

有时候，这个问题可以归结为：谁是掌控者？而且，他们在做他们认为自己在做的事情吗？王尔德笔下的画家巴兹尔·霍尔沃德如是说：

画家饱蘸情感画的每一幅肖像画都是该画家的自画像，而不是模特的画像。模特只是在特定的时机偶然坐在那里而已。画家一笔一画揭示的并不是模特。画家在彩色画布上展现的恰恰是画家本人。

乍一看，这仿佛跟卢西恩·弗罗伊德乖戾的论断很接近，他宣称模特只是坐在那"促成"一幅画，而至于模特是什么样的（性格，甚至面貌）画家并不太感兴趣。不过弗罗伊德也不至于说他在画一具舒展的女性裸体时，是在"展示自我"。相反，他倒会说他是在借用一个人来作画，然后用一个新的实体来代替那个人——以及这个人的一切。

不管怎样，霍尔沃德的论点被釜底抽薪，而该为之负责的恰是他（以及王尔德）提出该主张的那部小说。因为，众所周知，道连·格雷的画像生动而又精准地再现了书名中这位青年的风貌。不仅如此，这幅画像既推动了故事情节，又生动精准地再现了道连在逐步走向堕落的过程中的道德风貌。

对人类状况一概而论者，往往发现自己秉持的真理会被现实中愚顽固陋的个人主义所推翻。而这一概括的极致当首推王尔德的警言。它旨在以辛辣之语给读者（或看戏的人）当头一棒，让他们啼笑皆非，自惭形秽：就此而言，王尔德的警世名言是位动着嘴巴的丹第。而像丹第一样，多数格言警句——除最富哲理的之外——都贴着"此日期前最佳"的标签。时间是浅薄之人、丹第和警句隽语的大敌。"工作是对酗酒一族的诅咒"，如今此言好像不过是一句油嘴滑舌的反话，带着浓烈的势利气息，以取悦敢贪恋酒杯又不必操心家庭或挣钱的懒汉。特雷德雷的厄斯金先生在王尔德的小说中是一位"上了年纪的绅士，魅力十足，个性鲜明"，他告诉我们："悖论之道即真理之途。要检验现实，我们必须像走钢丝一样步步为营。等真理变成杂耍艺人，我们就可做出评断。"这颇具王尔德风范。无论在社交还是才智上，他都是个杂耍家，走钢丝演员，高空秋千表演者，出脚迅速，头脑敏捷，他就像聚光灯下旋转的莱茵石，随着小军鼓击打声的骤响，催促着他和我们一起冲向那铙钹的最后撞击。然后，掌声响起——哦，是的，掌声至关重要。

"悖论之道即真理之途。"年轻时，我从胸有成竹的演员们那里首次听到王尔德的警言。表演者的优雅与自信令我惊叹不已，因此我相信他们口中的真理。后来，我开始注意有多少演员寄希望于巧妙地颠倒常规推想。到了中年，我开始怀疑他们真理的本质，甚至怀疑他们那简朴的真理、时过境迁的真理。于是一场轰轰烈烈的文学道德争辩启动了。最后，我意识到王尔德式的警言（无论是用戏剧还是诗歌体裁）其实只是一出夸张的表演，而非对真理的严肃提炼。再后来，我发现王尔德对这一切始终心知肚明。正如他曾给柯南·道尔的一封信里所写："我与生活之间始终有一团文字的迷雾。为获求一句成语，我将或然性抛出窗外；为偶得一句警言，我抛却真理。"

如果一个人确然是率性而死，那么我们不妨推论，超人自有超常的死法。莱昂·都德等人认为让·洛兰是法国的奥斯卡·王尔德。1900年11月30日，王尔德于巴黎去世。那天他从早上开始口吐"白沫和血"，下午两点钟断气，"从他的耳朵、鼻子、嘴巴和其他窍孔中爆出体液。遗体十分骇人"。1906年6月30日，洛兰也于巴黎去世。两天前，他躺在浴室的污渍油毡上使用自助式灌肠器，导致结肠穿孔，被发现后送去了阿马耶街上的一家诊所。波齐和

COLLECTION FÉLIX POTIN

RODIN

罗丹

他的同事做了会诊,认为他的肠道遭受了乙醚或梅毒——病因众说纷纭——的刺激,情况非常糟糕,手术已没有任何意义。不过他们允许病人另有想法,希冀自己能够康复。随后两天洛兰极度痛苦,不允许任何人探访,不过他收到了很多鲜花和信件。罗丹不知道洛兰生病了,在信中说他散文的精妙堪比蒙娜丽莎的微笑,这使他大受鼓舞。有一刻他神志不清地大喊:"巴黎!你已击败我!"后来他的母亲——西考拉克斯——来料理他的后事。他是她唯一的儿子。

洛兰去世的前一年,他的夜行者同伴加布里埃尔·伊图里已死于糖尿病,死得也很率性:忠诚,安静,顺从。大限将至时,孟德斯鸠以他唯一的方式应对,关闭鲜亮甲壳内的心门,继续履行社会义务,常常只是回家换件衣服便又出门,仿佛死亡是一桩庸俗之举。有一次,伊图里忍不住向他们共同的朋友克莱蒙-托内尔侯爵夫人抱怨:"伯爵让我死得像一条狗。"结果侯爵夫人壮着胆子去劝诚孟德斯鸠,得到的回答是:"我走,如他所愿;我留,如他所愿。"他把伊图里葬在凡尔赛宫门前公墓里的一尊18世纪的铅像下,一年后,他用一卷纪念册来缅怀和哀悼他的朋友,书名为伊图里的圣化绰号:《百花大臣》(*The Chancellor of Flowers*)。

1909年,波齐的家庭生活终于不堪重负,走向破裂。他当初带着妻子、岳母、女儿和小儿子一起居住在耶拿大街,现在只剩下形单影只的自己。最先走的是凯瑟琳·波齐,1月26日,她结婚了,正如她后来说的那样,是"为了结婚才结婚的"。这对新婚夫妇度蜜月回来的时候,凯瑟琳已经怀孕,她的丈夫十天内写了一部名为《卢比孔河》(*The Rubicon*)的三幕剧。

三个月之后,在耶拿大街上,这个家终于破釜沉舟,也跨过了卢比孔河[1]。泰蕾兹要求依法分居——她刚一结婚就想这么做——塞缪尔也同意了。由泰蕾兹来照顾十三岁的雅克,波齐来承担他的教育费用。她将重新"完全掌控"自己的命运。波齐继续住在自己的房子里,但要向泰蕾兹交租金。他唯一不情愿的是泰蕾兹和她的母亲还有孩子们可以在假期回到贝尔热拉克乡村的格莱勒特庄园。他坚称那座波齐家族的房子是"他个人所有",理应在夏季供他单独使用。7月15日,泰蕾兹和她的母亲搬到奥什街三十三号。这段婚姻终于正式画上了句号。但他们不可能离婚,因为那背离了泰蕾兹的信仰。波齐和埃玛不得不靠一位亚美尼亚僧侣不断的祝福凑合度日。

是什么导致这对夫妇分道扬镳的呢? 只剩几个月就是他们的三十周年结婚纪念日了呀。也许,个中原因是这样的吧:归根结

1　卢比孔河(Rubicon),意大利北部小河,为高卢和罗马共和国的界河。公元前49年恺撒越过此河进军罗马。

DRUMONT

德吕蒙

GYP

GYP

底,那日子纪念庆祝的是虚情假意。更何况,凯瑟琳和让已经离开家。小儿子雅克神经衰弱,终其一生都需心理治疗。兴许泰蕾兹觉得是时候缩减人员,减少开支,把钱花在刀刃上了。

但还有一个因素。之前波齐偶尔会遭到报刊的攻击和讽刺,但现在《言论自由报》(*La Libre Parole*)——史上最恶毒的报纸之一——开始将矛头对准他,大有击中要害之势。该报的编辑是爱德华·德吕蒙,史上最卑鄙的记者之一,他的两卷本《犹太人的法国》(*La France juive*)信口雌黄,呓语连天,集人类头脑中所有的反犹思想、情感和狂想"事实"于一书。泰蕾兹向其中一位反德雷福斯朋友求助,就是大名鼎鼎的米拉博里克蒂的西比勒·艾梅·玛丽-安托瓦妮特·加布里埃尔,马特尔·德·让维尔伯爵夫人,她有一个绝对时髦漂亮的笔名"GYP",

并用这个名字写了多部幽默小说。伯爵夫人请求德吕蒙停止大肆攻击波齐医生的私生活。德吕蒙断然拒绝。

你很容易就能明白为什么波齐很自然地就成了德雷福斯事件的反对者、反犹者、保皇分子、本土主义者和天主教右派的众矢之的。首先，他不是"一个真正的法国人"，这一点从他的名字上便不可否认。他也根本不信天主教，而是从新教徒摇身一变为无神论者。他是个知名的自由思想家，有勇气坐镇参议院。他坚决支持德雷福斯，花了一个星期在雷恩第二次审判中做笔录。在怀有纳粹思想的爱国者看来，那些年"神圣歇斯底里"的最终结果绝不是"正义的胜利"，而是"犹太人的胜利"。波齐认为自己完全是一个"无根无基的世界主义者"。他曾与犹太女性瘾者莎拉·伯恩哈特有过一段很长时间的恋情。在过去十年里，他进而带着他的情妇——已婚的犹太人情妇——穿越欧洲各大时尚城市，高举爱犹主义大旗，招摇过市，让妻子大蒙其羞。这个人，经常光着双手检查法国妻女们（她们都是虔诚的天主教徒）裸露的私处，有时他还肆意勾引，这人人知晓。这样的过街老鼠，还有必要再多言什么吗？泰蕾兹——保守、虔诚、品德端正的泰蕾兹——怎能忍受继续和他生活呢？

那年夏天，波齐写信给他的一个威尼斯朋友，说他的生活"像脱开的缝线，但目前尚可忍受"。这尤其是因为在不列颠大酒店的时候，埃玛·菲朔夫就在他身旁（他在信中没有提到）。此外，也是因为他的职业生涯仍在继续，国际名望依然未减。那年春天，他在美国待了六个星期，这是他第三次旅行，也是最后一次。就公务而

《波齐画像》, 莱昂·博纳 (1910)

言，他是到纽约去参加首例成功切除卵巢囊肿手术的百年纪念活动，该手术由伊弗雷姆·麦克道尔于1809年圣诞节当天执刀。两个粗壮大汉将病人简·克劳福德按在椅子上，医生未施麻醉便从她的患处取出十五升流体，接着将她的身体侧转以排干血液，然后再将切口缝合。整场手术耗时二十五分钟。她当时四十七岁，活到了七十九岁。

这确实是一件值得庆贺的事情。以前大街上，可以看到女人痛苦地挪着步子，腹部隆起，十分怪异，很多人都以为她们一定是怀孕了（还有其他搞不清状况的猜测）。在这些欧洲与美国代表的有生之年，这一幕基本退出了历史舞台。但这并不完全是一种历史现象。我在写这本书时，英国报纸曾报道过一件事：二十八岁的基莉·费弗尔因长胖而突然晕厥，就去斯旺西看医生。三张家用测孕纸都显示阴性。之后当朋友问起她肚子里的孩子几个月时，基莉告诉她们"我只是胖而已"。验血也无效。她的全科医生告诉她，她这种情况只能是怀孕了，并送她去了医院。结果在做扫描检查时，发现了一个卵巢囊肿，重二十六公斤——相当于七个婴儿加起来的重量——历时四个小时的手术才切除。幸运的是，她用上了麻醉。

在这次纽约大会上，波齐用英语做了题为《麦克道尔的法国继承者》的演讲。他并非没有民族自豪感：1755年，法国首次提出了卵巢切除这一概念。另外，1865年，是法国人克贝莱和佩昂发明了止血夹——一件"牢固可靠的"血管压缩工具——这才使外科手术成为可能。不过，这是一个欢快、友爱而非一争高下的场合，在这里能逃离"婚姻疯女郎"和乌烟瘴气的巴黎政治。

　　波齐第二段旅行是去梅奥诊所待了三天,看望了他的两个兄弟和已经九十岁高龄的父亲。回到纽约,他最后去见了亚历克西斯·卡雷尔。五年前在蒙特利尔时波齐没能见到他。卡雷尔现在安顿在东六十街的洛克菲勒研究所顶楼的一个实验室里,三十六岁,个子矮小,皮肤黝黑,有点秃顶,"脸刮得干干净净,一副美式气派"。(这是大西洋两岸的一大明显差异:在费利克斯·波坦"当代名人"第二个系列中,二十位法国医学代表中的每一个人都蓄有某种胡须。)卡雷尔让波齐想起"我过去在罗马或威尼斯常常遇到的意大利小个子牧师"。

亚历克西斯·卡雷尔

但在卡雷尔的实验里波齐没有看到任何与天主教相关的东西:那儿有一条脖子上扎着绷带的狗,颈动脉已被切除,保存在冷库中,以备后续移植;有两条狗,它们的前腿都是从另外一条狗身上嫁接过来的;另外还有两条狗,其中一条的肾脏是从另一条那里移植过来的。有一条狗的左肾被摘除后,在洛克氏溶液中保存了一个小时后又被移植回去,接着它的右肾被永久摘除。令人惊喜的是,这条狗不仅靠着一个再移植的肾脏活了下来，而且生了十一个宝宝。卡雷尔向波齐演示了他切开、夹住、缝合颈动脉的全过程，当中采用的是中国丝线和极其精细的缝合针，夹子一取下，血液就立刻正常循环。

波齐以前出游时从未见过这样的事情——甚至都没有听说过。正如波齐是在目睹了普法战争的暴行后深受刺激，于是增强了外科手术训练，卡雷尔也是后来经历了一桩公开事件之后才受到了激发：1894年6月，法国总统萨

COLLECTION FÉLIX POTIN

SADI CARNOT
萨迪·卡诺

迪·卡诺遭到暗杀。在里昂的一次公开宴会上，卡诺被一名意大利无政府主义者刺中，第二天因流血过多而死。这无可避免：当时根本没办法修复断裂的血管。于是卡雷尔开始做实验：他一边用薄薄的可溶解焦糖棒来固定大动脉，一边用最精细的刺绣针线来缝合伤口。既然这对狗起了作用，那对人应该同样奏效。

卡雷尔完全沉浸在科学世界里，对发表成果漠不关心。波齐当即想到这项成果将来一定能够应用于人类，于是主动提出替他撰文。在他回巴黎的前两个星期，他给医学研究院做了题为《亚历克西斯·卡雷尔医生在血管缝合、器官移植与肢体移植方面的新实验》的报告。虽然客客气气的听众对这份报告不冷不热，但它最终

发表在了《医学报》(*La Presse médicale*)上。波齐已经六十二岁了，他明白他这一代人已经做出了自己的贡献，而未来则是属于年轻一代的了。于是波齐毫不犹豫、大公无私地成了卡雷尔的代言人。

也许，卡雷尔看起来像是个瘦小的意大利牧师，但梵蒂冈是不可能同意他做这项实验的，或者说，《言论自由报》的大部分读者是不会赞同的。何况波齐并不只是冷眼旁观和报告这些医学新进展：他身体力行，也做了一些实验。在进行研究和思辨时，他和卡雷尔的眼里只有科学和将来如何缓解人类痛苦的问题。但另一些人——比如说天主教小说家莱昂·布卢瓦——却不这样想。1913年5月（卡雷尔获诺贝尔奖的第二年），他在日记里记载，波齐成功地让一块鸡心存活了十四个月。可是，让他惶惶不安的并不是这会给道德或科学带来什么重大影响，而是会对神学造成怎样的后果。"人类必将战胜死亡，"他预测，"会长生不老。然而，在上帝决定召回所有灵魂——我们的精神机能均源于此——的那一天，会发生什么呢？那些躯体将继续了无生机地挪动，这世界将遍布行尸走肉。"

如何对待你的文学（和社会）"下属"

1）保罗·莱奥托的日记里记录了一则他从小说家朋友乔治·杜亚美那里听来的故事。1906年，杜亚美参与成立了一个名为克雷泰伊修道院的团体，它由一群乌托邦艺术家和作家组成。为了支助该组织，他们办了一家出版社，并与形形色色的知名人士接洽。孟德斯鸠欣然允诺他们发表他的一部集子。"但因为这样或那样的原因，他一次次让我们另起炉灶，每次都无疾而终，直到最后，搞得我们入不敷出。"然后他来拜访这帮人，不经意间看到了一条古旧精美的业已损坏的挂毯。"呀，你们这儿有条挂毯啊？把它给我吧——我去给你们修一修。"说罢他拿走了挂毯，他们就再没见过它。

2）莱昂·布卢瓦一直很穷，脾气古怪，在日记里回忆到他曾经试图向孟德斯鸠兜售巴尔贝·德·奥勒维利的五十封信函。刚开始伯爵没有回应，布卢瓦就又写了一封——这一次用的是拉丁语，心想这样可能有所帮助。确实起作用了，得到了很明确的回复：不买。但布卢瓦不罢休，他还有其他盘算：他会书稿彩饰。于是他主动提出花费一年时间为孟德斯鸠的一本书做彩饰。他甚至一度混进了伯爵的房子里。孟德斯鸠拒绝接待他，但这也足够他断定这房子的"装修和陈列风格就仿佛在静待拍摄'在家中的大作家'系列作品"。孟德斯鸠怎么都看不到布卢瓦的计划中有任何可取之处，最终在瑞士给他写了一封信，直接与其断绝来往。布卢瓦哀叹说，这封信伯爵付的邮资还不够数，他不得不另付五十分领回这份绝交信。

1910年，波齐作为政府代表考察阿根廷和古巴的各大医院、联合诊所和研究机构，迎来了人生中为时两个月也是最漫长的一趟旅行。这次旅行令他久久不能忘怀。他发现布宜诺斯艾利斯最新的医院配备的设备都是来自"法国、德国、瑞士和美国",这再次印证了他"沙文主义是一种无知的表现"的原则。"这一审慎的兼收并蓄惹人注目,充分体现了这个年轻民族充满智慧的爱国主义精神。心怀成为世界一流国家的宏愿,他们采撷精华,不问出处,绝不允许狭隘的民族主义一叶障目,无视舶来精品。"

或许纯属偶然——而非间接影射"婚姻疯女郎"——波齐回到巴黎向医学研究院报到时,着重谈及圣保罗郊区的一家血清治疗机构(在那里他看到从蛇身上提取毒液)和布宜诺斯艾利斯附近的一家精神病院。在布坦坦研究所,他饶有兴致地观看了一条"面和心善"的蛇——本身没毒,也不易被其他蛇咬伤——与一条"凶暴残忍"的蛇之间的战斗。不仅仅残忍,而且是最最残忍的那种巴西具窍蝮蛇。这条温良无害的蛇着着实实地吃掉了坏蛇,拿下了这场战斗。

在阿根廷,他参访了"门常开"病院——基于最初用此名的苏格兰项目——看到了温柔的呵护和辛勤的工作是如何合力将几乎每个病人都治得温温顺顺、心满意足。这里没有什么条条框框。病人沮丧时,就可以卧床休息直到恢复。这里有农业、制砖、木工和锻造方面的工作。病人们制作面包、扫帚和鞋子。这不仅起到了治疗作用,而且为医院带来了经济效益。精神病院院长卡布雷医生给波齐留下了深刻的印象,他告诉波齐:"彻头彻尾的疯子应该只存在于小说或戏剧中,是针对他们的暴力才迫使他们疯疯癫癫的。"波齐在最后总结时说:"亲爱的朋友们,如果有一天我疯了,请把我直接送到'门常开'我最好的朋友卡布雷那儿。"

凯瑟琳·波齐十五岁时在日记中写下这段对话:

"我好痛。"

"哪里痛?头痛还是胃痛?"

(对我父母来说,没有精神之痛这一说。)

"我的心灵在痛。"我只能这么说。我自己也无法解释这种突如其来的剧痛,痛到我由内而外不住地颤抖。

尽管凯瑟琳声称自己比别人痛苦万分,但在这个家里感到痛苦的可不止她一人。无论对父母还是对孩子来说,分居并没有给这个家庭带来平静。成年后的凯瑟琳受尽折磨,她愤怒,她不满。与莎拉·伯恩哈特相比,她更加"与幸福无缘"。正如当初她母亲风闻闲言碎语,很多人戳着她的脊梁骨说她就是饱受那个出了名的登徒子冤枉的妻子,大家也心照不宣地将在巴黎知识界周旋的凯瑟琳视为"瓦莱里的女人"。她与丈夫分居。她翻译斯特凡·格奥尔格的作品,发表诗歌,与里尔克通信。政治上,她回归母系家族拥护君主制。1915年,她加入"法兰西行动"。她一直抨击议会民主制,认为君权复辟才是抵御法国布尔什维克主义的唯一壁垒。在她看来,法国布尔什维克主义的内忧大于德国威胁这一外患。

凯瑟琳的后半生,经常为了金钱、财产、继承权和格莱勒特庄园的使用权而与她的弟弟让争斗不止。也许是由于对父母的婚姻颇感失望，让直到五十岁才成婚，彼时父母二人均已过世。凯瑟琳在日记末尾的某一篇提到自己见到让的妻子若尔热特·卡洛塔时，语气大为不屑，直言她"这个来自地中海东部的女人一味沉醉在婚姻中，像一只小鹦鹉般喋喋不休，净说别人坏话"。

本性上，凯瑟琳并不是一个能容忍和宽恕他人的人。1932年，泰蕾兹去世时，她在日记中写道：

> 她总是像个叛逆的小女孩一样逃避我。在内心深处，她就是个倔强的小女孩。她表面上那么甜润，那么奔放，那么流光溢彩……可她依旧是个倔强的小女孩。表面上她宛若天后朱诺，年轻貌美、遗世独立……可仍然是个倔强的小女孩。她体态优雅、无懈可击，镇定自若而又有些庄重严肃……可她依然是那个倔强的小女孩，她想再次见到她的宠物狗，她想去游览巴黎……

三个子女都以各自不同的方式逃离了父母：凯瑟琳跻身高级知识分子圈；让投入外交界；雅克陷入精神错乱。雅克是父母的老来得子、"奇迹小孩"，他的命运最残酷、最凄凉。他是波齐家中另一个"哑巴"，总是由别人替他说话，被别人议论。九岁或十岁的时候他被诊断为"智力发育迟缓"，被送入一所英国学校接受"调教"。当然，这种"调教"很难奏效。虽然他服役参战，但在二十五岁时却成了一名投递员。凯瑟琳描绘他时毫不留情：

弟弟相貌丑陋、荒诞不经、肥臀宽股，是个软弱无能的鸡奸者。他脾气暴躁，只在一时兴起时才会展现一丝友好。弟弟庸俗不堪，令人厌恶。我还能怎么样呢？难道把他描述成一个不朽的人吗？雅克是个畜生，从小到大都是，对于他没什么好说的了。

此时，雅克的精神状态越来越不稳定，病症进一步加重。他经常出现幻觉，表现出暴力倾向，有时对凯瑟琳也拳打脚踢。他的妄想症发展到了必须入院治疗的地步。

极具反讽意味的是，与波齐在布宜诺斯艾利斯郊区考察的"门常开"医院相比，法国的精神病院较为落后，对待病人也粗暴得多。在这些全封闭式的牢笼中，病人的行为时刻受到限制。雅克先后被旺沃[1]、圣热尔曼[2]的精神病院收治，之后被关进叙雷讷城堡（维克多·雨果的女儿阿代勒就在此地过世）。泰蕾兹去世后，凯瑟琳成了雅克的法定监护人。1933年，雅克声称他正在和火星人交流，医生对此鄙夷的态度令凯瑟琳震惊。这次她站在了弟弟这边，"医生才是真正的傻子"。第二年，她说弟弟"一整年都被抛给了冷漠无情、贪得无厌的医生，他们禁止任何人探望他，也不让他接受任何礼物"。后来，他终于被允许接受"衣物、香水、巧克力和他喜欢的礼物。随之，他的暴力倾向得以缓解"。（我们记得卡布雷医生曾说，促使病人动武的是残忍的体制和对人身的禁锢。）最终，凯瑟琳

1　旺沃（Vanves），大巴黎的一个省。
2　圣热尔曼（St. Germain），巴黎的一个区。

把雅克送到了瑞士，在一家由一名叫勒邦医生的女士经营的诊所里接受治疗。在那里，他过着"半自由"的生活。自此，就再也没有他的消息。有人说他于50年代去世。

1911年6月13日，巴黎主宫医院的首席外科医生艾梅·吉纳尔在步行穿过医院院区时身中四枪，子弹打在他的阴部和背部。袭击者名叫路易-詹蒂科-坎迪多·埃雷罗，三十八岁，是一位来自巴塞罗那的裁缝，也曾是吉纳尔医生的病人。埃雷罗辩称，他原本是到该医院去治疗瘘管的，当时他请求医生用火针术帮他治疗。然而，吉纳尔医生并没理会他的请求，而是坚持立刻给他动手术。埃雷罗说，术后他就因此致残，丧失了工作能力。后来，他来找过吉纳尔医生，投诉他的手术霸凌行为，但得到的却是吉纳尔的公然嘲笑。他这才决定采取报复行动。

给吉纳尔医生做手术的几位外科医生说，吉纳尔医生的腹部有多处枪伤，他们对其进行了剖腹手术，缝合了小肠上的六处穿孔，修复了劈裂的右上结肠动脉的韧带。

医院方称，吉纳尔医生此前给埃雷罗做的手术非常成功，且病人已完全治愈。因此埃雷罗一定是有精神问题，才会做出这种极端行为。

埃雷罗本人请求让"一位有良心的医生"帮他做检查。该医生不费吹灰之力就可查明，手术不仅使他"遭受了不必要的巨大痛苦，而且致他伤残"。

艾梅·吉纳尔医生于6月17日去世。四天后，在主宫医院的园区内,也就是他中枪的地方,举行了一场盛大的葬礼。

　　当然,波齐也在那里。

　　和美国大革命一样,法国大革命也赋予了公民持枪(和在家中储备五公斤火药)的权利。和在美国一样,此项以维护国家免受外部侵略和反抗君主复辟的压迫为初衷的必要举措变成了每个公民享有的权利。不管武器装备如何日新月异,这项权利始终保存了下来。

　　1911年8月,艾梅·吉纳尔医生被谋杀两个月后,在塞纳巡回审判第二次庭审上,陪审团向法院院长递交了一份正式呈文,由其再呈递司法部长。呈文呼吁实施更严格的枪支管控:"如今,对于男男女女和青年来说,随身携带左轮手枪就像带个钱包或一串钥匙一样稀松平常。而且,手枪易于藏匿、便于使用,习惯性持枪会使人们不那么尊重生命。"陪审团要求严控售卖和携带枪支,也严控二次销售犯罪现场缴获的武器。

　　这一请愿的大环境是当时的一次枪支管制运动。然而,诸多我们今日熟悉的因素滞缓了运动的进展:支持持枪团体极力游说、议会流程几近停顿、以公开持枪为主题的辩论了无结果等等。直到1916年12月,该请愿才促成一部法律,准备呈递下议院。而当时,人们关注的是大规模战争屠杀,而非个人谋杀。毕竟,在战壕中公开持枪不足为奇。

　　莎拉·伯恩哈特曾说:"不管历史真相如何,传奇故事依然深得人心。"在他显赫的祖先被大仲马写进小说成为达达尼昂的原型后，孟德斯鸠见证了这一过程。一天，他打开《费加罗报》时，看到一则新闻标题："达达尼昂，《三个火枪手》中的主人公——真有其人吗？"。孟德斯鸠伯爵暗自思量："难道传奇故事已把历史消噬到这般地步了吗？"

答案当然是肯定的——而且，就孟德斯鸠而言，这更是如此。以他为原型的小说已在咀蚀他的生平传记。他一生都在与一个个文学作品中被虚构的自己进行斗争：于斯曼的《逆流》(1884)、让·洛兰的《福卡斯先生》(1901)、埃德蒙·罗斯坦的戏剧《雄鸡》(Chantecler, 1910)和普鲁斯特的《追忆似水年华》(1913年起)。当日薄西山的孟德斯鸠着手写自传时，他发现自己陷入了传记作品常有的矛盾冲动中：既得说真话，又要风趣幽默；既要纠正历史，又不能显得偏狭或刻毒；既要凸显自己一生的非同寻常，又得抑制狂妄自大……然而，在他死后两年，即1923年，孟德斯鸠的自传《抹去的痕迹》(Les Pas effacés)三卷本出版，字里行间充溢着作者强烈的渴望和使命感：他想还自己一个真实面貌。

为自己正名并不容易。他知道有些事情早已成定局。当他坐在观众席上观看罗斯坦《雄鸡》(把农场和森林动物拟人化的滑稽寓言)的彩排时，他听到身旁的人公然称他为这一寓言中的孔雀。产生这种联想其实并不难。孔雀先生入场时，珍珠鸡咯咯地叫唤道："敬爱的大师，来看看这些向日葵吧！孔雀先生，这里有向日葵——美得就像伯恩-琼斯的画一样。"这一场景是对当时孟德斯鸠时常参加的文学界聚会的一种戏仿，孔雀在剧中自夸他是"集所有美好形容词于一身的王子""艺术水准堪比约翰·罗斯金,但更高雅"。对于伯爵引以为傲的文字游戏,剧中还有一段嘲讽式的戏仿:

> 神父佩特罗尼乌斯,救世主米西纳斯,
> 我随意说出的话语,反复无常;
> 言语,噢宝石法官,也是我的珐琅,
> 品位即表明我是一位守护者。

孟德斯鸠承认,某种程度上,这是他在所写的文章中对罗斯坦和他的拥趸屡屡嘲讽的合理偿还。不过,至少罗斯坦曾和孟德斯鸠熟稔,他的讽刺是以钻研为基础的。而《逆流》中的德塞森特的阴影笼罩了孟德斯鸠二十五年,作者于斯曼与他仅有一面之缘,还是在小说出版后许多年,当时两个人甚至连一句话都没说过。虽然伯爵的很多作家朋友都宣称,他们小说中的人物和孟德斯鸠本人没有真正的联系,但要读者不产生联想是不可能的。在《抹去的痕迹》中,孟德斯鸠寻思这也许是他"争强好胜的个性"使然。他还认为,他不应被当作德塞森特的"原型",而是这个人物的"塑造者"。但这种表达无疑是引火上身。

把孟德斯鸠当作原型去塑造人物的还有普鲁斯特。1913年,也就是在二人相识二十年后,普鲁斯特发表了《在斯万家那边》。在书中,他把伯爵的矫揉造作和他贵族生活的日常统统写了进去。在现实生活中,普鲁斯特把莱昂·德拉福斯引荐给了孟德斯鸠,吹捧他,多次宴请他,两人争吵后,又再次向他谄媚。他曾写过一篇题为《论孟德斯鸠先生之简朴》的搞笑文章,不出所料,没有报刊愿意刊登。1919年,普鲁斯特的《在少女们身旁》出版之时,孟德斯鸠用他那众人皆知的简单粗暴,拿一把带有玉把手的波斯短剑将书切成碎片。他慢慢发现,这第四位也是最后一位小说人物的影子将永远伴随他,直至他死去,乃至死后。

除了孟德斯鸠伯爵,"奇异三人组"的另外两位在《追忆似水年华》中也匆匆现身。埃德蒙·德·波利尼亚克王子以自己的名字出现过两次:一次是为了举办拜罗伊特音乐节,租下了X王子的城堡;另一次出现在蒂索的《王室街俱乐部》中,他懒洋洋地坐在沙发上。据说小说中的科泰医生(后成为教授)身上有波齐的影子,不过这种重合在他本人身上不明显。而通过科泰夫人(尽职尽责地履行妻子的义务,而她的丈夫却不断地拈花惹草),读者更能看出二者的相似之处。这三组人物关系中,读者最容易识别的还是孟德斯鸠和夏吕斯男爵的对应。

对于二者的关联,孟德斯鸠伯爵并没有立马发觉。夏吕斯出场时是一个已婚的(后变成鳏夫)异性恋,因(与异性的)风流韵事而臭名昭著。虽然他也是个丹第和唯美主义者,但他在体形上与孟德斯鸠相去甚远(比孟德斯鸠强壮高大得多)。后来他同性恋的身份慢慢被曝光,其行为更加伤风败俗、不堪入目。这和伯爵的人生轨迹并不相符。然而,夏吕斯在小说中说:"如今这个世道,每个人都是某某王子;一个人真的得有个赫赫有名的头衔:我想在旅行中隐匿身份时,就会自称王子。"这是孟德斯鸠在他的表兄弟被立为巴伐利亚王子时说的原话。倘若他察觉了这一点,那么其他人自然也能看出来。他们也能辨识夏吕斯的说话方式,他的音色,他的傲慢自大,他的社交习惯,他需要被人追捧……在小说中孟德斯鸠就是被他从前的追随者(普鲁斯特)利用和歪曲了。伯爵喜欢反复用一句话评价自己:"我拥有美丽和善良的心灵。"然而在小说中,他却摇身一变,成了一个卑鄙的恶人。

普鲁斯特起初还坚持说,夏吕斯的创作原型是在许多年前就输给了加布里埃尔·伊图里的多阿藏男爵,但是孟德斯鸠和其他巴黎名流早已洞穿这一切。足智多谋的安娜·德·诺瓦耶大概是整个巴黎唯一一个怀疑《阿涅丝》中的"神父"就是波齐的人。她毫不费力地指出"夏吕斯就是罗贝尔伯爵"。她还擅长模仿孟德斯鸠的声音,喜欢在晚宴上向她的座上宾客朗诵夏吕斯在小说中的台词,声音惟妙惟肖,迟来的客人上楼梯时听见了,还以为是孟德斯鸠伯爵本人在大放厥词。

因此,在大众读者心目中,孟德斯鸠"就是"夏吕斯,就像他是德塞森特一样,这种等同关系会一直存在下去。普鲁斯特研究辞书列出了除波齐之外其他六七位普鲁斯特作为科泰一角参考原型的巴黎医生。同样,普鲁斯特也参照了其他几位社会名流来塑造夏吕斯这个人物(包括让·洛兰——如果孟德斯鸠伯爵知晓一定会非常生气)。就此而言,读普鲁斯特的作品就像是在寻觅这些人物的踪迹一样。小说家越伟大,他或她所塑造的人物就会越有能量,他们也就越能鲜活而生动地伫立于我们的想象与记忆中。与这些不朽的人物相比,那些曾经可能给这些人物带来过灵感的人就显得暗淡无光，我们对他们也不会那么感兴趣。事实本该如此。但这种"本该"无论是在文学还是历史中都不起作用。

当一个初次见面的人发现你是一个写小说的，任何一位有经验的小说家都会熟悉这样一种既好笑又严肃的反应。"我说话最好小心点，是不是？"或者，有时候，"我有个很棒的故事，你要听吗？"你（呃，我）往往会这样回答，"那样不顶用"，因为那不好使嘛。正如莱昂·都德评价作为小说原型的孟德斯鸠，把别人口中已经失真的名人逸事"添油加醋，以求永恒"是最没意义的。一位小说家也不会刻意地去"研究"一个活生生的人，将他原封不动地照搬进自己的小说中。小说创作的整个过程往往比较被动，就像海绵似的，率性随意。读者想要去理解文学创作的过程，他们的这一动机当然合情合理，但最终是徒劳无益的，因为哪怕是最自觉的小说家也常常不能很好地解释自己的所作所为、小说的来龙去脉。

孟德斯鸠生前只读了一半的《追忆似水年华》[1]，他对这部小说毁誉参半。"我生病卧床了，"他给朋友写信说，"前三卷的出版已经把我击垮。"普鲁斯特背叛了他们的友谊。孟德斯鸠伯爵甚至还找来一位通灵人来询问原因。通过有偿的"精神交流"，他相信二人疏远"不是因为普鲁斯特移情别恋，而是存在误解"。他还看到"一片昏暗"，但他相信最终会"柳暗花明"。

柳暗花明的一天确实来了。1919年，普鲁斯特获得龚古尔文学大奖，成为名正言顺的大作家。《所多玛和蛾摩拉》的第二卷出版

---

1 《追忆似水年华》后几部在普鲁斯特死后才发表，而孟德斯鸠在普鲁斯特之前去世。

时，孟德斯鸠在笔记本上写满了评注。他能跳脱出小说中的自己，从全局上洞悉这部小说，这证明了他的智慧和文学水准。他在给普鲁斯特的信中写道：

> 终于有人有胆量去为这个克劳狄王朝的皇帝提比略 [1] 的恶政翻案了，这个人就是你。你的作品就像隆古斯 [2] 创作的古希腊田园传奇和邦雅曼·贡斯当 [3] 的小说中对爱情的处理一样，都是惊为天人的创举。这是你的初衷，现在我们也快看到成果了……你会加入福楼拜和波德莱尔等人的阵列，从声名狼藉走向荣耀光华吗？

伯爵意识到，与生前成为一部经典巨著的主人公相比，如果他在死后才被写进小说，下场会更加惨。1920年12月，孟德斯鸠最后一次公开露面，他凄然说道："我应该自此更名为孟德普鲁斯特。"毕竟，他从未想要青史留名。

与此同时，他在《抹去的痕迹》中交给自己最后一项任务。想要证明自己"并非"——或者说不仅仅是——德塞森特、福卡斯先生、雄鸡或夏吕斯男爵的最好办法，就是证明罗贝尔·德·孟德斯

1　即提比略·恺撒·奥古斯都，罗马帝国第二位皇帝，执政时期并不受到臣民的普遍爱戴。他的形象曾被定位为暴虐、好色。但近代学者根据帝国当年的安定景象与文献铭刻等史料，重新为提比略翻案，认为提比略是一个有作为的皇帝。
2　隆古斯，古希腊作家，代表作有田园诗《达夫尼与克罗埃》。
3　邦雅曼·贡斯当（Benjamin Constant, 1767—1830），法国小说家、思想家、政治家，法国浪漫主义的代表人物之一。

鸠是伟大的诗人、散文家、小说家和传记作家,让自己的光芒盖过这些人物。但这一任务面临双重困难。首先,他出版的作品大多都是稀罕的私藏版,印制装帧精致,价格不菲:因此,它们鲜有人知,少有人读。其次,伯爵"贵族气十足,生性瞧不起人",对普通小说读者、诗歌读者和剧场观众嗤之以鼻,因为这些人轻率地把他误认为小说中的人物——而现在他需要扭转的正是他们的愚蠢偏见。

这就需要孟德斯鸠落入俗套,用尽浑身解数去证明他的作品举足轻重且超乎一般想象。伯爵是美学教授,一个自我任命的精英圈的成员,在他狭小的圈子里,他是品位的定义者和独裁者。然而,忽然间,他就像科利奥兰纳斯[1]放下身段,来到市井,想要博取老百姓的选票。这是拙劣的表演,虽然不乏滑稽。看看X写的这篇书评吧!他大吹大擂。读读Y对我的评价!他卑躬屈节。读一下这封Z给我的回信吧,里面是他对我献给他的最新诗歌的回复!我是个重要人物,我是个劲敌!真的!

如果说高高在上的孟德斯鸠变得有人情味了,那正是这种藏匿在他高傲的外表之下流淌在其血液中的不安全感使然。譬如,他对德加甚为推崇,但同时(正确地)意识到德加对他的作品评价不高——或许根本就没有任何评价。于是,伯爵幽幽地抱怨,说德加本人虽然完全称得上是个"伟大的艺术家",但有一次确实令他"特别生气",因为德加坚决不承认卑微的"艺术评论家"与所谓的

---

1 科利奥兰纳斯(Coriolanus),莎士比亚悲剧《科利奥兰纳斯》里的主人公。剧中科利奥兰纳斯为了谋求执政一职,勉强当众以谦卑的姿态来博取城民的赞同,却因无法掩饰对他们的鄙夷,招致他们的再度反对,最终被逐出罗马。

高级"艺术阐释家"之间有区别——而"我本人可算是后者的一员"。可悲的是，在随后的一个世纪，人们对孟德斯鸠是否算得上"艺术阐释家"一直持否定意见。在这期间，《抹去的痕迹》也许卖出了几百本，销量超过伯爵其他的书，但还是不足以撼动他在普鲁斯特和于斯曼的读者中的既定印象。

孟德斯鸠写自传的目的异于旁人，他是想还自己一个本来面目。无论是围绕着目的，还是撇开这目的，自传作者孟德斯鸠和生活中的孟德斯鸠并无二致：势利眼、自大狂、趋炎附势、对少数人慷慨大方、对更多人则吝啬刻薄。待到他写自传之时，书中提到的人物大多都已作古，他知道这些人看不到他写的定论。即便如此，他还是决定展现自己的贵族气派，替让·洛兰说一点好话。当然，对于一个自认为是丹第的人来说，洛兰的衣品极差——"与其说不够优雅，还不如说是装模作样、粗俗土气"。尽管如此，"他人不坏，甚至称得上善良，身上还带有某些中产阶级的美德——显然不具备全部，但至少有一部分"。

与之相反，埃德蒙·德·波利尼亚克就完全没有得到他的宽恕。孟德斯鸠在自传中回忆起三十五年前的伦敦之行。"与我同游的是一位老旅伴。我曾认为他很喜欢我（后来，他的行为证明我的想法大错特错）"；而且，更令人愉悦的是，"我亲爱的伟大的波齐"。在他的记忆库中，波利尼亚克这个名字已经被抹去，而波齐屡次出现。他总是被冠以"我亲爱的波齐""我亲爱的卓越的波齐"等类似的称谓。从自传里最让人动容、最真挚的段落中，我们显然可以读出，伯爵也许钦佩他人，因为他们才华横溢、出身高贵、智慧超群、气质优雅等等（虽然他依然认为自己与他们旗鼓相当，或者更胜一筹），但对于波齐，孟德斯鸠不仅仅是钦佩，他还嫉妒他。这种情感于他而言是全然陌生的：

> 我亲爱的刚刚弃我而去的波齐曾经告诉我，每天早晨醒来，太阳升起的时候，这个无论是领悟力还是品位都是万里挑一的人，都会想到当天有那么多诱人的美事在等着他：他要去做一台台手术，要去装饰自己的医院。因为他，生病会变得很美好，痛苦都会很幸福。他有瑰丽的诗歌要读、要写，有古董等待他去收集。他要给病人减轻痛苦，给朋友送去欢乐。他几乎难抑内心的狂喜。白天，他徜徉在知识的海洋中，砭砭于他的抱负。夜晚，他内心充满感恩与欣喜……所有这些，还有其他诸多的美好，构成了他独一无二的日常。唉，可惜呀，如今这一切我们无法拥有。

孟德斯鸠不仅羡慕波齐的日常快乐、他直面生活的态度和他的才干，而且他还钦佩他拥有把控自己脾性的强大意志力。他喜欢援引波齐说过的一句话："只有等我想变老的那天，我才会老去。"但波齐从未想要变老。

《费加罗报》的主编加斯东·卡尔梅特是波齐的朋友。他也是马塞尔·普鲁斯特的朋友，这一点更为人所知。他刊载了许多普鲁斯特的文章。1913年，普鲁斯特在《在斯万家那边》的献词中写道:"献给加斯东·卡尔梅特先生,以表深挚而热忱的谢意。"然而,作为作家,普鲁斯特并非信心满满。在他私下赠送给卡尔梅特的书中,他附上了一句手写的话:"我时常觉得,你不是真的喜欢我写的东西。如果你有时间稍稍读一读这本书,尤其是第二部分,我相信你会最终了解我。"

1914年1月,《费加罗报》展开了一场反前左倾首相、时任财政部长约瑟夫·卡约的运动。第一步,他们公布了一些暗藏猫腻的金融文件,以削弱他的地位。第二步,他们谋划通过抨击他的私生活把他拉下马。他们威胁他,要把他曾经写给他妻子的暧昧信件公之于众——那时,二人都还各自处于婚内状态,他们的私通还见不得光。

许多人认为,即便按照巴黎新闻界的从业标准,这样做也有些下作。1914年3月16日傍晚6点钟,亨丽埃特·卡约(报纸形容她是"一个金发碧眼的女人,四十来岁,沉着镇静")走进《费加罗报》的办公楼,出示她的名片,请求见卡尔梅特一面。当时,小说家保罗·布尔热正准备离开主编办公室。他建议卡尔梅特不要见她:这种突然来访在他看来很蹊跷。"一个女人有什么不能见呢。"

2ᶜ COLLECTION FELIX POTIN

JOSEPH CAILLAUX
HOMME POLITIQUE

约瑟夫·卡约

2ᶜ COLLECTION FELIX POTIN

BOURGET
HOMME DE LETTRES

布尔热

卡尔梅特对他说。而后布尔热离开，卡约夫人被引进办公室。"你知道我来此的目的吗？"她问。"不清楚，夫人。"他回答。随即她从戴在手上的黑色水獭皮手筒中掏出一把左轮手枪，朝卡尔梅特开了六枪。其中三枪打中了他的胸部、大腿上部和盆腔。事发之后卡约夫人镇定地等待警察的到来，但她拒绝乘坐押送嫌疑犯的普通警车去警察局。她坚持由她的司机开车送她去。卡尔梅特大约在六小时后接近午夜时去世，当时医生刚刚切开他的腹部皮肤准备进行手术。

法国和英国的司法系统反映了两国不同的民族特性，有时甚至可以看作是对彼此的嘲讽。英国法律中从没有"激情犯罪"这一概念——也许这是因为英国人觉得只有冲动的外国人才会放纵自己的情绪而犯罪。纵使他们接受这个概念，卡约夫人因为报纸把她那有政治才能的丈夫作为攻击目标而谋杀记者的行为，似乎也算不上是"激情"。法国人更清楚这一点，或者说他们更了解他们自己。凶手早有预谋而不是一时兴起，这一点从一开始就清楚。如证据所示，卡约夫人熟悉猎枪，而不会使用左轮手枪。3月16日下午3点，她走进加斯蒂纳·雷奈特商店，买了一把三十二口径的勃朗宁自动手枪以及弹药。而后她被带到该商店地下室的射击场,学习如何使用手枪。几个小时后,她走进《费加罗报》办公楼,杀死了卡尔梅特。

这场审判于1914年7月20日开庭,也就是一战爆发的前两周。庭审占据的报纸版面之多甚至超过了风雨飘摇的政局。卡约夫人的律师,迈特尔·拉博里——他曾担任左拉和德雷福斯第二次审判的辩护律师——在这次审判中从两方面展开辩护。一方面,由于这一案件本身的特殊性(潜在丑闻的巨大影响以及公众性、涉事方举足轻重的地位,还有最为核心的凶手的女性身份),这场谋杀可以定性为激情犯罪。另一方面,如果这不是激情犯罪的话,真正杀死卡尔梅特的也不是卡约夫人,而是另有其人:给他做手术的医生虽然个个都是名医,但这次他们马失前蹄了。大量证据证明,伤者抵达诊所约五个小时后,才接受手术。这是一个很长的拖延。卡尔梅特第一次接受检查时,脉搏已经很微弱,因此医生决定等脉搏变强一些时再进行手术。对于什么时候开始手术,医生们在一次又一次会诊时争论不休。众所周知,通常遇到这种状况,波齐一定会主张尽早进行干预。这次他也赶到了他的朋友卡尔梅特所在的诊所,但当时没有请他参加会诊。审判中他接受了法庭的询问。在他的帮助下,迈特尔据理陈词,说杀死卡尔梅特的并不是当事人,而是医疗过程的拖延。最终,无论陪审团实际上倾向于哪一种辩解,他们都判定亨丽埃特·卡约无罪。

1915年初,莎拉·伯恩哈特的右腿需要进行截肢手术。[她曾经摔倒在船的甲板上,右腿初次受伤。后来,她出演歌剧《托斯卡》

（*La Tosca*），在表演快结束时，才发现下面并没有放置缓冲垫，可她已经从防卫墙上跳了下来，加剧了腿伤。]波齐曾给莎拉做过早期治疗，有段时间给她的整条腿都打上了石膏。但对于截肢手术，尽管她恳求过"我的医生上帝"帮她主刀，但波齐还是拒绝了。此时的伯恩哈特住在位于波尔多西部二十五公里的阿尔卡雄海湾的一处别墅中。她之所以搬到这里，是因为有人提醒她她已被列入法国人的人质名单中：德国人一旦占领巴黎，她就会被逮捕。（也许有人这样提醒过，但历史学家并没有发现这份名单。）曾在波齐门下担任实习医生的让·德努西，从右腿膝盖以上给她做了截肢手术，波齐在巴黎对手术进行了遥控指导。例如，他建议对莎拉做一个细致的瓦色曼[1]检测，以确定膝盖是否受梅毒影响。手术仅仅耗时十五分钟，失血量只有六克，伯恩哈特还没有下手术台就苏醒了。

三周后，她出院回到她在阿基坦（阿尔卡雄区）的别墅中。波齐即刻从巴黎乘夜车前往别墅与她共度了几个小时的时光。返程时他途经波尔多，与德努西共进晚餐——当然是在他们检查完了截肢的腿之后。

故事发展到这里，P. T. 巴纳姆短暂地进入了我们的视野。他是一个企业家、马戏团主，也被称作"广告界的莎士比亚"和"谎话之王"。1882年，传闻王尔德到美国旅行时，巴纳姆给了王尔德一大笔钱，让他到处游览。他一手拿一朵百合花，另一手执一朵向日葵，在他刚刚从伦敦动物园买下的一头名叫金宝的大象面前，向王尔德

1　即奥古斯特·冯·瓦色曼（August von Wassermann, 1866—1925），德国细菌学家。

致敬。这当然是一种夸张的说法——事实上这是另一位英国演说家，王尔德的竞争对手杜撰的情节——不过在王尔德第二次出现在纽约做巡回讲座时，巴纳姆确实坐在前排。

最近出版的莎拉·伯恩哈特的传记中也提到类似的故事。"巴纳姆显然给她打过电报，出一万美元买她截肢下来的那条腿。"这显然是无稽之谈，因为伯恩哈特做截肢手术之时，巴纳姆已经入土二十四年。故事的另一个版本是说泛美展览会在旧金山的一个部门经理给莎拉发电报说，如果他们可以展出她的腿，那么他愿意出十万美元以莎拉的名义向任何一家慈善组织捐款。据说伯恩哈特回电报问："哪条腿?"

伯恩哈特的腿到底怎么样了？很长时间内，它被保存在波尔多医学院解剖实验室的珍品储藏室里。(与之一起珍藏的还有连体双胞胎的胚胎、一个被刀刺穿的心脏、一条自缢者用过的绳子。)1977年，实验室搬迁，标本被重新归类，很多不太重要的标本被焚化。到了2008年，那条据称是伯恩哈特之腿——一条从膝盖以上截肢下来的又长又细的右腿——似乎变成了一条膝盖以上截肢下来的左腿，脚和矫形靴一样大，大脚趾也不翼而飞。《快报》(L'Express)对此做了调查，他们找到一位退休教授，此教授对女演员的腿记忆尤深，坚称现在这条是冒牌货。1977年负责丢弃无用标本的那个实验室助理被形容为"一个不诚实的爱打架的小混混，视力也不济"。倘若当时他误打误撞烧毁了伯恩哈特的那条截肢的腿，如今，无论如何也追究不了他的责任了，因为他现在已经不在人世(此类故事大多都如此收场)。专家们说，想对现在的这条腿做DNA

检测又"太复杂"了。

　　孟德斯鸠于1921年在芒通去世,除了指定的几件物品之外,其余全部留给了伊图里的后继者亨利·皮纳尔。亨利作为秘书陪伴了他人生最后的十五年,此人了无生趣,对他忠诚,也经常被他欺压。在众多被记录、处理和拍卖的遗物中,并没有提到孟德斯鸠伯爵收藏的杀死普希金的那颗子弹。实际上,无论是朱利安给伯爵写的传记中,还是其他了解他的人所写的传记和日记中都没有提到过这颗子弹。我想,这可能只是一家之言:我只在莱昂·都德1914年3月出版的首部回忆录《幽灵和活人》(*Fantômes et vivants*)

莱昂·都德

中读到过。在书中他用了几页纸来表达对孟德斯鸠的鄙视,尤其是对孟德斯鸠狂热的收藏癖(大肆购买艺术品和装饰品)和他向疲累的访客炫耀他的小物件时表现出来的浮夸大为不屑。他会对着每件新的珍宝矫揉造作地抒发情感,首先是表达喜悦之情,而后稍作镇定,最后感叹一句"这也太……美了吧!"

　　都德和让·洛兰一样,是许多逸事和丑闻的始作俑者。都德回忆录的后期编辑曾这样说过:"干毁誉损人的事他从不迟疑,而且,和剑相比,他的笔无疑给人带来更长久、更深的伤害。"有一次,有人指责他说谎。"我当然会说谎,"都德回应说,"如果我从不说谎,我和一张铁路时刻表还有什么区别。"于是我再次翻阅他列出的伯爵的藏品:"一根米什莱的络腮胡子,一支乔治·桑吸过的旧香烟,一滴拉马丁的干枯泪珠,蒙特斯庞夫人的浴盆,马歇尔·比若的帽子,杀死普希金的子弹,(特蕾莎)圭乔利伯爵夫人的一双舞鞋,一瓶令缪塞伶仃大醉的苦艾酒,司汤达签过名的德·勒纳尔夫人日间穿过的一只长袜……"——这一列表突然读起来越来越像是都德为了嘲弄伯爵的一个狡诈的幻想。也许,它一直都是。如果我们像学究一样反推这个故事,就会发现根本没有证据表明普希金的医生(包括一位参加过拿破仑战争的军医)从普希金体内取出过——或者试图取出——杀死他的那颗子弹。

然而,假如说孟德斯鸠的这些谣传的财物都在我们眼前消失了,传闻中的另一样东西此时却再次浮出水面。他的那只乌龟——在于斯曼和孟德斯鸠的传记作者笔下它被忽略或被贬为龟壳,没有一个人真正见过这活物——在孟德斯鸠极为显眼却鲜有人读过的自传中,这只乌龟重新趾高气扬地闪亮登场。他在里面承认马拉梅透露给于斯曼的一些家庭物品的细节都是对的,接着他写道:

尤其是我家的那只镀金的乌龟,那部小说声名大噪,它功不可没。这样一只瑰丽而又不幸的两栖动物,它的的确确存在过,这一点我绝不否认。[事实上,在我的《绣球花》

（*Hortensias*）这一集子中我还为它写了一首诗]……我的这只遭了殃的动物没有名字，于是于斯曼给它取了一个。由于给它镀金的过程中无疑有一些必要金属元素通过壳渗透到了它的体内，这只动物没能经受住这一过度润饰，没过多久就一命呜呼了。金玉之壳成了它的葬身之地。

一条腿和一颗子弹不翼而飞，而一只乌龟却合浦珠还：现实比小说更加变幻莫测。

　　1916年8月，皮埃尔·莫布拉克医生前往巴黎郊区旺沃的米什莱公学附属医院担任院长。当时医院的状况令他忧心忡忡。医院不仅运营不善，而且在管理上一盘散沙，毫无等级制度可言。他发现，医院的掌权者是三十二岁的奥克塔夫·塔索中士，来自科西嘉岛。中士很受大家喜爱，但按照薪资级别衡量，他不应该拥有这么高的权位。莫布拉克上任后就把他降职了。中士提出抗议，而后在营房中被关了两周。塔索行使自己的权利提起上诉，但在开庭之前，他开始怀疑——也许有人私下透露——他的刑罚会"大大加重"。8月28日上午10点，他去了院长办公室，询问这个消息是否属实。莫布拉克拒绝回答，只是吩咐中士履行自己的职责。"好吧，那就得了，让我们做个了结吧。"据报道，中士一边说一边掏出左轮手枪，朝莫布拉克开了三枪，分别击中身体左侧、心脏和左太阳穴。中士趁乱逃跑，警方发起追捕。当晚9点钟，他的行踪暴露。在抓捕现场，他朝自己头部开了一枪，了结了自己的生命。

塔索的所为被认定由"发疯"所致。何况，大家都知道他是个"积习难返的吗啡狂"。不管怎样，大伙儿是这么说的。

在为卡尔梅特案件举证时，波齐提到了1898年的普尔米尔案件。这两起案件在过程上有诸多相似之处。先是一家名为《路灯》(*La Lanterne*)的报纸对政客普尔米尔的职业行为和私生活进行抨击。面对这次挑衅行为，此政客的妻子普尔米尔夫人随身带了一把上了膛的左轮手枪来到这家报社。然而，她的袭击目标没有卡约夫人那么明确：被她打死的那个无辜者——腹部中了六枪——只是一位名叫奥利维耶的助理编辑，并不参与制定编辑政策。

奥利维耶立刻被送往比沙医院。当时外科主任不在，一个有四年经验的实习医生安托南·戈塞在一位同样年轻助手的辅助下立刻为他进行手术，修复了十处肠道穿孔。奥利维耶活了下来。在多数此类案件中，当然还有书中提到的类似案件中，如果一个人肠道中了枪，那么他通常难逃死亡的厄运。当时的情况是这样，新闻报道出来的案件都是如此。因此这个案件成了当时轰动一时的一个事件。图雷特十分幸运，只需要把颈部后侧的那颗子弹取出就保了命。然而，枪支威力巨大，又很容易操作，就连一个差劲的刺客——或者更准确地说，一个像卡约夫人一样从未受到过这方面训练的人——都可以在3点钟买了一把左轮手枪，学习怎么装弹和开枪，6点钟就可以走出去，让卡尔梅特身中三枪。

在那个时代，医学正全速发展，发明创造层出不穷。波齐曾撰写过四十多篇论文论述枪伤和其他战争伤口的治疗方案，是这方面的顶级专家。然而,枪支的致命威力越来越大,而人的身体却依然和原来一样脆弱。这种失衡感一定经常掠过波齐的脑海。

惠斯勒给自己设计的签名标志是一只蝴蝶,生而绚烂,同样也短暂如白驹过隙。丹第总是难逃失败的厄运,事实上也许他们的人生本就是为了陨落。想成为一名丹第没钱是不行的,而且丹第在某种程度上意味着花钱大手大脚,所以往往是挥霍才要人的命。1816年博·布鲁梅尔为了不被关进债务人监狱逃离了英国,在法国度过了人生的最后二十四年,一辈子都没学会说法语。最终,他还是进了一个法国的债务人监狱:卡昂精神病院。当时他衣衫褴褛,染上梅毒,已病入膏肓,且精神错乱。

作为最早的丹第,博·布鲁梅尔的陨落是一种预示。王尔德也陨落了,虽然他的情况较为复杂。让·洛兰也是如此。像这样油尽灯枯般华丽的谢幕也不失是一个好的结局。1914年一战爆发之际,罗贝尔·德·孟德斯鸠曾匆匆设想自己被长枪骑兵开枪打死在自己至爱的玫瑰宫殿的楼梯上,而后他们把他的藏品毁之一炬。如果是这样的话,他就要等待很久(而且这种等待也是徒劳的)。实际上,他活到了1921年。作为寿命较长的丹第,他成功地吸引了很多追随者,成为众人关注的焦点和话题。他和伊图里保持了漫长的恋人关系,对他而言这段关系是成功的,而对伊图里则不然。但他逐渐明白,其实很少有人真正把他视为作家,就连他的"首席贵族诗人"的称号也被安娜·德·诺瓦耶伯爵夫人所取代。

当然,他的贵族身份还是有用的:伯爵的身份总能引得一些人肃然起敬。但晚年的孟德斯鸠已经不像一个丹第了。他自诩为"掌管一切转瞬即逝之物的君王",无疑他明白君王也是转瞬即逝的。老丹第势必有些可悲,他对品位的把控力已蚀减,他的智慧已沦为恶习,他那帮忠诚的好友已陆续离去,死的死,背弃的背弃。诚然,世界已滚滚向前,孟德斯鸠头清脑醒,毫不自怨自艾,完全接受这一点:

> 你突然意识到,生命就这样终结了。毫无征兆,措手不及,几乎没看到死神在向你奔袭而来。那是一种奇异的感受——与其说是痛苦,不如说是奇异。你依然在那儿,你的肉体多少有些衰老,但依然在苦苦死撑。你的官能仍然完备,但已不合当下的品位。你已不中用了。你已然成了你曾引领的这一当代文明的陌生人。然而,文明的呈现形态并不让你伤心或震惊,它们只是显得空虚而无益。如今,一条无法穿越的屏障将你和毕加索、捷克斯洛伐克美学或者"黑人艺术"等艺术概念隔离开来,而这些都不是追逐风尚好途径。

然而,温和地谢幕并非伯爵的做派,豁达地面对衰败也不是他的风格。在他留下的遗产中有一样尤其能体现他的恶意和对女性的厌恶。某个阿尔芒·德·卡亚韦夫人的儿媳老是误以为伯爵爱上了她,并一直给他写信。伯爵在遗嘱中留给她一个匣子。律师把匣子交给这个女人之后,她召集了多位密友来见证这一时刻。她打开匣子盖,发现里面装着她写给孟德斯鸠的所有信件。这些信件从未打开。

波德莱尔说，丹第主义是一种"很难界定的风尚，和决斗一样奇怪"。这两种风俗都随着一战的爆发而终结。二者之中，决斗之风的余波更大。英国将决斗废止后，它在法国依然存在了很久，原因之一就是背后有一套理论在支撑着它。对法国人而言，决斗关乎个人荣誉（莫泊桑称之为"小丑"）。但无论引发决斗的原因是什么（比如莎拉·伯恩哈特在扮演哈姆雷特时那窈窕的身段就令追求者为她大打出手），决斗都被赋予了某个更宏大的目的：1870年法国败给普鲁士后，决斗旨在重振国人的道德精神。决斗不仅仅是体育运动的最高形式，也是最需要男子气概的活动。此外，正如民族主义诗人夏尔·佩吉所言，决斗伦理和决斗行为同等重要。如果法国和普鲁士再次开战，在决斗中锻造的强悍心灵有助于法国人战胜凶残、不讲道德、没有荣誉感的普鲁士人。而这场战争势必会到来。

一战爆发之前，文学界最后几场决斗之一发生在波齐的挚友保罗·埃尔维厄和波齐的宿敌莱昂·都德之间。波齐本人和这场决斗并不相关。1914年6月他

3ᵉ COLLECTION FÉLIX POTIN

PÉGUY
HOMME DE LETTRES

佩吉

也没有出现在王子公园的决斗现场。这两位决斗者结识于"阿方斯·都德的书桌旁":埃尔维厄是都德钟爱的年轻作家之一,如果不算是他的宠儿的话。莱昂比他小十岁,起初对他也十分倾慕。然而,过了些年,莱昂发现埃尔维厄投靠"犹太圈子"和"共和党圈子"。他急功近利地追求个人的显达,热切地想要成为一个院士。对此,莱昂极为不齿。在众人看来,他们关系的破裂点是德雷福斯事件。莱昂认为埃尔维厄站在了"反法派"(就像反基督教者)一边——"毫无疑问,他做出这个选择是因为有利可图"。之后,二人的友谊逐步发展成争吵,最后不可避免地引发了这场决斗。

决斗的真实原因云遮雾罩——或者确切地说,远不止一个原因。此外,他们积怨已久。莱昂·都德的版本有很多,以下是他的第一个说法。他当时在安娜·德·诺瓦耶家中参加晚宴,那时政府在"迫害教会信徒"。埃尔维厄为了讨好在场的一位激进议员,开始抨击道明会会士和耶稣会会士的"反启蒙主义","就像郝麦一样"。"在他站到犹太剧作家伯恩斯坦一方与我作对后",又过了十几年,都德和埃尔维厄才正式剑拔弩张。二人争论的话题并未提及,想必也无关紧要。6月的一个美丽的清晨,他们在王子公园碰面了。莱昂·都德将手枪瞄准埃尔维厄的那一刻,他脑海中闪现的是:"他认为我们俩不和的起因是伯恩斯坦,但真正的原因是他在亨利马丁大道上发表反教会长篇大论。"

不过,对于开战原因,莱昂·都德又给出了另一不同的解释。在欧洲大战一触即发之际(这场大战是都德和其他复仇分子期待已久的),埃尔维厄却给学生会做了一场演讲,宣称自己支持"世界和平"和"人类幸福"。这一做法表明,他不仅仅是追名逐利、阿谀奉承的投机分子,而且还是个懦夫、卖国贼、失败论者!莱昂·都德,一个树敌无数的人,此时更加怒不可遏:"他越来越卑躬屈膝,真让我恶心,我用粗鄙的语言把我的感受告诉了他。"埃尔维厄喊来他的助手们,然后他们开始决斗。两人各开两枪,都没有打中对方。这次,莱昂·都德称,他在瞄准的时候,心想:"从道义上说,无论我打伤他,还是他打伤我,我都觉得恶心。"

莱昂·都德接着又回想起他同一时期参加的另外几场决斗,对手分别有"迷人"的乔治·克拉勒蒂,他是一名律师兼记者;还有那位"犹太剧作家"伯恩斯坦。想到伯恩斯坦是一个"好斗且忠诚的对手",他变得多愁善感起来。他继续说:"决斗最大的好处就是可以让双方一斗泯恩仇,通过一个小小伤口吸出社会生活中的毒液,而社会生活很容易被毒化。"这种论调听上去既幼稚又虚伪,因为都德本人就是利用他的新闻工作和政治活动之便,不停地向社会生活注射毒液。而且,他与埃尔维厄这位刚刚交恶的对手的"宿怨"也未得到有效消除,他这时又把埃尔维厄描述成"被学院、沙龙、官僚之风毁掉的一个典型作家"。三十三年前莫泊桑把决斗视为"林荫大道心态"——"好争斗、轻率、令人头晕目眩、华丽却空洞"——这一说法似乎比佩吉把决斗等同于骑士精神、塑造品格的道德荣誉更贴近现实。毕竟,那时已五十七岁的埃尔维厄和四十七岁的莱昂·都德无论如何都不可能在两个月后挺进战壕。此种行径好像也不会在行将到来的战争中增加法国人击败德国人的概率。

我们无从得知之事

——埃尔维厄在瞄准都德，或者半瞄准都德时，他在想什么。

——洛特夫人说了些什么。

——泰蕾兹说了什么。

——雅克·波齐的心理问题是不是他是父母的老来得子导致的。

——凯瑟琳日记主要观点之可靠性：倘若中间地带消失不见，你还会相信两个极端吗？

——这个世界上是否有个人在某个地方能让她幸福？

——当波齐说他"在蜜月期间不得不对泰蕾兹采取强硬的，甚至是暴力的行为"，来让她摆脱原来家庭的牵绊时，到底是什么意思？在快速理解这句话之前，我们必须考虑到，泰蕾兹在波齐死后曾坚定地说过，在刚结婚时，"我们是挺幸福的"。

——在决斗中，哪一方是真的想杀死对方，哪一方只是在假装。埃尔维厄和都德都开了两枪：这是否意味着他们有杀人或者伤人的意图？

——是什么让泰蕾兹在新婚之时就"凛然地"考虑分居？她是不是突然——抑或是慢慢地——发觉她不爱自己的丈夫？这么做是不是有这个原因：她是不是看到波齐和别的女人眉来眼去？或者怀疑他不仅仅在调情？后来是不是因为母亲劝告，她才不再一味地坚持分居？

——凯瑟琳出生一年后让·波齐出生，要再过十二年雅克才来到人世。他的出生是因为他父母突然冰消雪融,还是波齐夫妇在十二年间仍然断断续续保持着性关系(毕竟作为天主教徒,波齐夫人得履行做妻子的义务)?我们有凯瑟琳做证:她记得自己十一岁时睡在父母的床上,父母分别躺在她两侧。我们可以推定那是1894年,而且他们同床共寝已成习惯,否则凯瑟琳应该提及此事。她弟弟雅克出生在1896年。正如我们往往忽视——甚至无视——美满、幸福婚姻中偶尔的平淡冷漠,我们也常常忽略——抑或无法想象——不幸或形式或社交婚姻中偶尔或远不止偶尔的温存柔情。

　　——妇科医生会是更好的情人吗?没错,这话听上去像贴在汽车保险杠上的小标语。他们日间的工作会让他们更博学敏感,还是会让他们(以及伴侣)更施展不开手脚?当然,以偏概全是荒谬的。但我们应该注意到波齐医生在写作和演讲时,始终坚持要让病人保持舒适和放松,不让她感到任何尴尬。让·洛兰不无嘲讽地说道:"为了不让丈夫或情人望而却步,波齐医生的缝合方法不会留下丝毫痕迹。"这可不是一件小事。起码对女人自己来说,这不是小事。

　　——我向一位女性朋友描述这本书的时候,她立马感叹道:"哦,女人和她们妇科医生的那档子事儿,谁不知道呢?"在多大程度上这也是一大因素呢?

　　——奥斯卡·王尔德如果听从建议上了下一列海陆联运火车,而不是固执地等着被捕,又会发生什么呢?他兴许会像其他许许多多无赖、恶棍们一样欢欢喜喜地被流放到法国,免遭牢狱之苦,身体也不会垮掉。但这样一来,他也写不出《雷丁监狱之歌》(*The Ballad of Reading Gaol*)了。

——这一时期，法国人对英国女人的描述里，有没有承认过她们漂亮、优雅、穿着得体？他们有没有将英国男士形容为谦逊、热心、和蔼？作曲家埃里克·萨蒂曾说过一句俏皮话："英国人就是变坏了的诺曼人。"据说，爱德华七世深有同感，也重复过多次。

——查尔斯·梅格斯认为，除非万不得已，医生绝不应该动手为女病人检查身体，唯恐那会引起"病人道德感的松懈"。这话听上去怪里怪气，颇像清教美国的翻版。但它也是男性的一大焦虑，在天主教法兰西十分普遍。关于性，有一句赠给男性的忠告（由别的男性送出）：让妻子体会性快感是很危险的，因为她一旦发现性爱的快乐，她就极有可能跑出去找别的男人通奸。正如某位 J. P. 达尔蒂格所言："已婚女人一旦快感上瘾，就会不知不觉地滑向通奸。"评论家和好劝者煽动丈夫们与妻子行房时敷衍了事、草草收场。商店里出售只露出手脚的睡衣，仅在前面开一条摩门教式的小缝，致使夫妻二人在创造后代时尽量避免肉体相互触碰。爱德华·贝伦森在卡约受审案的研究报告中指出："自己的妻子不应成为性欲的对象，因为垂涎她就是贬损她。"由此我们真切地嗅到了男性对女性性趣发自内心的恐惧气息。

因而，有一定社会地位的男人娶妻是为了嫁妆、生孩子和获取社会身份，而养情妇（或嫖妓）是为了找乐子，这纯属正常。既然无法从丈夫那里获得快感，必然有许许多多为妻者巴不得从丈夫那冰冷、尽职的"捐精"式性爱中解放出来，有的甚至乐于接受男人阴险的论调，说什么男人，可怜虫哪，是两性关系中的弱者，而女性是强者，也更有操守。一些丈夫在深感愧疚，或如释重负（或甚至妻子听之任之)时也许会对妻子更为体贴。并非所有丈夫都是禽兽，也并非所有妻子都是殉道烈士。

罗贝尔·德·孟德斯鸠在回忆录中写道，他在一位男爵夫人的沙龙上遇见一个人，此人后来成为一名大教授。他们两人的友谊持续了三十年，而这位教授无论身处何方都时刻关注伯爵的健康。这样看来，此教授极可能是波齐，但其实并不是他。"他迷人的妻子在世时，我常常去他们家赴宴。他深深地眷恋她，也深深地为她哀恸，尽管他没少出门寻刺激，尽管有几次搞得声名狼藉。"孟德斯鸠就这一貌似矛盾的情感作了如下思虑：

> 我不怕公开申明自己的观点：把男人在外寻欢视为对夫妻情感的彻底否定是一大谬论。它们是两码事，不能混为一谈，也不互相排斥。你允许或要求情人做的事，你不会要求妻子做，也不会接受她这样做：因此在男人的一生中，这两种女人都占有一席之地。我们不应因他同时占有两者而质疑他的忠诚。

因此：在家里丈夫就老老实实、平平淡淡地跟老婆同房，为的是传宗接代，而在外面厮混（有时得掏腰包），寻觅更火辣、更下流、更刺激的乐子。这是父权制的象征，也是所谓鱼与熊掌可以兼得的法门。而且，说孟德斯鸠是异性夫妻关系的阐发者，我们也许不会接受。但与此同时，我们应该相信那位早已作古的匿名教授确实深爱他的妻子，他也真正为她悲伤欲绝。因为我们若不相信，就有把事情简单化的嫌疑：我们可更心安理得地谴责他们。

那么，在这一切之中，塞缪尔·波齐和泰蕾兹·波齐置身何处呢？我们无从得知在结婚的头几个星期、头几个月或头一两年的幸福生活中，他们的床笫之间到底发生了什么。或者，说实在的，我们不知道这是否应该成为我们探讨他们失败婚姻的切入点。结婚几十年来，他们在仆人和孩子面前互相叫骂，难道这一切只能归咎于性吗？毕竟，钱也是造成他们隔阂的一大缘由；宗教信仰亦然；他已不再与之讲话的岳母也功不可没。我们难道想给波齐安上英国人最喜欢的"虚伪"这一帽子吗？但仔细想想，一直以来他好像对自己的动机开诚布公，在行事作风上却又小心谨慎。这根本谈不上虚伪啊。

——我们无从得知他究竟和哪些女人上过床。莎拉·伯恩哈特和埃玛·菲朔夫显然位列其中。其他名字包括：斯特劳斯夫人（比才的遗孀）、朱迪丝·戈蒂埃（诗人泰奥菲勒·戈蒂埃的女儿）、女演员雷雅纳和夏娃·拉瓦里埃、让娜·雅克曼……他们身为情人，而这一阶段他们之间情感关系的本质却杳不可寻，这是多么有意思啊！在这一名单上再额外加上或编造十几个、几十个、几百个、几百万个名字吧……难道那就能告诉我们更多的信息？

——其他我们无从得知的事情：邦雅曼·波齐是否想让他儿子做个无神论者，而不是天主教徒。

——加斯东·卡尔梅特是否真的可以通过即时干预而免于一死。

——是什么让泰蕾兹非要在1909年依法分居？

——假如法绍达冲突没有在幼小的戴高乐心中留下民族屈辱感的烙印，英国会不会更早加入欧共体，并全然忠于欧盟，成为欧盟不可分割的一部分，这样就不会在2016年公投脱欧？

当然，这一切问题都可以在一部小说里解决。

一战爆发时，泰蕾兹·波齐带着母亲、外孙克劳德和八个仆从里的七个离开了巴黎。凯瑟琳独自留了下来，与爱德华的男仆和一只暹罗猫一起住在公寓里。搅乱她生活的不仅仅是德国人；"科莱特爱上了我，真烦人啊，"她在日记里写道，此时列日市被轰炸，德军的齐柏林飞艇在巴黎上空呼啸而过。"她丈夫先向我示好，但这三人戏码——乔吉当初未能引我入局——前所未有地对我没有诱惑力。然而，我依然保持着暧昧和友好。"

态度暧昧，或许，如果她本不相信女人是"不过是一个有着众多可能性的雏形，等待着男人之手的塑造"，大概会更乐意和女人们在一起，毕竟和女同性恋者待在一块儿她总是很自在。1920年，她置身在"我们这个年代最尊贵的十位萨福"中间，和原波利尼亚克（王妃）、"克莱蒙-布姆-布姆"（伊丽莎白·德·克莱蒙·托内尔的昵称）等人一起听音乐，身着"精致的"克罗特式长裙，"我又变得漂亮了——多么惊人的发现"。倒不是她的眼神或头脑软化了。她最后一篇关于波利尼亚克的日记写于1927年："王妃活脱脱一副美国范儿，颇像个立志成为餐馆领班的士兵。"

1914年8月，波齐医生开始带女儿到布罗卡医院学习一些基本的医学常识，正如她所说："我像囤积粮食一样，逐渐积累外科知识。"时常有上流名媛在她身边陪她玩"护士游戏",她们的轻浮很让她反感。她观摩了她的第一台腹腔手术,那台手术是由恶性纤维瘤导致的全子宫切除手术。"我当时很勇敢,但那一刻人体让我满怀恐惧。恐惧那具可以承受一切的肉体,恐惧这一内部已滋生腐败的爱的媒介。"倘若那些社会名媛因轻浮无度做不了合格的护士,那么凯瑟琳则是太高傲太敏感,对她的病人和她自己都没好处。几天后,她父亲未征求她的意见,就替她签了字,安排她去巴黎恩谷部队医院当护士。"我还有力气吗?医院已把我弄得筋疲力尽,一回家我就一头栽倒在床上昏睡两小时。我瘦骨伶仃,脸色苍白,面目可憎,简直像一把长着大眼睛的细面条。"五天后,她辞职去了格莱勒特。

罗贝尔·德·孟德斯鸠也并不是什么战争的核心人物,决定不等乌兰夫妇了,而是深谋远虑,出发前往特鲁维尔。他在那里遇到了伊莎多拉·邓肯,她明确表示想为他怀孕生子。这事毫无指望——她或许装模作样地吐了好多次——整个战争时期他回到贝亚恩达达尼昂的家族城堡隐居,在那里他饱受邻居们的憎恨。原因有二:一是他的"坏名声";二是因为他在过去几年曾收购了他们所有"过时"的旧家具,运到巴黎倒卖,发了一笔横财。

波齐,如今身着中校制服,留在了巴黎。恩谷医院在洛蒙街新开设了一个分部,分部设在布罗卡医院附近的一座前耶稣会女修道院内。波齐负责分部六百张病床中的一百张;他还掌管布罗卡的七十五张病床(五十张为伤兵病床,二十五张为梅毒病床),以及巴黎另一端的努瓦塞尔街的二十张病床和私下来耶拿大街找他看病的患者。

1915年，战争在持续。意大利转投盟军。阿尔皮尼山地师向前推进，从奥地利人手中夺下波齐阿尔蒂山堡，同年7月，正是那趟伦敦之旅的三十周年。主任医师波齐那时正全情投入于战争创伤的理论与实践之中。但他也抽出时间为一位远在布洛涅河畔给他写信的私人病人做了手术。此时波齐已六十八岁，如他只一心履行军职也情有可原。可是，不，他答应去看布洛涅税务局某个非直系税务部门的某个叫莫里斯·马许的小职员。不出所料，小职员马许没有富裕到能够负担手术的费用：他给波齐寄了一封署名文件，承诺为在7月18日星期日做手术，他愿在今后两年共支付五百法郎。

这是阴囊静脉曲张手术，需要部分切除睾丸皮肤，从而重新拉紧睾丸表皮。这种病征是先天的，在治疗过程中唯一的危险在于病人的心理问题，而非手术的纰漏。波齐为何答应为这个北方的小公务员看病，毕竟他往常的客户都是身份显赫的巴黎人？我们无从得知。我们不妨猜测：也许，在欧洲大屠杀中，一个普通男人对自己阴囊的担忧唤起了波齐的荒诞感。或者，也许更简单干脆：起码，这事我干得了。

10月，波齐的老友保罗·埃尔维厄——他曾想把"爱"写进自己的婚约——在睡梦中意外死去，时年五十七，他一生未婚。12月，莫里斯·马许给波齐寄来一张一百二十五法郎的银行汇票和一份关于他目前身体状况的报告。他的健康状况只略有改善。阴囊曲张没有术时明显，但在触诊时依然可见，虽然睾丸处于休息时

波齐身着制服

并不会显现。睾丸的坠感虽有好转，但马许觉得还是谨慎为妙，继续佩戴支撑绷带。他很少勃起，大概一个月两到三次，往往都是排尿后的晨勃。两个月前，他有过一次夜间射精。好在他的支撑绷带始终都能保持干燥，而在术前它总是湿湿的，有时候沾满红棕色污物。这样一来，心理疏导就容易得多。他眼球的刺痛感也或多或少地消失了。总的来说，他已经没任何理由绝望了，毕竟外科医生告诉他一年后他就可以完全康复。马许随信附上了一张一百二十五法郎的银行汇票，并向波齐教授先生致以"1916年最美好的祝愿"。

战争在持续。或者确切地说，一场场琐碎的战争和那场生死攸关的大战仍在上演。莱昂·都德出了他的第二和第三卷回忆录，其中他谴责波齐的虚荣和无能，骂他是个江湖骗子；他的绰号（显然）是"舍拉米"[1]，因为他总是油腔滑调，甜言蜜语地称呼所有人为"我亲爱的朋友"。他自命不凡，虚情假意，无知得让人难以置信，但他被"狂热的波齐粉丝"所簇拥，在他们眼中，他是"无可比拟的珍宝，前所未有的天才，半人半神"。可是，当然，都德讥讽地补充说："我可没想跟那帮可敬的南美人作对，毕竟对他们来说波齐是一位至高无上的圣人。"孟德斯鸠宽慰他的朋友说，上了年岁的一大好处便是它让你免于幼稚地怕被人嘲笑。

战争在持续。莎拉·伯恩哈特踏上从朴茨茅斯到爱丁堡的不列颠十城巡演之旅。随后便是为期十四个月的美国之行。波

1　原文为chelami，系法语cher ami（亲爱的朋友）的变体。

齐去观影，在萨夏·吉特里执导的《我们的朋友》(Ceux de chez nous)的银幕上看到了许许多多好友和病人：莎拉·伯恩哈特、阿纳托尔·法朗士、罗斯坦、罗丹……还有莫奈、雷诺阿和德加唯一已知的连续镜头，他正沿着克利希林荫道散步。埃玛·菲朔夫的一个儿子在凡尔登被杀。莫里斯·马许寄来一张一百二十五法郎的邮政汇票以及他对1917年的美好祝愿。

战争在持续。《纽约先驱论坛报》(New York Herald Tribune)对波齐作了报道，称他为"法国最杰出的外科医生"。记者还论及他的几样东西：钱币、奖章、墙上挂毯、15世纪的圣巴斯蒂安大理石塑像、一幅雷诺阿画作、一幅卡里埃画作，以及"萨金特的杰作"。杰作画的是一位三十五岁的王子，头发和胡须黝黑，双手"比我从前在任何一幅画作中看到的都要精致"。记者形容波齐身着"一件猩红色宽袍"。

莱昂·都德推出第四卷回忆录，对波齐更是大加挞伐。他这样收尾：

> 他们说他技术精湛。可就我而言，我甚至都不敢让他替我理发，尤其是房间里有枚镜子的时候。我担心他一边欣赏镜子里的自己，一边说不定就割了我的咽喉。

即便在战火纷飞的时光里，波齐也在继续给他的收藏添砖加瓦，从伦敦"斯平克，国王陛下勋章收藏家"购货，并从突尼斯收到一枚包退包换的昔兰尼钱币。莎拉·伯恩哈特因肾感染而病倒；

她跨大西洋向波齐问诊；莎拉向"医生上帝"寄去一张致谢卡。孟德斯鸠为纪念埃玛·菲朔夫的儿子赋诗一首；埃玛撰文说，伯爵是她"理想的诗人，神圣的慰藉"。根本没有证据表明马许邮寄了一百二十五法郎，更不必说他对1918年致以美好祝愿。

战争在持续。波齐的两个儿子都已穿上军装。大儿子让在英军中担任翻译。而泰蕾兹·波齐在蒙彼利埃，与她几近同名的表妹泰蕾兹·波扎同住。凯瑟琳已加入她的行列。4月，波齐和埃玛在蒙特卡洛。"鉴于时局不稳"，他一一安排好自己的事务，当着埃玛的面起草了一份新的遗嘱。5月，小戈登·本内特"首席舰长"，就是波齐曾驾着他的那艘蒸汽快艇（还带着两头奶牛）横渡大西洋的那位，被安葬在帕西。他的墓碑上除了一只石雕猫头鹰，一无所有。

1918年6月13日，周四，波齐被送往乌尔姆大街的部队医院。那天上午他去看望伤员及其家属，下午手术到6点，然后做了文书工作。之后他被送回家，家里有两位病人在候诊，其中第二位就是莫里斯·马许。马许被引进一间临时诊室。波齐告诉他，他患的是神经衰弱，他想将他推荐给另一位专家。闻此——报纸上有两种说法——马许要么说了："不，我才不去呢！"要么说了："不，不，我受够了，我只想尽早了结！"但这两句引言均系伪造，毕竟根本没有证人。但确凿无疑的是，马许掏出勃朗宁左轮手枪，向波齐连开三枪：射中了手臂、胸腔和内脏（一说是手臂、腹部和后背）。第四颗子弹击中窗帘，虽然这些窗帘是否还是利伯提面料做的我们无从得知。然后马许朝自己脑袋开了枪。

波齐被紧急送往香榭丽舍大街拐角普雷斯堡街的部队医院时意识还清醒。他和外科医生马特尔会商。两人一致决定立刻手术。波齐指定他想要的麻醉剂——足以麻痹痛觉，但又不至于让他失去意识。因此，在他人生的最后一场腹腔手术中，波齐既全程在场又完全清醒。如果这世上有美好——或者不那么糟糕——的死亡的话，那么，还有比这一死亡更好的吗？一名外科医生与另一名外科医生合作，如兄弟般互相配合，试图挽救前者的生命？检查肠道时他们发现了十处（或十一处）穿孔。十处（或十处——或十一处——中的八处）全都迅速缝合，缝合过程是对手术床上这位病人的职业生涯和一身技艺的最后致敬。然而，这种情况下，问题总是依旧存在：子弹穿过肠道之后去往哪里了？答案很快揭晓。波齐剧烈呕吐，肠道离开了外科医生的双手，鲜血直涌：子弹切断了左髂静脉。波齐立刻失去知觉，与世长辞。

我第一次读到波齐的生平时，从古至今，从法国到英国，所有的权威人士都说他是"被一个疯子暗杀"。没人说他死在"自己的一个病人"手上。1915年12月的那封信既清清楚楚又令人困惑。马许是个挑剔的病人（不过，自己的阴囊在动手术时，哪个男人会不挑剔呢？）。显然，他已有一段时日没怎么过性生活，甚或说他饱受阳痿折磨已久。况且，他一直担忧自己的整体健康状况，包括他的眼疾和心理。波齐说也许他的身体一年后就可完全康复。但他指的是阴囊静脉曲张的痊愈吗？他是否断定马许已濒临精神崩溃？或许他是否向马许作了更多承诺——或者他说只要马许不再担心自己的睾丸，他身体的其他部位也会一并痊愈？抑或，波齐怀着他对病人人人皆知的同情态度，只是给他的这位病人一些泛泛安慰，而马许却误解了其意？假如一位外科医生一整个礼拜都在处理数百名战争伤员，而其中多名伤员本可通过更好的医学和军事护理得到救治，那么，某种程度上，他对一个税吏的睾丸不太为意也就不足为奇了。

　　但对马许来说，这可不是等闲之事。人们在他的口袋里发现了一张纸条，上面详列了他对波齐的种种指摘，"他打算要了波齐的命，以此警告那些毫不尊重病人意愿的医生"。一个唐璜般的人物被病人毙命，这位病人指责他没有治好他的阳痿：那是一种怎样的道德故事？小说里，这倒好像蛮风趣贴切的。在非虚构作品中，我们也得允许一桩桩事情发生——因为确实发生了——这些事说来就来，难以置信，富含道德意蕴。马许的尸体上还发现了他写给报社的若干信函，还有一封是写给警察局长的，信中附有十法郎，"以支付运送我尸体的费用"。

　　第二天，在蒙彼利埃，泰蕾兹和凯瑟琳在报纸送达时才得知发生了什么。而在巴黎，让·波齐翻查父亲的书桌，发现上面有一本翻开的书，是他父亲最早的赞助人之一勒孔特·德·利勒所著的一本普普通通的书，书页上血迹斑斑。在伦敦，《泰晤士报》从交换电讯社转载了这一事件。奇怪的是，《泰晤士报》以"知名外科医生被枪杀"为题将这故事放在《最新战况》栏下。第二天，《泰晤士报》刊发了一篇由该报记者撰写的长篇报道，题为《巴黎医生遭谋杀》。报道称，波齐"一度是法国妇外科的领军人物，为法国医学的发展做出重大贡献"。在巴黎,《费加罗报》称他为"科学和艺术的真诚热爱者,他本身便是一件艺术精品,是我们这个民族的光辉典范"。

6月15日,周六,波齐遇害两天后,凯瑟琳在日记中写道:

> 父亲,可敬可骇的父亲,如今您已成为传奇世界威武而优雅的王子,仅凭您的英名就能打开一扇扇大门,在您面前,外省人、局外人、天才、女人、智者和艺术家不是您的小学生就是被征服者。从布宜诺斯艾利斯到纽约,从贝鲁特到爱丁堡,您是豪夺灵魂的太阳,您打赢了这场斗争——我从婴儿、孩童、成人直至奄奄一息见证了您的一切——在我看来,只有我才明白。狰狞的命运向您屈从了千百次,然后又是千百次。您的思想无不清晰而连贯;在您的内心,一切都显得柔顺而优雅,充满了微笑、善意、美丽、成功和幸福。您常常边说"思考,包扎"[1]边畅怀大笑。您治愈了那么多人,对不对? 您不信上帝,但您处处彰显他的威力……我跪倒在您面前,我的父亲,我当之无愧的主宰。

(然而,她那时并没奄奄一息。)

两天后,她致函比尔托夫人,一位沙龙管家和女文人,她父亲近

---

1 原文为法语penser,panser,二者读音相似。

二十年的朋友（或许不止于此）："我们不过是孤孤单单一个人。"第
二天，她对丈夫爱德华·布尔代坦言："他与我相辅相成，仿佛他就
是那个意气风发的凯瑟琳。他幸幸福福，功成名就，而我却苦难深
重。他就像是我的另一面，是我自身不同的翻版，充满喜悦。"倘若
布尔代对自己婚姻失败的原因有什么疑虑，读了这番话也许可让他
释疑解惑。

　　比尔托夫人给凯瑟琳寄了一封苦乐参半的信，这样的信悲痛欲
绝的人时有收到。凯瑟琳老是抱怨父亲对她很冷淡。比尔托夫人
告诉她这一执念错了。在她与波齐的最后一次谈话中，"他对你很
气恼，这份气恼很像情人被拒绝后的心情。那既不是冷漠，也不是
超脱。而是绝对与之相反。他谈论到你的时候非常紧张在意"。

　　6月18日，周二，波齐的葬礼在大军团大街新教赎救教堂举行。
巴黎上流社会与他诀别，巴黎市井社会也同样为他送行，流言纷
纷，说他故意让马许阳痿不举，以便自己可跟马许夫人睡觉。波齐
死后那天，泰蕾兹（和凯瑟琳一样也留在蒙彼利埃——她们俩都身
体有恙）给波齐的长子写信：

　　　　让，这是滔天灾祸。他生前我已不再爱他，但此刻我却黯
　　然神伤。我想极力忘掉那些可怕的岁月，只想牢记当初我们
　　的幸福时光。

在随后的一封信中，她写道：

波齐的送葬队伍途经凯旋门

他很怕死,而他临终时的痛苦——他孤身一人——尤其是她不在身旁——必定不堪忍受。至于我,依然深爱着他的我,我觉得我会永远备受折磨。他,即便他远在天边,对我也是不可或缺。能听到有人提起他,能看到他的名字,能偶尔看见他——我不奢求更多的了,只要我知道他无比幸福……

她令人钦佩的慷慨在继续:

你有 F 夫人的消息吗?她和他幸幸福福了二十年,此刻想必绝望透顶。戈蒂埃夫人告诉凯瑟琳,F 夫人对你可怜的老头真心爱慕。而他又是如此喜欢被人垂爱!

埃玛·菲朔夫写信给让·波齐。她说他父亲在蒙特卡洛立下遗嘱后嘱咐她说,他把物质礼物留给了朋友们,"但我把我这颗心留给你"。不过,大约还有五十件她的东西,再加上信件和日记,都一并存放在耶拿大街,如果能将它们物归原主,她将感激不尽。她随信附上一张物品清单。让给她寄了一幅图,却圆滑地解释,由于他父亲并未在遗嘱中明确提及这五十件物品,因此它们须交他的受赠人决定。这些物件的最终去向不了了之。

波齐短暂下葬巴黎后,于1918年8月被重新安葬在贝尔热拉克的新教公墓。无论是生前还是死后,他和妻女都因宗教信仰而分离,后者分别于1932年和1934年葬于天主教公墓。巴黎市以他的名字命名了一所医院和一条主街:塞缪尔·波齐中心医院和波

年迈的泰蕾兹·波齐

齐教授大街今天依然在那里。他去世一年后的1919年6月和7月，他的藏品在德鲁奥街的文特酒店八号厅举行拍卖。总共拍卖了七场，总计有一千二百二十一件拍品。他的众多古董和挂毯、希腊钱币和皮萨诺奖章、波斯微型画、提埃坡罗的天花板壁画（八万五千法郎）、贝洛托、瓜尔迪和齐耶姆等大师笔下的威尼斯、特纳为《恰尔德·哈罗尔德游记》所画的习作（三千一百法郎）、他的四件柯罗的画作和两件德拉克洛瓦的画作（一头狮子和一只老虎）、他的希腊花瓶、埃及浅浮雕、威尼斯橱柜；他的迈松尼耶和米勒、他的克洛德和鲁伊斯代尔、热里科尔特以及萨金特的《祝酒的戈特罗夫人》（四千二百或一万四千二百法郎）——都一一随着拍卖槌落下被买走。

他一生的珍藏均被拍卖，除了一件——萨金特的《在家中的波齐医生》在落槌前的最后一刻被他的家人们撤了回来。早年，它曾在伦敦、布鲁塞尔、巴黎和威尼斯等地展出，但公众和评论界对这幅画关注寥寥，更缺兴致。后来，它在旺多姆广场和耶拿大街生活多年，多数时间被一块布遮蒙。泰蕾兹·波齐过世后，它落入她儿子让的手中，直到他于1967年去世。1990年，《在家中的波齐医生》最终在洛杉矶阿曼德·哈默基金会重新公开亮相。那就是我们今天对他的观感，而这没有错。

作 者 按

"沙文主义是一种无知的表现。"我在写这本书的时候，英国正受着蒙蔽，抱着受虐狂的心态经历脱欧前的最后一年。当英国的政治精英们无法与欧洲人产生共情（要么是他们不想，要么是蠢得无法共情），一再表现得似乎对未来充满掌控，就好像英国即将面临的局面正是他们想要的那样时，波齐医生的至理名言常常掠过我的脑海。英国人（而非不列颠人）常常以孤陋寡闻为傲，标榜自己对"他者"不感兴趣，喜欢轻松的小玩笑和无伤大雅的嚼舌妄言。难怪现任外交大臣在2018年的保守党年会上直截了当地将欧盟与苏联相提并论。波罗的海国家和被苏联统治了几十年的国家一样对这套说辞不以为然，可是，随后，在脱欧公投期间，前任外交大臣竟又将欧盟对欧洲的野心与希特勒的野心等量齐观。巴尔贝·德·奥勒维利说过一句应景的话："英国是自己历史的受害者，她向未来迈了一步，现在又回头蜷伏在过去。"

目前英国人（是英国人，而非不列颠人）对欧洲的态度颇为失望的原因有很多。我是语言教师之子，我父母对他们身后现代语言研究和教学的衰落恐怕深感悲哀。"哦，如今人人都在说英语"这样扬扬自得的话语时有所闻。然而，语言教师或学生全都知晓，懂一门外语意味着要懂讲这门语言的人，而且，进而要懂他们看待和理解你这个国家的方式。它让你的想象力驰骋。这么说来，如今我们愈发不太理解人家，而人家却一如既往地越来越理解我们。这是又一可悲的自我孤立现象。

尽管如此，我仍拒绝悲观。在遥远、颓废、狂热、暴烈、自恋和神经质的美好年代中度过的那段时光让我开朗舒畅。这主要归功于塞缪尔·让·波齐这个人物。他的祖先从意大利移民到法国。他父亲娶了一位英国女人做续弦。他同父异母的弟弟在利物浦娶了一个英国女人。他做西装和窗帘的布料寄自伦敦。他于1876年首次到访我国岛屿，来寻找约瑟夫·李斯特，学习李斯特式的外科手术。他移译达尔文。他于1885年乘海陆联运列车到达伦敦，踏上为期数天的智识与美学的购物之旅。他理性、严谨、进取、有国际情怀且探求欲炽盛；他热情、好奇地迎接崭新的每一天；他以医学、艺术、旅行、社交、政治充盈自己的一生，而且尽享鱼水之欢（尽管这一切我们无从得知）。谢天谢地，他并非完人。然而，我依然要推举他为英雄。

朱利安·巴恩斯，伦敦

2019年5月

图书在版编目（CIP）数据

穿红外套的男子：妇科医生波齐与19世纪末的法国
／（英）朱利安·巴恩斯（Julian Barnes）著；
郭国良译 . —南京：译林出版社，2023.8
（巴恩斯作品）
书名原文：The Man in the Red Coat
ISBN 978-7-5447-9622-4

Ⅰ.①穿… Ⅱ.①朱…②郭… Ⅲ.①长篇小说－英
国－现代 Ⅳ.①I561.45

中国国家版本馆CIP数据核字(2023)第039244号

著作权合同登记号　图字：10-2019-721 号

穿红外套的男子：妇科医生波齐与19世纪末的法国　[英国] 朱利安·巴恩斯／著　郭国良／译

责任编辑　宗育忍
装帧设计　臧立平@typo_d
校　　对　孙玉兰　戴小娥
责任印制　闻媛媛

原文出版　Jonathan Cape, 2019
出版发行　译林出版社
地　　址　南京市湖南路 1 号 A 楼
邮　　箱　yilin@yilin.com
网　　址　www.yilin.com
市场热线　025-86633278
排　　版　南京展望文化发展有限公司
印　　刷　南京新世纪联盟印务有限公司
开　　本　850 毫米 ×1168 毫米　1/32
印　　张　9.625
插　　页　4
版　　次　2023 年 8 月第 1 版
印　　次　2023 年 8 月第 1 次印刷
书　　号　ISBN 978-7-5447-9622-4
定　　价　88.00 元

版权所有 · 侵权必究

译林版图书若有印装错误可向出版社调换。质量热线：025-83658316